btb
Aus Freude am Lesen

btb

Buch

Eigentlich deutet nichts darauf hin, daß dieser sibirische Frühling am Amur anders als die anderen sein wird: Die letzten Schneestürme werden das Dorf bis über die Dächer zudecken, und die Kinder werden schulfrei haben, weil sie Tunnel von einem Haus zum anderen graben müssen. Und dann wird das große Eistreiben auf den Flüssen beginnen, und die Menschen werden den Amur auf riesigen Schollen überqueren können. Nach den jährlich wiederkehrenden Überschwemmungen werden die heißen Hundstage kommen und mit ihnen die Bäder im eiskalten Wasser, das sich kaum erwärmt hat, bevor der nächste Winter ins Land zieht. Genauso vorhersehbar ist das ganze Leben in dem kleinen Ort Swetlaja, wo sich alles um das Holzfällen in der Taiga, die Goldsuche und das benachbarte Straflager dreht. Doch in diesem Frühling wird sich das Leben der drei Jungen Mitja, Utkin und Samurai unwiderruflich verändern. Denn in der einen Tagesmarsch entfernten Stadt läuft ein Kinofilm an – mit Jean-Paul Belmondo als Held. Siebzehnmal nehmen sie den weiten Weg auf sich, um einzutauchen in diese ganz neue, verheißungsvolle Welt, die sich ihnen offenbart: Sie beginnen, vom Westen zu träumen und einer scheinbar grenzenlosen Freiheit, von flirrender Leichtigkeit und der Sonne Südfrankreichs. Doch mehr als alles andere verzaubern sie die schönen Frauen, und sie ahnen, daß es noch eine andere Form der Liebe geben muß als die rohen Prahlereien der Holzarbeiter in ihrer Heimat...

Autor

Andreï Makine wurde 1957 in Sibirien geboren. Er studierte Philologie in Moskau und Twer. Durch seine französische Großmutter wurde er schon als Kind mit der Sprache und Kultur Frankreichs vertraut. Seit 1987 lebt er in Paris. 1995 wurde er mit seinem Roman »Das französische Testament« international berühmt. Das Buch wurde mit hochrangigen Preisen überhäuft – darunter erstmals den beiden renommiertesten französischen Auszeichnungen Prix Goncourt und dem Prix Médicis – und in siebenundzwanzig Sprachen übersetzt.

Andreï Makine

Die Liebe am Fluß Amur

Roman

Aus dem Französischen übertragen von Holger Fock und Sabine Müller

btb

Die Originalausgabe erschien unter dem Titel
»Au temps du fleuve Amour« bei Editions du Félin, Paris

Umwelthinweis:
Alle bedruckten Materialien dieses Taschenbuches
sind chlorfrei und umweltschonend.

btb Taschenbücher erscheinen im Goldmann Verlag,
einem Unternehmen der Verlagsgruppe Random House GmbH.

Einmalige Sonderausgabe Oktober 2001

Umschlaggestaltung: Design Team München
Umschlagfoto: Stock Image/Premium
Satz: IBV Satz- und Datentechnik GmbH, Berlin
KR · Herstellung: Augustin Wiesbeck
Made in Germany
ISBN 3-442-72890-8
www.btb-verlag.de

FÜR D. A.

I

1

Ihr Körper, dieser schmelzende, glühende Kristall auf der Pfeife eines Glasbläsers.

Hörst du mich, Utkin? Die Frau, von der ich dir bei unseren nächtlichen Gesprächen über den Atlantik erzähle, entfaltet ihre Pracht erst unter deiner fiebrig schreibenden Hand. Ihr Leib, diese rubinrot leuchtende Glasmasse, wird ermatten. Ihre Brüste werden sich straffen und einen milchigen, rosafarbenen Schimmer bekommen. Ein Schwarm von Schönheitsflecken wird sich über ihre Hüften ergießen und von deinen ungeduldigen Fingern zeugen... Erzähle von ihr, Utkin!

Das gleißende Licht an der Decke läßt das nahe Meer ahnen. Es ist noch zu heiß, um an den Strand zu gehen. In dem großen, abseits gelegenen und von Grün umgebenen Haus liegt alles im Halbschlaf – auf der Terrasse glänzt ein breitkrempiger Strohhut in der Sonne, die Zweige der Kirschbäume im Garten regen sich nicht, aus ihren krummen Stämmen quillt nahezu flüssiges Harz. Die Zeitung, in der das Ende unseres fernen Weltreichs einen Widerhall fand, ist schon einige Wochen alt. Und das türkisfarbene Meer, eingefaßt von den weißen Zweigen der Kirschbäume... Ich liege in einem Zimmer, das im glitzernden, weiten Blau der großen Bucht hinter dem Fenster zu schaukeln scheint. Alles ist hell, alles ist Sonne. Nur das Klavier, aus regnerischen Abenden hierher verbannt, bildet einen großen, dunklen Fleck. Im Sessel: sie. Sie gibt sich noch ein wenig kühl – wir kennen uns erst seit zwei Wochen. Ein paar Gischtspritzer, ein paar Abendspaziergänge im Schatten herzhaft duftender Zypressen. Einige Küsse.

Stell dir vor, Utkin, sie ist eine echte Prinzessin! Auch wenn sie sich königlich darüber lustig macht. Und ich bin ihr Bär, ihr Wilder aus dem Land des ewigen Schnees. Ein Ungeheuer! Es macht ihr Spaß...

Jetzt hat sie genug von der müßigen Warterei auf den Abend. Sie steht auf, geht zum Klavier, öffnet den Deckel. Langsam, fast widerwillig, erwachen die Töne, zittern wie Schmetterlingsflügel unter der Last des Pollens und versinken in der sonnendurchfluteten Stille des leeren Hauses.

Ich stehe ebenfalls auf. Ungestüm, unbändig. Ich bin nackt. Spürt sie, wie ich zu ihr trete? Sie dreht sich nicht um, nicht einmal, als ich ihre Hüften umfasse. Sie spielt weiter, und die langsamen, trägen Töne zerfließen in der durch die Hitze flüssig gewordenen Luft.

Als sie mich plötzlich in sich spürt, setzt ihr Spiel nur kurz mit einem Aufschrei aus. Von seligem Schrecken erfüllt, kämpft sie mit dem Gleichgewicht und stützt sich mit beiden Händen, alle Finger gespreizt, achtlos auf die Tasten des Klaviers. Es ertönt ein donnernder, rauschhafter Akkord in Dur. Und bei diesem wilden Akkord beginnt sie zu stöhnen. Ich zerreiße sie, ich stoße sie, ich hebe sie, als wäre sie schwerelos. Ihr einziger Halt ist das Klavier, auf das sie sich mit den Händen stützt... Der nächste Akkord ist noch lauter, noch durchdringender. Jetzt wölbt sie ihren Körper: Sie hat den Kopf nach hinten geworfen, überläßt mir ihren Po. Ja, sie zittert, wogt wie die glühende Masse auf der Pfeife eines Glasbläsers. Unter den Schweißperlen wird die Haut des sich sanft auf und ab bewegenden Ovals unter meinen Händen durchscheinend.

Die Akkorde kommen immer abrupter, werden atemloser. Zwischen Freudentränen und Empörung verbinden sich ihre Schreie zu einer ohrenbetäubenden Symphonie der Lust aus Sonne, dem Klang der angeschlagenen Saiten und dem dunklen Glucksen ihrer Stimme. Als sie spürt, wie ich in ihr entlade, zerplatzt die Symphonie, die unter ihren Händen erklingt, in eine Garbe schriller, fiebriger Töne. Ihre trommelnden Hände greifen in die glatten Tasten, als wollten sie sich am unsichtbaren Ufer der Lust festklammern, die den Körper schon wieder verläßt.

Und in dieser noch von tausend Echos widerhallenden Stille sehe ich die Bräunung langsam in ihre durchscheinende Haut zurückkehren, während der ermattete Körper zur Ruhe kommt.

Utkin nennt das den »Rohstoff«. Eines Tages rief er mich aus New York an und bat mich etwas verlegen, ihm eines meiner Abenteuer in einem Brief zu schildern. »Nichts Ausgefeiltes«, warnte er mich. »Du weißt ja, ich schreibe sowieso alles neu … Mich interessiert nur der Rohstoff.«

Utkin schreibt. Er hat immer davon geträumt zu schreiben. Schon damals, in unserer Jugend im hintersten Winkel Ostsibiriens. Doch ihm fehlt der Stoff. Mit einem verkrüppelten Bein und einer Schulter, die wie ein spitzes Dreieck aufragt, hat er nie Glück in der Liebe gehabt. Seit seiner Jugend quält er sich mit unsinnigen Fragen zu diesem tragischen Ereignis: Warum war ausgerechnet er im brausenden Eisgang eines großen Stroms unter die Eisblöcke geraten, warum hatte der Fluß von uns dreien ausgerechnet ihm den Leib zermalmt und ihn als lebenslangen Krüppel wieder ausgespien? Wir anderen dagegen ... Ja, ich sprach leise den Namen dieses Flusses aus, Amur, und tauchte in seinen kühlen Klang ein wie in den Körper einer begehrten Frau. Für mich waren beide aus demselben sanften und geschmeidigen, dunstigen Stoff.

Das alles liegt lange zurück. Utkin schreibt und bittet darum, nichts auszufeilen. Ich kann ihn verstehen. Er will der alleinige Schöpfer seiner Werke sein. Er will dem stumpfsinnigen Verhängnis entkommen. Das türkisfarbene, von weißen Zweigen eingerahmte Meer hat er meinem Bericht hinzugefügt. Ich feile nicht an meinen Berichten. Ich gebe ihm meinen glühenden Glasklumpen roh. Ohne ihn zuvor mit der Spitze meines Meißels zu ziselieren oder ihn mit meinem Atem aufzublasen. So etwa: Eine junge Frau mit gebräuntem Rücken, eine Frau, die aufschreit, die vor Lust stöhnt und die mit beiden Händen kraftvoll in die Tasten eines Klaviers greift.

2

Auf Schönheit achtete man am wenigsten in dem Land, in dem Utkin, ich und die anderen geboren wurden. Dort konnte man sein ganzes Leben zubringen, ohne zu erfahren, ob man häßlich oder schön war, ohne dem Geheimnis des Mosaiks, das die Gesichtszüge eines Menschen bilden, oder dem Wunder sinnlicher Körperzonen auf die Spur zu kommen.

Auch die Liebe nistete sich in diesem kargen Landstrich nur selten ein. Daß man um der Liebe willen lieben könnte, war, glaube ich, einfach in Vergessenheit geraten. Die Liebe war durch den Aderlaß des Krieges verkümmert, vom Stacheldraht um das nahe gelegene Lager erdrosselt, im arktischen Wind erfroren. Es gab sie höchstens noch in einer Form: als sündige Leidenschaft. Mehr oder weniger von der Phantasie ausgeschmückt, brachte sie Licht in die gleichförmigen Tage der rauhen Winter. Die in mehrere Schals eingemummten Frauen blieben mitten im Dorf stehen und erzählten sich flüsternd, wie sie meinten, die spannende Neuigkeit, doch wegen der vielen Schals mußten sie in Wirklichkeit schreien. So wurde das Geheimnis ruchbar und kam uns Jugendlichen zu Ohren. Offenbar war diesmal die Schulrektorin im Führerhaus eines Kühlwagens gesehen worden, in einer der geräumigen Fahrerkabinen mit einer Pritsche hinter den Sitzen. Und, stell dir vor, der Lastwagen parkte fast in der Teufelskurve, wo sich jedes Jahr mindestens ein Auto überschlägt. Wir konnten uns überhaupt nicht vorstellen, daß die Rektorin, diese spröde Frau, von der niemand wußte, wie alt sie war, und die ständig einen Panzer aus wattierten Kleidungsstücken trug, in den Armen eines nach Kiefernharz, Tabak und Benzin stinkenden Lastwagenfahrers lag und mit ihm schäkerte. Erst recht nicht in der Teufelskurve. Dieses unglaubliche Paar hinter den vereisten Scheiben eines Lastwagens versetzte den Frost im Dorf mit einigen prickelnden Luftblasen. Eine nicht ernst gemeinte Empörung erwärmte die erstarrten Gemüter. Man nahm es der Rektorin beinahe übel, daß man sie nicht in jeden Laster steigen sah, der, mit riesigen Kiefernstämmen beladen, durch die Taiga fuhr. Der Wirbel um das neueste Gerücht legte sich bald, als wäre er im eisigen Wind der endlosen Nächte erfroren. Die Rektorin wurde in unseren Augen wieder die altbekannte, alleinstehende Frau, die ohne Aussicht auf Erlösung stoisch ihr Unglück ertrug. Und die Lastwagen brausten los wie zuvor, mit aufheulendem Motor und dem einzigen Ziel, die vom Plan vorgesehenen Kubikmeter durch die Taiga zu schleppen, die sich hinter ihren Scheinwerfern wieder schloß. Der schneidende Wind zerstob die weiße Atemluft vor den Mündern der Frauen. Und das aus seinen Liebesträumen erwachte Dorf kauerte sich in die Ewigkeit, die »Winter« genannt wurde.

Seit der Gründung des Dorfes war nie daran gedacht worden, der Liebe eine Heimstatt zu geben. Die Kosaken des Zaren, die vor dreihundert Jahren hier ankamen, hatten alles andere im Sinn. Sie waren eine Handvoll Männer, die nach einem wilden, endlosen Ritt bis in die tiefste Taiga vor Erschöpfung von den Pferden fielen. Die stolzen Blicke der Wölfe verfolgten sie selbst in ihren wirren Träumen. Die Kälte war mit der Kälte Rußlands nicht zu vergleichen. Sie schien keine Grenzen zu kennen. Von einer dicken Eisschicht überzogen, standen die Bärte ab wie die Klingen an ihren Äxten. Schloß man für einen Augenblick die Augen, konnte man die Lider nicht mehr öffnen. Die Kosaken fluchten vor Wut und Verzweiflung. Und klirrend schlug ihr Auswurf als kleiner Eisklumpen auf dem schwarzen Spiegel eines reglosen Flusses auf.

Natürlich fanden sie auch Gelegenheit zur Liebe. In der Dunkelheit einer von Rauch erfüllten Jurte legten sich die Kosaken neben der rotglimmenden Glut auf Bärenfellen zu jenen schlitzäugigen Frauen, deren Gesichter undurchdringlich und von einem geheimnisvollen Lächeln wie verschleiert waren. Doch die Körper ihrer schweigsamen Geliebten blieben ihnen fremd. Eingesalbt mit Rentierfett, entschlüpften diese Körper jeder Umarmung. Um sie zurückzuhalten, mußte man sich die langen, schimmernden Zöpfe ihrer schwarzen, spröden Pferdemähnen um die Faust wickeln. Ihre Brüste waren platt und rund wie die Kuppeln der ältesten Kirchen Kiews, ihre Hüften straff und widerspenstig. Doch wenn man sie an ihrer Mähne festhielt, wurden diese Körper gefügig. Die Augen funkelten wie Säbelschneiden, die Lippen rundeten sich, als wollten sie zubeißen. Der Duft ihrer von Feuer und Frost gegerbten Haut wurde immer herber und machte einen trunken. Und diese Trunkenheit hörte nicht auf... Denn der Kosak hatte von dem zähen bräunlichen Aufguß getrunken, vom Blut der Chargwurzel, mit dem die Kraft all seiner Vorfahren in seine Adern strömte... Noch einmal wickelte er die Zöpfe um seine Faust. Und in den schmalen Augen der Frau leuchtete ein boshafter Funke.

Wenn er genug der Wonnen hatte, kehrte der Kosak

zu seinen Gefährten zurück, und noch mehrere Tage lang spürte er den Biß der Kälte nicht. Das Blut der Chargwurzel summte in ihm.

Ihr Ziel war und blieb jener sagenumwobene äußerste Ferne Osten. Am Ende der Welt würde etwas auf sie warten: Dieses Versprechen begeisterte sie, für dieses große, nebulöse Nichts lebten sie, überwanden sie alle Zwänge, Schranken und Grenzen. Im Westen hatte Europa die barbarischen Moskauer endgültig zurückgedrängt und damit unüberwindbare Grenzen gesetzt. Also hatten sie sich nach Osten gewandt. Hofften sie, am anderen Ende der Welt wieder auf den Westen zu stoßen? War es die List eines vernachlässigten Bewunderers? Oder die Schläue eines abgewiesenen Liebhabers?

Vor allem jedoch waren sie Abenteurer auf der Suche nach diesem nebulösen Nichts. Und sie träumten davon, am Ende der Welt zu stehen, an dieser äußersten Grenze, und in den milden Abendstunden des Frühlings den Blick zu den ersten noch blaß schimmernden Sternen zu erheben.

Nach mehreren Monaten, in denen ihr Haufen ziemlich geschrumpft war, erreichten sie endlich den äußersten Zipfel ihrer eurasischen Heimat und blieben dort, wo Erde, Himmel und Ozean ineinanderflossen ... Und in einer rauchigen Jurte am Rande der noch winterlichen Taiga wand sich eine Frau mit ihrem schrecklich aufgeblähten Schlangenleib und entband auf einer Bärenhaut ein außergewöhnlich großes Kind. Es hatte Schlitzaugen wie seine Mutter und vorstehende Backenknochen wie alle Jakuten. Doch sein feuchtes Haar leuchtete. Es hatte den Glanz dunklen Goldes.

Die Leute drängten sich um die junge Mutter und betrachteten schweigend den neuen Sibirier.

Von jener mythischen Vergangenheit war uns nur eine alte Legende geblieben. Ein schwaches, durch den wirren Lärm der Jahrhunderte kaum vernehmbares Echo. In unserer Vorstellungswelt bahnten sich die Kosaken für alle Zeiten einen Weg durch die unberührte Taiga. Und noch immer wühlte ein jakutisches Mädchen in kurzem Zobel im Gewirr von Stengeln und Zweigen nach der berühmten Chargwurzel ... War es vielleicht Zufall, daß unsere Barbarenherzen der Kraft der Träume, der Lieder und der Legenden nicht widerstehen konnten? Uns wurde selbst das Leben zum Traum.

An die vergangenen Jahrhunderte erinnerte aber nur noch ein Haufen wurmstichigen Holzes zwischen Granitblöcken, die von Flechten überwuchert wurden. Es waren die Überreste der Kirche, die die Nachfahren der Kosaken errichtet hatten und die während der Revolution gesprengt worden war. Und ein paar fingerdicke, rostige Nägel in den Stämmen riesiger Kiefern. Selbst die Alten im Dorf verbanden damit kaum noch eine Erinnerung: Einmal waren es die Weißrussen, die einige Partisanen grausam hingerichtet und an diesen Nägeln aufgeknüpft hatten, ein andermal soll die Rote Armee revolutionäre Justiz geübt haben ... Mit dem langsamen und majestätischen Wachstum der Kiefern waren die Nägel in ihren Stämmen samt der verwitterten Stricke im Laufe der Jahre auf doppelte Manneshöhe hinaufgeklettert. Staunend stellten wir fest, daß die Roten wie die Weißrussen, die diese grausamen Hinrichtungen durchführten, Riesen gewesen sein mußten.

Das Dorf hatte nichts von seiner Vergangenheit bewahren können. Seit Beginn des Jahrhunderts fegte die Geschichte wie ein furchtbares Pendel mit gewaltigem Schwung über das Reich hinweg. Die Männer zogen ins Feld, die Frauen kleideten sich in Schwarz. Das Pendel bestimmte die Zeit: Krieg gegen Japan, Krieg gegen Deutschland, Revolution,

Bürgerkrieg... Dann alles noch einmal, diesmal in umgekehrter Reihenfolge: der Krieg gegen die Deutschen, der Krieg gegen die Japaner. Und die Männer zogen in den Krieg, reisten zwölftausend Kilometer durch das Reich, mal um die Schützengräben im Westen zu füllen, mal um im dunstigen Nichts des Ozeans im Osten unterzugehen. Das Pendel schlug nach Westen aus: Die Weißrussen warfen die Rote Armee hinter den Ural und hinter die Wolga zurück. Das Gewicht schwang zurück und fegte über Sibirien hinweg: Die Rote Armee drängte die Weißrussen in den äußersten Fernen Osten ab. Man schlug Nägel in Kiefernstämme und sprengte Kirchen, als wollte man dem Pendel helfen, alle Spuren der Vergangenheit auszulöschen.

Einmal schleuderte der gewaltige Pendelschwung die Männer des Dorfes sogar in jenen sagenumwobenen Westen, der sich einst voller Verachtung vom barbarischen Moskau abgewandt hatte. Von der Wolga waren sie bis nach Berlin gezogen und hatten die Wege mit ihren Leichen gepflastert. Dort, in Berlin, blieb das rasende Uhrwerk für einen Moment stehen – es war der kurze Augenblick des Sieges –, dann wandten sich die Überlebenden wieder nach Osten: Japan mußte noch besiegt werden, es duldete keinen Aufschub...

In unserer Kindheit schien das Pendel stillzustehen. Man hätte meinen können, sein Gewicht habe sich in den zahllosen Stacheldrahtzäunen verfangen, die sich ihm auf seiner Bahn entgegenstellten. Ungefähr zwanzig Kilometer von unserem Dorf entfernt gab es ein solches Lager. An einer Stelle des Weges, der in die Stadt führte, gab die Taiga den Blick frei, und man sah im kalten Glitzern des Nebels die Umrisse von Wachtürmen. Wie viele solcher Fangvorrichtungen mochten dem Pendel bei seinem Schwung durch das Reich wohl im Weg gestanden haben? Das weiß Gott allein.

Das Dorf, in dem nur noch wenige Menschen lebten, zählte höchstens zwei Dutzend Isbas und schien, trotz seiner Nachbarschaft zu den zahllosen eingepferchten Menschen, vor sich hin zu dösen. Das Lager war nur ein schwarzer Punkt inmitten endloser Schneefelder...

Ein Kind braucht nicht viel, um sich seine eigene Welt zu bauen. Einige natürliche Bezugspunkte, deren Zusammenspiel es leicht erkennen kann, genügen ihm, um sie zu einer harmonischen Welt zu verbinden. So formte sich der Mikrokosmos unserer ersten Lebensjahre wie von selbst. Wir kannten den Platz im dichten Gestrüpp der Taiga, wo aus dem dunklen Spiegel einer unterirdischen Quelle ein kleiner Fluß ans Tageslicht trat. Dieser Wasserlauf, der von allen nur »der Bach« genannt wurde, floß um das Dorf und mündete dann beim aufgegebenen Badehaus in den Fluß. In einen breiten, tiefen Fluß, der sich, von ihren düsteren Rändern gesäumt, durch die Taiga schlängelte. Er hatte einen richtigen Namen, Olei, spielte aufgrund seines Laufs von Norden nach Süden in größeren geographischen Zusammenhängen eine Rolle und mündete weit entfernt vom Dorf in einen riesigen Strom, den Amur. Jener war auf dem staubigen Globus eingezeichnet, den unser alter Erdkundelehrer manchmal hervorholte. Und die menschlichen Siedlungen ordneten sich in unserem kindlichen Mikrokosmos nach diesen drei Stufen. Hier am Bach lag unser Dorf Swetlaja; am Olei lag flußabwärts, zehn Kilometer vom Dorf entfernt, ein größerer Ort namens Kaschdai; die einzige echte Stadt schließlich, Nerlug, wo man in einem Kaufhaus sogar Limonade in Flaschen kaufen konnte, lag am großen Strom.

Das alles umwälzende Pendel hat unserem Dorf trotz des ursprünglichen, schlichten Lebens, das man hier führt, eine bunt zusammengewürfelte Einwohnerschaft beschert.

Es gab bei uns einen ehemaligen »Kulaken«, der während der Kollektivierungsphase in den dreißiger Jahren aus der Ukraine hierher verbannt worden war; die altgläubige Familie der Klestows, die in unerbittlicher Absonderung lebte und kaum mit uns anderen verkehrte; dazu einen Fährmann, den einarmigen Werbin, der seinen Fahrgästen immer dieselbe Geschichte erzählte: Er gehörte zu den ersten, die sich an der Mauer des eroberten Reichstags verewigten, und just in diesem Augenblick größter Siegesfreude – er hatte gerade die Hälfte seines Namens geschrieben – riß ihm ein Granatsplitter den rechten Arm ab!

Auch die Familien hat das Pendel auseinandergerissen. Mit Ausnahme der altgläubigen Familie gab es praktisch keine mehr, die noch vollzählig war. Mein Freund Utkin lebte mit seiner Mutter allein. Als er noch ein Kind war, erzählte sie ihm, sein Vater sei im Krieg Kampfflieger gewesen und bei einem Kamikaze-Angriff ums Leben gekommen, bei dem er sein brennendes Flugzeug in eine deutsche Panzerkolonne steuerte. Eines Tages jedoch ging Utkin auf, daß er aufgrund der Naturgesetzmäßigkeiten einen solchen Vater nicht gehabt haben konnte, denn er war zwölf Jahre nach dem Krieg geboren. Verstört stellte er seine Mutter zur Rede. Sie wurde rot und erklärte ihm, daß es sich um den Korea-Krieg handelte ... An Kriegen mangelte es zum Glück nicht.

Ich dagegen hatte nur meine Tante ... Der Schwung des Pendels mußte den gefrorenen Boden in unserer Gegend aufgeschürft haben. Man entdeckte Goldstaub in den Flüssen. Oder vielmehr: Die vergoldete Scheibe des Pendels hat diese rauhe Landschaft aufgeschürft. Und meine Tante mußte keine Fliegerhelden erfinden. Mein Vater, ein Geologe, war der goldenen Spur des Pendels gefolgt. Insgeheim hatte er wohl gehofft, bis zum Tag meiner Geburt ein neues

Eldorado zu finden. Sein Leichnam ist nie gefunden worden. Und meine Mutter starb im Wochenbett.

Was Samurai angeht, der damals fünfzehn Jahre alt war, so haben weder Utkin noch ich jemals begriffen, wer die Alte mit der krummen Nase war, in deren Isba er wohnte. War sie seine Mutter? Oder seine Großmutter? Er nannte sie immer beim Vornamen und schnitt uns das Wort ab, wenn wir versuchten, mehr über sie herauszufinden.

Das Pendel hatte mit seinem Schwung ausgesetzt. Und das Leben im Dorf beschränkte sich mit der Zeit auf drei wesentliche Dinge: das Holz, das Gold und das Lager, in dessen Schatten uns fröstelte. Wir konnten uns nicht einmal vorstellen, daß unsere Zukunft jenseits dieser drei Elemente liegen könnte. Wir glaubten, wir müßten uns eines Tages den Männern anschließen, die mit ihren gezähnten Sägen in die Taiga vordrangen. Einige dieser Holzfäller waren wegen der »Nordprämie«, der Verdopplung des mageren Lohns, in unsere Hölle aus Eis gekommen. Andere – ehemalige Sträflinge, die sich durch gute Arbeit und beispielhaftes Verhalten bewähren konnten – zählten nicht die Rubel, sondern die Tage... Aber vielleicht würden wir auch zu jenen Goldgräbern gehören, die man manchmal in die Kantine der Arbeiter kommen sah. Mit übergroßen Tschapkas aus Fuchs, kurzen Pelzjacken, die von breiten Gürteln zusammengehalten wurden, und riesigen, mit weichem, speckigem Leder gefütterten Stiefeln. Man erzählte sich, es gäbe einige unter ihnen, die »dem Staat das Gold raubten«. Ja, sie wuschen Gold in unerschlossenen Gegenden und tauschten die Klumpen auf einem geheimnisvollen »Schwarzmarkt«. Ein verlockendes Leben, wie uns Kindern schien.

Sonst blieb uns nur noch eine Wahl: Wir hätten uns auch in den frostigen Schatten kauern und von der Höhe eines Wachturms aus das Gewehr auf die vor ihren Baracken aufgereihten Häftlinge richten können. Oder selbst im Menschengewimmel der Baracken untergehen...

Alle Neuigkeiten in Swetlaja drehten sich um diese drei Dinge: die Taiga, das Gold und das Schattenreich. Es wurde berichtet, eine Holzfällerbrigade habe wieder einmal einen Bären in seiner Höhle aufgestört, und die Männer hätten sich nur retten können, indem sie sich zu sechst in die Fahrerkabine eines Traktors quetschten. Man sprach über das Rekordgewicht eines »faustgroßen« Goldklumpens und tuschelte über einen neuen Fluchtversuch... Dann kam die Zeit der heftigen Schneefälle, und selbst dieses dünne Nachrichtennetz zerriß. Jetzt bewegten uns die Neuigkeiten vor Ort: Eine Stromleitung war ausgefallen, bei der Scheune hatte man Spuren von Wölfen entdeckt. Und eines Tages erstarb dann alles Leben im Dorf...

Die Bewohner standen auf, machten Frühstück. Plötzlich bemerkten sie eine eigenartige Stille um ihre Isba. Keine knirschenden Schritte im Schnee, kein Pfeifen des Windes über dem Dachfirst, kein Hundegebell. Eine undurchdringliche, vollkommene Stille. Diese stumme Außenwelt machte Geräusche im Haus vernehmbar, die man sonst nie hörte: das Singen eines Wasserkessels auf dem Ofen, das leise und ständige Surren einer Glühbirne. Meine Tante und ich lauschten in die unergründliche Tiefe dieser Stille. Wir schauten auf die Uhr mit den Gewichten. Normalerweise müßte der Tag schon begonnen haben. Wir preßten die Stirn gegen die Scheibe und blickten ins Dunkel. Der Schnee vor dem Fenster versperrte die Sicht. Dann liefen wir zum Eingang. Wir ahnten schon das Unvorstellbare, das sich beinahe jeden Winter wiederholte. Wir öffneten die Tür...

Vor der Schwelle zu unserer Isba türmte sich eine Wand aus Schnee auf. Das Dorf war vollständig eingeschneit.

Mit einem unbändigen Freudenschrei schnappte ich mir eine Schaufel: Schulfrei! Keine Hausaufgaben! Ein fröhlicher Tag, an dem alles drunter und drüber gehen würde, stand uns bevor.

Ich begann zuerst einen schmalen Tunnel zu graben, dann stampfte ich den leichten, flockigen Schnee fest und hob Stufen aus. Um mir die Arbeit zu erleichtern, besprengte meine Tante mit dem Wasserkessel ab und zu den Boden meiner Höhle. Langsam arbeitete ich mich nach oben, dabei mußte ich auf dem Bauch liegen, um vorwärtszukommen. Meine Tante stand auf der Schwelle zur Isba und ermutigte mich, ab und zu ermahnte sie mich auch, ich solle mir Zeit lassen. Ich geriet außer Atem, fühlte einen leichten Schwindel, meine unbedeckten Hände brannten, das Blut pochte in meinen Schläfen. Das schummrige Licht der matten Glühbirne aus der Isba drang kaum noch in den Winkel, in dem ich mich abkämpfte. Obwohl ich ganz von Schnee umgeben war, badete ich in Schweiß, und ich kam mir vor, als säße ich im warmen, schützenden Innern eines Bauches. Mein Körper schien sich an sein Leben vor der Geburt zu erinnern. Die Atemnot machte mich benommen, und ich merkte kaum, daß es klüger gewesen wäre, ich hätte kehrtgemacht und wäre in die Isba zurückgekrochen, um zu verschnaufen.

In diesem Augenblick stieß ich mit dem Kopf durch die Schneedecke! Ich schloß die Augen, das Licht blendete mich.

Endlose Stille lag über der sonnendurchfluteten Ebene: die Heiterkeit der Natur, die sich von der Sturmnacht erholte. Jetzt zeigte die Taiga ihre blauschimmernden Weiten und schien in der milden Luft vor sich hin zu dämmern. Und über der blitzenden Schneedecke erhoben sich weiße Rauchsäulen aus unsichtbaren Kaminen.

Die ersten Menschen kamen hervor, tauchten aus dem

Schnee auf, richteten sich auf und ließen geblendet ihre Blicke über die glitzernde Wüste schweifen, die sich dort ausdehnte, wo sonst das Dorf lag. Wir fielen uns in die Arme, deuteten mit dem Finger auf den Rauch und lachten – zwei Meter unter der Schneedecke kochte gerade jemand das Mittagessen, das war wirklich komisch! Ein Hund sprang aus dem Schacht, und auch er schien angesichts dieses ungewöhnlichen Schauspiels laut loszulachen... Dann kam der altgläubige Klestow ans Tageslicht. Er wandte sich nach Osten, bekreuzigte sich langsam, anschließend begrüßte er alle mit betonter Würde.

Langsam stellte sich wieder die gewohnte dörfliche Geräuschkulisse ein. Mit unser aller Unterstützung gruben einige Männer aus Swetlaja Gänge, die alle Isbas untereinander verbanden und ihnen einen Zugang zum Brunnen verschafften.

Wir wußten, daß die Winde, die im nebligen Nichts des Ozeans entstanden waren, diesen Schneesegen in unsere trockenkalte Klimazone brachten. Wir wußten auch, daß der Schneesturm das allererste Zeichen des nahenden Frühlings war. Die Sonne würde während des Wärmeeinbruchs den Schnee schnell zusammenfallen lassen und ihn schwer und pappig unter unseren Fenstern versammeln. Und als wollte sich der Winter für diesen kurzen, leuchtend hellen Schwächeanfall rächen, würden die Fröste noch eisiger als zuvor zurückkehren. Doch der Frühling hatte sich angekündigt! Jetzt fühlten wir ihn. Der Frühling war in Sicht und würde genauso strahlen wie das Licht, das uns am Ausgang unserer Tunnel blendete.

Der Frühling brach an, und eines schönen Tages kappte das Dorf die Taue. Der Fluß setzte sich in Bewegung. In einer großartigen Parade zogen riesige Eisschollen vorbei. Der

Eisgang wurde schneller, und das Wasser erschien uns hinreißend schön mit seinen glitzernden Schuppen. Der herbe Duft des Eises mischte sich mit dem Wind aus den Steppen. Wir verloren den Boden unter den Füßen, und unser Dorf wurde mit all seinen Isbas, seinen wurmzerfressenen Hecken, seinen Segeln aus bunten Wäschestücken, die an den Leinen flatterten, zu Wasser gelassen. Swetlaja schwamm jetzt wie ein Schiff munter in den Fluten.

Der ewige Winter ging zu Ende.

Die Wasserfahrt dauerte nicht lange. Nach einer Woche war der Fluß wieder in sein Bett zurückgekehrt, und das Dorf schmiegte sich für einen kurzen sibirischen Sommer an sein Ufer. Und in dieser kurzen Zeit versprühte die Sonne den warmen Duft von Kiefernharz. Wir hatten nur noch ein Thema: die Taiga.

Bei einem unserer Streifzüge in die Taiga fand Utkin eine Chargwurzel.

Wegen seines verkrüppelten Beines hinkte er und blieb deshalb immer hinter uns zurück. Manchmal rief er Samurai und mir zu: »He! Wartet doch auf mich!«Unserem Freund zuliebe verlangsamten wir das Tempo.

Diesmal hörten wir statt des üblichen »Wartet doch!« einen langen, erstaunten Pfiff. Wir drehten uns um.

Wie war es ihm nur gelungen, die Wurzel aufzustöbern, die nur die fachmännischen Augen der alten Jakutinnen in der feuchten Humusschicht entdecken konnten? Vielleicht hatte er es seinem Bein zu verdanken. Sein linker Fuß, den er wie einen Rechen hinter sich her zog, förderte oft unabsichtlich interessante Dinge zutage...

Wir musterten die Chargwurzel aus der Nähe. Unausgesprochen fühlten wir uns durch ihre Form an etwas Weibliches erinnert. Eigentlich sah die Wurzel aus wie eine große, dunkle Birne mit rissiger Wildlederschale. Ihre untere Hälfte war von einem ins Violett spielenden Samt überzogen. Eine Rille, die aussah wie der Abdruck der Wirbelsäule, teilte die Wurzel der Länge nach.

Es war sehr angenehm, sie anzufassen. Ihre samtige Schale schien den Druck der Finger zu erwidern. Dieser Wulst mit seinen sinnlichen Formen deutete an, welch eigenartige, geheimnisvolle Innenwelt die Wurzel umschloß.

Ich brannte darauf, ihr Geheimnis kennenzulernen, und ritzte mit meinem Daumennagel die pralle Oberfläche an. Eine blutrote Flüssigkeit füllte die Kratzspur. Wir sahen uns verblüfft an.

»Laß mich mal sehen«, bat Samurai und nahm die Chargwurzel aus meinen Händen.

Er zog sein Messer hervor und schnitt die bauchige Liebeswurzel entlang der Rille in zwei Hälften. Dann drückte er seine Daumen in den Samt unterhalb ihrer fleischigen Rundung und riß die Hälften unvermittelt auseinander.

Wir hörten ein kurzes Ächzen, als würde eine vereiste Tür endlich dem Druck nachgeben und aufspringen, und beugten uns im selben Augenblick über die Wurzel, um sie besser betrachten zu können. Wir sahen einen rosigen, fleischigen Schoß und erblickten darin ein langes, blasses Blatt. Es war mit jener rührenden Behutsamkeit gefaltet, wie sie häufig in der Natur anzutreffen ist. Das weckte gemischte Gefühle in uns, auch die Lust zu zerstören, diese überflüssige Harmonie zu vernichten. Wir wußten nicht, was wir damit anfangen sollten. So betrachteten wir eine Weile das Blatt, das so durchscheinend und so zerbrechlich war wie die Flügel eines Schmetterlings, der gerade aus seinem Kokon geschlüpft ist.

Auch Samurai schien ergriffen von dieser überraschenden und anrührenden Schönheit.

Schließlich klappte er die beiden Hälften der Chargwurzel wieder zusammen und verstaute sie in einer Tasche seines Rucksacks.

»Ich werde Olga fragen«, warf er uns zu und marschierte los. »Sie wird sicher etwas darüber wissen…«

3

Wir lebten in einer seltsamen, frauenlosen Welt. Der Fund der Liebeswurzel führte uns diese Tatsache deutlich vor Augen.

Natürlich gab es einige Frauengestalten, die uns lieb und teuer waren. Meine Tante, Utkins Mutter, die alte Olga... Ein paar Lehrerinnen aus der Schule in Kaschdai. Wir fanden ihre Gesichter anziehend, doch für uns hatten sie überhaupt nichts Weibliches an sich. Im harten täglichen Kampf mit Einsamkeit und Kälte und mangels jeder Aussicht auf Veränderung waren ihre weiblichen Reize seit langer Zeit verschwunden. Nicht, daß sie häßlich gewesen wären. Utkins Mutter zum Beispiel hatte ein hübsches, blasses Gesicht, ihre Züge waren von ätherischer Zartheit. Aber war sie sich dessen bewußt? Erst viele Jahre später, als ich mir ihr Bild wieder in Erinnerung rief, habe ich festgestellt, daß sie hätte gefallen, ja, begehrenswert sein können. Aber wem hätte sie gefallen sollen? Wo hätte sie jemand begehren sollen? Im Frost, in der Nacht, in der endlosen Zeit, die »Winter« genannt wurde. Und das Pendel, das in den vereisten Stacheldrähten hängengeblieben war, dämmerte vor sich hin.

Es kam zwar nur selten vor, aber ab und zu traf tausend Kilometer von unserem Dorf entfernt jemand eine Entscheidung, und eine junge Lehrerin wurde an unsere Schule versetzt. Alle Neugier war auf sie gerichtet. Doch ihr Gesicht verriet so viel Angst, so große Sehnsucht, möglichst schnell wieder von hier wegzukommen, daß wir uns die Frage stellten, ob unser Leben tatsächlich so wenig lebenswert war. Die Angst verzerrte ihre Züge. Ihre Schönheit, ihre faszinierende Fremdartigkeit erstarrten unter dieser gequälten Maske. Wir fühlten, daß sie in Gedanken die Tage zählte – sie schaute uns an, als hätte sie mit diesem Kapitel ihrer Vergangenheit schon abgeschlossen. Wir waren Statisten einer unliebsamen Erinnerung. Einem Alptraum entstiegen.

Und die Männer, die der Taiga, dem Gold oder dem Schatten der Wachtürme verpflichtet waren, zählten ebenfalls. In Kubikmeter Holz, in Kilogramm goldhaltigen Sands... Auch sie träumten von einem anderen Leben, davon, daß unter dem Strich ein Leben zehntausend Kilometer entfernt, hinter dem Ural oder am anderen Ende des Reiches herausspränge. Sie dachten an die Ukraine, den Kaukasus, die Krim. Ihre Sägen drangen in das duftende Holz der Kiefern und schienen »Krrri-iim« zu brüllen, den Namen der Insel, nach der sie sich so sehr sehnten. Und von den Schaufeln der Bagger, mit denen die Goldsucher die Erde aufwühlten, schallte es zurück: »Krrri-iim.«

Und was die Liebe betraf... Das einzige Wort, das wir sie gebrauchen hörten, war »machen«. Nicht »Liebe machen«, das hätte bereits den Vorgang bezeichnet, auch nicht »es mit einer Frau machen«, was zumindest eine Art Verführung hätte ahnen lassen, sondern schlicht »es einer Frau machen«. Wir kauerten in einem Winkel der Arbeiterkantine um eine Schale Kompott, lauschten auf das, was die Männer sich untereinander anvertrauten, und waren jedesmal schrecklich enttäuscht. Aus ihren Berichten erfuhren wir immer nur dasselbe: Einer von ihnen hatte »es« einer Unbekannten »gemacht«. Wir erfuhren nichts, was die Sache ausgemalt hätte, ebensowenig über die Beteiligten wie über das Erotische daran. Sie machten sich nicht einmal die Mühe, ihr Abenteuer mit einem jener vulgären Worte zu benennen, die sie ständig in ihren vom Wodka und vom Wind ausgebrannten Mündern führten.

»Ich habe es ihr gemacht, ho-ho, der hübschen kleinen Jakutin.«

»Erinnerst du dich an Mania, die Kassiererin? Ich habe es ihr gemacht.«

Wir hätten wenigstens ein paar Einzelheiten erwartet: Wie sah die junge Jakutin aus? Der Körper unter dem steifgewordenen Pelz mit seinen Eisstacheln mußte ihrem Liebhaber besonders warm und glatt vorgekommen sein. Ihr Haar hatte wahrscheinlich nach verbranntem Kiefernholz geduftet. Und bestimmt wurden ihre Lenden für ihren Liebhaber zur Falle, wenn sie ihre strammen, etwas krummen Beine und ihre kräftigen Hüften um seinen Körper schloß. Wie brannten wir auf solche Heimlichkeiten! Doch schon redeten die Männer wieder über Kubikmeter Holz oder über eine Röhre, die verlängert werden mußte, damit die Goldklumpen leichter ausgewaschen werden konnten... Wir schmatzten beim Verschlingen der aufgeweichten Früchte unseres Kompotts, knackten mit den schweren Griffen unserer Messer die Aprikosenkerne. Und mit dem bitteren Geschmack ihrer Mandeln auf den Lippen traten wir in den eisigen Wind hinaus.

Die Liebe schien uns ins graue Dämmerlicht eines trostlosen Provinznests gemeißelt zu sein, dessen Straßen alle im Brachland endeten und von feuchtem Sägemehl bedeckt waren.

Eines Tages kam es zu einer seltsamen Begegnung in der Taiga. Es war im selben Sommer, als Utkin mit seinem steifen Bein die Liebeswurzel freigelegt hatte. Ich war gerade vierzehn geworden und wußte noch immer nicht, ob ich häßlich oder schön aussah und ob die Liebe mehr war als jenes »Ich habe es ihr gemacht«...

An einem heißen Augustnachmittag sammelten wir Holz und machten ein Feuer am Ufer des Flusses. Dann zogen wir unsere Kleider aus und sprangen ins Wasser. Obwohl die Sonne schien, war es eiskalt. Bereits wenige Augenblicke später wärmten wir uns am Feuer wieder auf. Anschließend hechteten wir erneut ins Wasser, um uns danach abermals von den heißen Flammen streicheln zu lassen. Das war die einzige Möglichkeit, wie man den ganzen Tag im Wasser verbringen konnte. Utkin, der wegen seines Beines nie badete, schürte das Feuer, während Samurai und ich mit bloßem Körper gegen die schnelle Strömung des Olei kämpften. Zähneklappernd stürzten wir dann zum Feuer und fühlten uns richtig stark. Dabei vergaßen wir aber nie, etwas Wasser in den Händen mitzubringen und Utkin naßzuspritzen, damit er an unserem Spaß teilhaben konnte. Sein Bein nachziehend, versuchte er ungeschickt den Güssen auszuweichen, die im Flug zerstäubten und kurz einen Regenbogen erscheinen ließen. Die Tropfen spritzten ins Feuer. Das wütende Zischen der Flammen mischte sich unter Utkins empörte Schreie.

Schließlich trat tiefe Stille ein. Unsere eiskalten Körper wurden allmählich von Wärme durchdrungen. Rauch umhüllte uns, biß in der Nase. Wir standen reglos da, von Wonnegefühlen betäubt, wie Eidechsen in der Sonne, versunken in den Tanz der durchscheinenden Flammen. Wir ließen unser nasses Haar von der prallen Sonne streicheln und uns von der erfrischenden Kühle des Flusses, von seinem melodischen Plätschern einschläfern. Um uns herrschte die unendliche Ruhe der Taiga. Ihr langsamer Atem, ihre gewaltige, blauschimmernde Weite, ihre undurchdringliche Tiefe...

Das Brummen eines Motors riß uns aus dieser seligen Benommenheit. Wir hatten nicht einmal mehr Zeit, unsere Kleider aufzusammeln. Ein Geländewagen fuhr ans Ufer und hielt mit einer schnellen Kehre wenige Meter vor unserem Lagerfeuer an.

Wir konnten gerade noch die Hände vor dem Bauch verschränken. In unserer Ermattung und Blöße überrascht, blieben Samurai und ich wie angewurzelt stehen.

Der Wagen hatte ein offenes Verdeck. Neben dem Fahrer saßen zwei junge Frauen. Als das Auto stand, reichte eine von ihnen dem Fahrer eine große Plastikflasche. Der Mann öffnete die Wagentür und ging zum Fluß.

Verblüfft starrten wir die Unbekannten an und bedeckten unsere Blöße mit den Händen. Sie standen von ihren Sitzen auf und schwangen sich auf das zurückgeklappte Verdeck, als hätten sie uns von dort besser sehen können. Utkin saß hinter dem Feuer, warf Heidelbeeren in die Luft, fing sie mit offenem Mund auf und wartete schelmisch lächelnd darauf, wie diese Szene enden würde.

Die beiden jungen Frauen und ihr Begleiter waren ohne Zweifel junge Geologen. Wahrscheinlich Studenten, die hier ein Praktikum absolvierten. So ungezwungen verhielten sich nur Städter. Wir waren wie gebannt.

Sie musterten uns mit derselben Neugier, die man wilden Tieren im Zoo entgegenbringt, und nahmen keinen Anstoß an unserer Nacktheit. Außerdem waren sie blond. Da wir keine Übung darin hatten, Frauengesichter deutlich auseinanderzuhalten, sahen sie für uns aus wie Zwillinge.

Schließlich sagte die Blonde, die uns am eindringlichsten betrachtete, lächelnd zu ihrer Kollegin:

»Der Kleine da ist doch der reinste Engel...«

Dabei stieß sie die andere ein wenig mit dem Ellbogen an und warf ihr einen schalkhaften Blick zu.

Die andere musterte mich mit ernstem Gesicht. Ich bemerkte, daß ihre langen Wimpern unauffällig zitterten.

»Ja, ein Engel, aber einer mit kleinen Hörnern«, erwiderte sie ein wenig gereizt und rutschte auf ihren Sitz zurück, ohne uns weiter eines Blickes zu würdigen.

Der Fahrer kam mit der gefüllten Flasche in der Hand zurück. Die erste Blondine sah mich weiter mit eindringlichem Lächeln an, bis auch sie schließlich wieder Platz nahm. Ich spürte ihren Blick fast körperlich über meine Lippen, meine Brauen, meine Brust gleiten... In diesem Augenblick wurden aus den Zwillingsschwestern zwei vollkommen unterschiedliche Frauen. Die eine war zurückhaltend und feinsinnig. Eine zarte Blonde, in der etwas gespannt war wie eine Saite. Sie glich den Kristallsplittern, die wir manchmal im Felsgestein fanden. Die andere war aus Bernstein, warm, verführerisch und sinnlich. So verschieden konnten Frauen also sein!

Das kalte Wasser, das Samurai mir von weitem auf den Rücken spritzte, riß mich aus meinen Träumen. Er stand schon im Fluß.

»Wirf ihn rein, Utkin!« rief er. »Ich werde diesen nackten Don Juan ertränken!«

»Wen?« fragte ich, denn ich hielt den Namen für ein unbekanntes Schimpfwort.

Doch Samurai antwortete nicht. Er schwamm bereits zum anderen Ufer. Wir hörten ihn häufig solche fremden Wörter sagen. Sie hatten sicherlich etwas mit dem Geheimnis um Olga zu tun.

Utkin stieß mich zwar nicht ins Wasser, doch er kam zu mir und brummte mit flacher, gebrochener Stimme:

»Los, ins Wasser! Worauf wartest du noch?«

Er schaute zu mir hoch. Und zum erstenmal bemerkte ich in seinem Blick jenen schmerzlichen, fragenden Schimmer: ein Versuch zu begreifen, wie sich das Schöne zusammensetzte... Dann wandte er sich ab und begann mit neuen Zweigen das Feuer zu schüren.

Auf dem Nachhauseweg stellte ich fest, daß selbst Samurai von der Begegnung am Lagerfeuer beeindruckt war. Er suchte nach einem Vorwand, um über die beiden Unbekannten zu sprechen, und erklärte schließlich:

»Sie kommen bestimmt von der Uni in Nowosibirsk.«

Er hatte keinen besseren Anknüpfungspunkt gefunden.

Nowosibirsk, die Hauptstadt Sibiriens, war für uns beinahe ebenso unwirklich wie die Krim. Alles, was vor dem Baikalsee lag, erinnerte uns schon an den Westen.

Samurai schwieg, dann schaute er mich an und warf unverschämt lässig ein:

»Ich wette, der Fahrer macht es ihnen jeden Tag, allen beiden!«

»Klar macht er es ihnen«, bestätigte ich schnell im Tonfall eines erfahrenen Mannes, denn ich wollte mit ihm mithalten.

An dieser Stelle brach unsere Unterhaltung ab. Wir spürten, daß etwas grundlegend falsch war an unseren Sätzen. Man hätte anders darüber reden müssen. Bloß wie? Hätte ich vielleicht von der gespannten Saite, vom Kristall, vom Bernstein reden sollen? Samurai hätte mich zweifellos für übergeschnappt gehalten.

Utkin holte uns erst bei der Fähre ein. Wegen seines lahmen Beins blieb er in der Taiga immer gut hundert Meter hinter uns zurück. Doch diesmal rief er uns nicht hinterher wie sonst. Wir machten uns deshalb Sorgen, so daß wir von Zeit zu Zeit zwischen den dunklen Stämmen nach seiner Silhouette Ausschau hielten und ihm zuriefen:

»He, Utkin! Haben dich die Wölfe schon gefressen? Huuu-huu!«

Die Fähre über den Olei – ein großes Floß aus speckigen, schwarzen Stämmen – setzte im Sommer dreimal täglich über. Das linke Ufer war unseres. Dort lag Swetlaja, der Osten. Am rechten Ufer lag Nerlug mit seinen Ziegelsteinhäusern und dem Kino *Roter Oktober*. Kurz gesagt, die mehr oder weniger zivilisierte Stadt, das Vorzimmer zum Westen …

Die Menschen, die mit der Fähre übersetzten, kamen meistens aus der Stadt zurück. Ihre Einkaufsnetze waren mit Lebensmitteln in Pappkartons gefüllt, die im Dorf nicht zu haben waren.

Werbin, der einarmige Fährmann, ergriff eine große, hölzerne Radschaufel mit einer besonderen Einkerbung und zog damit das Stahlseil ein, das er geschickt darin verklemmt hatte. Das Seil lief durch Eisenringe am Geländer der Fähre und leitete uns sicher ans andere Ufer. Samurai packte die Ersatzschaufel und half dem Fährmann.

Ich saß auf den Planken, die das Floß bedeckten, lauschte dem sanften Wellenschlag und beobachtete zerstreut, wie das Dorf näher kam mit seinen niedrigen, von Gärten umgebenen Isbas, dem Geflecht aus Fußwegen und Hecken und dem blauen Rauch, der aus einem der Schornsteine aufstieg.

Über dem rechten Ufer, wo die Stadt, der ferne Baikalsee und der Westen lagen, ging die Sonne unter. Und unser Dorf wurde von ihr in kupferrotes Licht getaucht.

In der Flußmitte stieß mich Utkin mit dem Ellbogen an und deutete mit dem Kinn auf etwas, das er in der Ferne entdeckt hatte.

Ich folgte seinem Blick und sah die Umrisse einer Frau am Ufer nahe der Anlegestelle. Ich erkannte sie gleich. Sie stand am Ufer und hielt mit der Hand über den Augen Ausschau nach der Fähre, die langsam durch den von der untergehenden Sonne orangerot gefärbten Strom glitt.

Es war Vera. Sie lebte in einer kleinen Isba am Ausgang des Dorfes. Alle hielten sie für verrückt. Wir wußten, daß sie ihre Körperhaltung nicht ändern würde, bis alle Passagiere an Land gegangen waren, die Böschung erklommen und sich auf den Weg ins Dorf gemacht hatten. Dann würde sie zum Fährmann gehen und ihn leise etwas fragen. Niemand wußte, was sie fragte, noch was Werbin ihr erwiderte.

Seit vielen Jahren kam sie zum Fluß herunter und wartete auf jemanden, der nur im Sommer kommen konnte, nur am Abend, nur mit der traumwandlerischen Langsamkeit dieser alten, mit der Zeit schwarz angelaufenen Fähre. Sie hielt Ausschau und glaubte fest daran, daß sie in der sonntäglich gekleideten Menschenmenge eines Tages sein Gesicht entdecken würde.

Als die Fähre fast das Ufer erreicht hatte, ließ Samurai die Radschaufel los und kam zu uns herüber. Mit uns betrachtete er die Frau, die auf die Fähre wartete.

»Sie muß ihn sehr geliebt haben!« sagte er und nickte überzeugt mit dem Kopf.

Wir sprangen als erste auf den Sand. Und als wir an Vera vorbeikamen, sahen wir in ihren dunklen Augen die Hoffnung dieses Tages erlöschen.

Die Sonne, die am westlichen Ufer in der Taiga versank, glich dem goldenen Gewicht des stillstehenden Pendels. Ja, die Zeit stand still. Der einst weit ausholende Schwung des Pendels war auf das Hin und Zurück der alten, an einem rostigen Seil geführten Fähre geschrumpft.

Als ich wieder zu Hause war, zog ich einen ovalen Spiegel aus der Kommode meiner Tante und betrachtete mich darin im schmeichelnden, fahlen Licht des Sommerabends. Ich wußte, daß es eines Mannes nicht würdig war, sich im

Spiegel zu betrachten. Unausdenkbar, wie Samurai und Utkin mich verspottet hätten, wäre ich bei dieser weiblichen Beschäftigung von ihnen ertappt worden. Doch mir klangen noch immer die Worte der beiden Blondinen im Ohr: »Ein Engel, aber einer mit kleinen Hörnern.« Dieser matte, ovale Spiegel, der immer trüber wurde, barg viele Geheimnisse. Die Gesichtszüge, die sich darin spiegelten, konnten also Liebe wecken. Und eine Frau in Verwirrung stürzen. Und sie jahrelang zum Fluß hinuntergehen lassen mit einer Hoffnung, die sich nie erfüllen würde.

Ausgerechnet am Jahrestag der Revolution erhielt ich eine komische Bestätigung meiner ersten Vorstellungen von der Liebe.

Meine Tante lud drei ihrer besten Freundinnen ein. Zwei waren wie sie Weichenstellerinnen bei der Eisenbahn, die dritte arbeitete als Verkäuferin in einem Lebensmittelgeschäft in Kaschdai. Auch sie waren Frauen, die allein lebten.

Auf dem Tisch stand eine Steingutschüssel mit einem Stück Schweinesülze. Es sah aus wie ein Eiswürfel, schimmerte grau und lag in kaltem, mit Öl angemachtem und mit Moosbeeren gewürztem Sauerkraut. Dazu gab es saure Gurken und Stroganina – eingelegten, in glasige Scheiben geschnittenen Fisch, der roh gegessen wird –, Kartoffeln mit saurem Rahm und Frikadellen aus Rinderhack. Zu guter Letzt Wodka, der mit Heidelbeersirup gemischt wurde.

Die Verkäuferin hatte aus ihrer Vorratskammer Waffeln, Kekse und Pralinen mitgebracht, die man nirgendwo kaufen konnte.

Die Frauen tranken. Ihre nunmehr sanfter klingenden Stimmen hörten sich an, als würde Eis brechen und schmelzen. Es lebe die Revolution! Schließlich hat sie uns diesen kurzen Augenblick des Glücks geschenkt. Trotz des vielen

Blutes, das vergossen wurde. Aber daran denken wir besser nicht! Es ist zu schmerzlich, denken wir lieber an etwas anderes! Wenigstens an diesem Abend... Das bringt uns die geliebten Gesichter auch nicht mehr zurück, auch nicht die paar glücklichen Tage und die Küsse, die nach dem ersten oder letzten Schnee schmeckten, so genau weiß das niemand mehr. Für immer verschwunden sind die Männer, in deren Augen man die Wolken zum Baikal, zum Ural, zum belagerten Moskau ziehen sah. Die diesen Wolken hinterher jagten, bis sie sie vor den Toren Moskaus auf vereisten, von Panzern zerwühlten Feldern einholten. Sie haben sie dort festgehalten in ihren weit aufgerissenen Augen, fixiert in alle Ewigkeit auf ihrem langsamen Flug nach Westen. Dort, in den Massengräbern unter dem Eis, wo sie mit dem Gesicht nach oben liegen, einem finsteren Himmel zugewandt.

Sprechen wir nicht mehr davon. Ob nach dem ersten oder nach dem letzten Schneefall, sei's drum... Einen Augenblick, Tania, ich gebe dir ein Stück hiervon, es ist weniger scharf angebraten... Zwei Briefe habe ich noch von ihm bekommen, und dann... Denken wir nicht mehr daran... Zwei Briefe in zwei Jahren... Wenn ich bloß daran denke!

Ich hatte mich auf die große, warme Platte des Steinofens gesetzt, auf dem die alten Filzstiefel, eine Wolldecke und zwei zusammengefallene Kissen herumlagen, und döste vor mich hin. Ich kannte ihre Gespräche in- und auswendig und wußte, daß sie immer wieder in die Vergangenheit des Krieges abrutschten. Sie versuchten es zu vermeiden und begannen, über die neuesten Ereignisse im Dorf zu sprechen. Anscheinend, sagten sie, war die Rektorin wieder mit diesem – wie heißt er doch gleich? – gesehen worden.

Dann fingen sie an zu singen, und das rettete sie vor den Wolken, die in den Augen ihrer kurzzeitigen Liebhaber erstarrt waren, und vor dem Klatsch, den sie sich schon jahrelang erzählten. Ihre Stimmen verloren den düsteren Klang, wurden fröhlicher. Ich war immer überrascht, wie schnell diese Frauen, diese Schatten aus einer anderen Zeit, plötzlich ernst und von schmerzlichen Erinnerungen ergriffen werden konnten. Sie sangen, und in meinen Halbschlaf drangen Bilder von einem Ritter, der gegen den Schneesturm kämpfte, und seiner Schönen, die ihn an einem dunklen Fenster erwartete. Dann die von einer anderen Liebenden, die die Wildgänse anflehte, damit sie ihrem Geliebten, der ins »Land hinter der Steppe, hinter dem blauen Meer« gezogen war, ihre Worte überbrachten. Und bald träumte ich von allem, was hinter diesem blauen Meer liegen könnte, das plötzlich in unserer schneebedeckten Isba auftauchte.

Bevor meine Tante von den sagenhaften Eskapaden der Rektorin zu sprechen begann, vergewisserte sie sich jedesmal, ob ich eingeschlafen war. »Mitja!« rief sie und wandte sich zum Ofen: »Mitja, schläfst du?« Ich antwortete nicht. Aus gutem Grund. Ich wollte auf keinen Fall verpassen, was es an neuen Abenteuern von jener Frau zu berichten gab, die als einzige in Betracht kam, welche zu haben. Ich blieb stumm. Ich lauschte.

Diesmal hörte ich meine Tante wieder fragen. Dann seufzte sie:

»Und jetzt kommt das auch noch dazu, als hätte ich nicht schon genug am Hals«, sagte sie leise. »Bald werden die Mädchen an ihm kleben wie Kletten am Schwanz eines Hundes. Ich ahne es schon.«

»Da kannst du Gift drauf nehmen«, bestätigte die Verkäuferin. »Bei so einem hübschen Jungen, Petrowna, wirst du bald nicht mehr wissen, wohin mit all den Liebchen.«

»Ja, die werden dir deinen Dimitri schnell verderben«, mischte sich eine andere Freundin ein.

Ich stützte mich auf einen Ellbogen und lauschte gierig. Mich verderben? Ich brannte darauf, etwas darüber in Erfahrung zu bringen, wie diese schreckliche Tat geschehen könnte, die ich mir ausgesprochen lustvoll vorstellte. Doch sie unterhielten sich bereits über ein gutes Rezept zum Einlegen von Pilzen.

Ich spürte, daß sogar die Kissen unter meiner Wange, diese plattgelegenen, wärmenden Daunen, eine seltsame, heimliche Begierde bargen. Die Verheißung irgendeiner traumhaften Nacht, in der die Stunden, die Dunkelheit, ja selbst die Luft ganz körperlich waren und nach Lust schmeckten. Ich sah mich am Ufer des Olei. Da stand ich, nackt, vor einem Lagerfeuer, durchdrungen von der eisigen Kälte des Wassers. Und eine dieser fremden Blondinen – ob Kristall oder Bernstein wußte ich nicht mehr – stand ebenfalls nackt hinter den Flammen. Sie lächelte mir zu, badete in der Sonne, im betörenden Duft des Kiefernharzes, in der unergründlichen Stille der Taiga. Ich vertiefte mich immer mehr in diesen Augenblick. Ich streckte meine Hand über dem Feuer nach der Unbekannten aus... Plötzlich wurde das Ufer weiß, die Stille der Taiga winterlich. Und im matten Licht der Wintersonne tanzten gemächlich Schneeflocken um unsere Körper und hüllten uns ein.

4

In jenem Winter hatten Samurai und ich es uns zur Gewohnheit gemacht, zusammen ins Badehaus zu gehen ...

Obwohl er sich wie ein Dorfbonze aufführte, war er ein recht feinfühlender Mensch. Die Reaktion der beiden Blondinen, die uns im Sommer beim Baden überrascht hatten, war ihm nicht entgangen. Seitdem behandelte er mich wie einen Gleichaltrigen. Dabei war ich gerade mal vierzehn! Und er dürfte ungefähr sechzehn gewesen sein. Damals erschien mir dieser Abstand unendlich groß.

Utkin begleitete uns nie, er wusch sich in einem Bad, das näher bei seiner Isba lag. Er hatte Angst, sein Bein zu unterkühlen.

Das Badehaus, das wir jeden Sonntag aufsuchten, unterschied sich durch nichts von anderen. Die übliche kleine, in zwei ungleiche Hälften geteilte Isba. Einem engen Vorraum, in dem wir unsere Kleider und unsere Filzstiefel ablegten, schloß sich ein quadratischer Raum an. Darin stand eine Bank über die ganze Länge der Wand und ein großer Ofen, der einen riesigen, gußeisernen Wasserbehälter heizte. Wir füllten diesen Kessel mit Wasser aus unserem Bach. Um den Behälter war eine Menge großer Kieselsteine angehäuft, die schnell glühend heiß wurde und die man mit Wasser besprengen mußte, damit sich das Zimmer in heißen Dampf hüllte. Schließlich gab es eine Art kleines Zwischengeschoß, das aus zwei Holzbrettern bestand, wo wir uns abwechselnd ausstreckten. Während einer dort lag, peitschte der andere seinen Rücken mit einer Rute aus Birkenreisig, die zuvor ins summende Wasser getaucht wurde. Diese Ruten hingen seit dem Sommer im Vorraum zum Trocknen von der Decke. Wenn die Blätter im heißen Wasser aufquollen, erfüllten sie den ganzen Raum mit ihrem durchdringenden Wohlgeruch.

Es war ein Bad wie jedes andere. Nur lag es nicht im hintersten Winkel eines Gemüsegartens, sondern außerhalb des Dorfs am Flußufer, wo der Bach in den Olei mündete. Die Isba stand seit vielen Jahren leer. Wir hatten den großen, gußeisernen Wasserbehälter geputzt, uns einen Vorrat an Birkenruten zugelegt und die Tür wieder in die Angeln gehoben. Nachdem das Badehaus zu unserem sonntäglichen Stabsquartier geworden war, schienen unsere Körper durch die Alchemie seiner Dämpfe einer erstaunlichen Verwandlung zu unterliegen ...

An jenem Abend war die Kälte so groß, daß wir unsere starren Finger nicht mehr spürten.

»Ich habe nachgesehen, als ich wegging: minus achtundvierzig Grad!« rief Samurai fröhlich, als er den vereisten Pfad zu unserem Badehaus hinunterlief.

»Heute nacht wird es sicher unter fünfzig fallen«, setzte ich noch einen drauf, denn ich konnte seine Heiterkeit gut verstehen.

Die Sterne leuchteten mit einer Unbeständigkeit, als fröstelten sie in der schneidenden Kälte. Unter unseren Schuhen stob der Schnee mit einem kurzen, lauten Zischen auseinander.

Wir stießen mit aller Kraft gegen die zugefrorene Tür. Als hätte man eine Glasscheibe eingedrückt, gab sie mit einem schroffen Klirren nach. Wir zündeten die Kerze an, die auf dem Boden einer Konservenbüchse stand. Um die langsam auflodernde Flamme leuchtete ein Lichthof in allen Regenbogenfarben. Samurai bückte sich und begann, Holz in den Ofen zu schichten, während ich Birkenholzrinden schälte, mit denen wir das Feuer entfachten.

Allmählich kam wieder Leben in das eiskalte, dunkle Zimmer. Die düsteren, aus Rundstämmen gezimmerten Wände begannen zu schwitzen. Über dem Becken schwebte ein zarter Dampfschleier.

Samurai nahm eine Kelle Wasser und besprengte die Kiesel. Sie antworteten mit einem wütenden Zischen – ein gutes Zeichen. Wir gingen in den Vorraum und zogen uns aus. Jetzt kam er uns eisig vor.

Ein richtiges Bad muß wie die Hölle sein. Die Flammen züngeln durch die kleine Ofentür. Die Kiesel, die immer mehr und immer öfter übergossen werden, zischen wie tausend Schlangen. Die Bodendielen werden glitschig. In der Finsternis sind alle Verrichtungen umständlich. Die Ruten aus Birkenreisig sind eine wahre Pein! Aber auch eine höchste Wonne. Ich bin als erster an der Reihe. Ich lege mich auf die schmalen Bretter des Zwischengeschosses, und Samurai peitscht mich wie besessen. Er taucht die Rute in das kochende Wasser und läßt sie auf meinen Rücken niedersausen. Ich heule auf vor Schmerz und Lust. Die feinen, weichen Zweige scheinen meine Rippen auseinanderzureißen. Ich kann keinen klaren Gedanken mehr fassen. Der Dampf wird immer beißender. Samurai scheint es teuflischen Spaß zu bereiten, die brennenden Reisigspitzen auf meinen Rücken prasseln zu lassen. Und er vergißt dabei nicht, von Zeit zu Zeit eine Kelle Wasser auf die glühenden Steine zu gießen. Dann verschwindet mein Peiniger für einige Augenblicke wieder in einer Dampfwolke...

Schließlich gibt mir mein vor Schmerz und Lust entrücktes Hirn mit seinem letzten Gedanken zu verstehen, daß ich keinen Körper mehr habe. Ja, so war es! An die Stelle des Körpers trat eine selige Abwesenheit, eine wohltuende Fühllosigkeit aus feuchter Dunkelheit und dem leicht stechenden Geruch der Birkenblätter, die im kochenden Wasser zogen. Dazu das regelmäßige Auf und Nieder der Rute, die jetzt ins Leere traf, die durch mich sauste, als hätte ich mich aufgelöst.

In diesem Augenblick setzten Samurais Schläge aus. Er war erschöpft, ließ die Rute fallen und legte sich auf die Bretter, die im rechten Winkel auf meine zuliefen. Ich tat meine Pflicht, doch es war, als stünde ich neben mir. Meine Arme hoben und senkten sich und geißelten dabei den muskulösen Rücken von Samurai, der vor Vergnügen stöhnte. Alles geschah wie ohne mein Zutun.

Es ist seltsam, doch es war Samurais breiter Körper, an dem mir zum erstenmal auffiel, daß ein nackter Leib schön sein konnte.

Der Dampf war so heiß, daß wir kaum noch Luft bekamen. Unsere Köpfe brummten, und anschwellende rote Blasen zogen durch unsere Blicke, bis sie zerplatzten. Es war Zeit, die Hauptsache anzugehen...

Wir öffneten die Tür des Zimmers, dann die Eingangstür und stürmten unter einem rauschenden Sternenhimmel in die geballte Kälte der Nacht.

Kurz darauf standen wir splitternackt am Saum einer Böschung, die zum Olei hinunterging. Eins, zwei, drei ließen wir uns rückwärts in den unberührten Schnee fallen. Wir spürten keine Kälte, denn wir hatten keinen Körper mehr.

Der kristallene Puls der Sterne. Der dumpfe Puls unserer Herzen. Unsere Herzen schienen verlassen zu sein, vollkommen allein, vergraben unter dem reinen, trockenen

Schnee. Der schwarze Himmel riß uns in seinen Abgrund voller Sternbilder.

Ein kurzer Augenblick ... und die zarte Dunstglocke, die über uns gehangen hatte, war verflogen. Bald darauf spürten wir wieder unsere Haut, die im schmelzenden Schnee brannte, wir spürten unsere Schultern und unser nasses Haar, das ziepte, da sich schon eine Eisschicht auf ihm bildete.

Wir kehrten in unsere Körper zurück.

Mit einem Satz sprangen wir auf, damit wir unsere schönen Abdrücke im Schnee nicht verwischten, und rannten zum Badehaus.

An diesem Abend also saß Samurai wie immer in seinem Lieblingsbottich. Es war fast eine kleine, kupferne Badewanne, und von Zeit zu Zeit rieb er ihn mit Sand aus dem Bach blank. Er zog seine langen Beine an und tauchte unter. Ich streckte mich auf der Bank aus.

Der Raum erschien uns wie verwandelt nach unserem Ausflug unter den eisigen Himmel. Die Hitze nahm uns nicht mehr den Atem, sondern umhüllte wohltuend unsere wiedergefundenen Körper. Die Gerüche waren noch immer kräftig, doch sie überlagerten sich nicht mehr, waren reiner. Es war ein köstliches Vergnügen, die warme und trockene Ausdünstung der Steine einzusaugen, um dann, nach einer kurzen Drehung mit dem Kopf, den Duft einer Birkenrute einzuatmen, die im Kessel liegengeblieben war. Und durch die Dunkelheit die Witterung eines anderen Geruchs aufzunehmen, der sich langsam ausdehnte, den Duft der im Ofen brennenden Rinde.

Nach dem Höllenspektakel, nach dem Moment der Selbstvergessenheit unter den Sternen wurde dieses ins warme Dämmerlicht getauchte Zimmer bei Einbruch der Nacht zu unserem ganz eigenen Paradies. Wir lagen lange reglos da und träumten. Dann zündete Samurai eine Zigarre an.

Auch an diesem Abend zog er eine echte Havanna aus einem Etui aus dünnem Aluminium. Ich wußte, solche Zigarren gab es nur in der Stadt zu kaufen, im siebenunddreißig Kilometer entfernten Nerlug. Sie kosteten sechzig Kopeken das Stück, das Etui inbegriffen. Soviel wie vier Schulmahlzeiten – ein Vermögen!

Doch Samurai schien sich um den Preis nicht zu scheren. Er streckte den Arm aus, ergriff das Beil, das am Ofen lehnte, legte die dicke Zigarre auf die flache Kante seines Bottichs, hieb mit einem raschen, genauen Schnitt ein kleines braunes Stück ab und zündete sie an.

Nachdem er einen Zug genommen hatte, setzte er sich im Wasser noch bequemer hin, und während er an die dunkle Decke der Isba starrte, verkündete er aus heiterem Himmel:

»Olga hat gesagt, diese kleinen Muschiks mit ihren mickrigen Kippen, diesen stinkenden Zigaretten, verstehen alle nicht zu leben.«

Ich hob den Kopf von meiner Bank und fragte:

»Was soll das heißen, sie verstehen nicht zu leben?«

»Sie geben sich mit dem Mittelmäßigen zufrieden.«

»Womit?«

»Ja, sie wollen mittelmäßig sein. Genau das hat Olga gesagt. Sie machen einander nach. Sie wollen eine mittelmäßige Arbeit, eine mittelmäßige Frau, und die wollen sie mittelmäßig lieben. Wie alle eben.«

»Und du?«

»Ich rauche Zigarren.«

»Das kostet mehr, meinst du das?«

»Nicht nur. Eine Zigarre zu rauchen ist ... äh ... Es ist ein ästhetischer Akt.«

»Wie bitte?«

»Wie soll ich dir das erklären? Wenn Olga darüber spricht, ist es völlig einleuchtend.«

»Was ist das, ästhe...?«

»Eigentlich geht es um die Art und Weise. Es hängt nicht davon ab, was man tut, sondern wie man es tut.«

»Aber das ist doch immer so. Sonst könnten wir ja auch Brennesselruten nehmen.«

»Ja, nur... weißt du, Juan, Olga sagt, Schönheit fängt dort an, wo es allein auf die Form ankommt. Wo nur noch die Art und Weise zählt. Wir haben uns nicht gepeitscht, um sauber zu werden. Verstehst du?«

»Nein, nicht ganz...«

Samurai schwieg. Schwaden von duftendem Zigarrenqualm schwebten über seinem Bottich. Ich spürte, wie er nach Worten suchte, um mir verständlich zu machen, was Olga ihm erklärt hatte.

»Weißt du«, murmelte er schließlich und zog mit halb geschlossenen Augen an seiner Zigarre, »weißt du, sie sagt zum Beispiel, daß man gar kein so großes Ding braucht wie das« – er packte das Beil und schwenkte seinen langen, leicht gekrümmten Griff –, »wenn man mit einer Frau zusammen ist. Daß es darauf nicht ankommt...«

»Darüber hat sie sich mit dir unterhalten?«

»Ja. Nicht wortwörtlich, das versteht sich, aber...«

Ich richtete mich auf, um Samurai besser sehen zu können. Ich war gespannt, welches große Geheimnis er mir anvertrauen würde.

»Worauf kommt es denn an, wenn man es einer Frau macht?« fragte ich mit gespielt harmlosem Tonfall, um ihn nicht von seinen Bekenntnissen abzubringen.

Samurai schwieg wieder. Schließlich antwortete er mir ein wenig barsch, als hätte ich ihn schon im voraus durch meine Begriffsstutzigkeit enttäuscht:

»Auf den Zusammenklang...«

»Was für einen Zusammenklang?«

»Auf den Zusammenklang von allem, vom Licht, von den Gerüchen, den Farben ...«

Er setzte sich so in seinen Bottich, daß er mich ansehen konnte, und sprudelte los:

»Olga sagt, der Körper einer Frau lasse die Zeit stillstehen. Durch seine Schönheit. Alles rennt, jeder läuft seinen Geschäften hinterher, aber diese Schönheit nimmt dich ganz gefangen.«

Er redete weiter, zuerst in abgehackten Sätzen, doch nach und nach klang seine Stimme immer sicherer. Wahrscheinlich verstand er erst, was Olga ihm anvertraut hatte, als er es mir erklärte.

Ich hörte ihm zerstreut zu. Das Wesentliche glaubte ich zu begreifen. Ich sah wieder das Gesicht der unbekannten Blondine am Flußufer vor mir. Ohne Zweifel war das ein Zusammenklang: das Plätschern des Olei, seine Kühle, der würzige Qualm des Lagerfeuers, die gespannte Stille der Taiga. Und diese unbekannte Blonde, die ich über die tanzenden Flammen hinweg anschaute und in deren sanft geschwungenem Hals sich das Weibliche so eindringlich verdichtete, daß man seiner Gegenwart nicht ausweichen konnte.

»Verstehst du, Juan, sonst wäre die Liebe wie beim Vieh. Erinnerst du dich? Letzten Sommer auf dem Bauernhof ...«

Und ob ich mich erinnerte. Es waren die ersten heißen Tage im Frühjahr. Auf dem Rückweg von der Schule gingen wir bei der benachbarten Kolchose vorbei. Plötzlich erschallte aus einer langen Blockhütte, einer Stallung, die sich über einem tiefen Morast aus Schnee und Mist erhob, das wütende Brüllen einer Kuh.

»Klingt, als wollten die Lumpen sie schlachten!« stieß Utkin empört aus und verzog das Gesicht vor Schmerz.

Samurai lachte spöttisch und bedeutete uns, ihm zu folgen. Auf dem Weg zur offenen Stalltür stapften wir mühselig durch den Morast, in dem unsere Stiefel fast steckenblieben.

Im Stall stand, durch ein starkes Gatter aus groben Brettern vom restlichen Vieh abgetrennt, eine Kuh mit fuchsrotem Fell und großen weißen Flecken am Bauch. Ihre Beine waren gefesselt. Der Kopf mit den gestutzten Hörnern war an den Brettern des Gatters festgebunden. Die Kuh schwankte schwerfällig in ihrem Käfig hin und her. Über ihrer Kruppe stemmte sich mit erdrückender und ungestümer Plumpheit ein riesiger Stier empor. Drei Männer wiesen seinem erbitterten Ansturm mit dicken Seilen den Weg. Durch die Nüstern des Stiers war ein Ring gezogen, an dem eine Kette hing, mit der einer der Männer ihn festhielt. Der Stier brüllte schrecklich und stampfte wild mit den Hinterläufen auf den schlammigen Boden, während er sich mit den Vorderläufen über den Rücken der Kuh beugte. Deren Leib wurde von einer Art Bock gestützt, damit ihre Beine unter dem ungeheuren Gewicht nicht zusammenbrachen.

Das Ding, das sich unter dem Bauch des Stieres aufrichtete, diese bläulichrote, knorrige Rute war so gewaltig, daß wir wie gebannt darauf starrten. Der von dunklem Blut glänzende Stamm schlug mit aller Kraft gegen die weiße Kruppe der Kuh. Einer der Männer rief laut, um denjenigen zu warnen, der dem Stier am nächsten stand. Aber der schien ihn nicht zu hören unter dem Stoßen und Stampfen.

In diesem Augenblick ließ der Stier ein ohrenbetäubendes Röcheln vernehmen. Wir sahen, wie der riesige Stamm unter seinem Bauch bebte und sich ein gewaltiger Strahl über die weiße Kruppe ergoß. Die Männer begannen zu schimpfen. Der Kolchosbauer, der sich am nächsten befand, packte den Stamm nun sehr geschickt und pflanzte ihn an die richtige Stelle. Die beiden anderen schrien noch immer, sie schienen wütend zu sein über seine Langsamkeit.

Der ganze Leib des Stieres wurde von schweren Stößen erschüttert. Die Böcke, die die Kuh abstützten, zitterten und gaben wiederholt ein Ächzen von sich. Wir sahen schnelle Schauer über die Haut des Stieres laufen. Sein Gebrüll klang allmählich dumpfer, als fehle ihm der Atem.

Die Begattungsmaschine wurde langsamer, die Männer, die ihrer Mechanik gefolgt waren, seufzten erleichtert auf und wischten sich den Schweiß von der Stirn.

Draußen herrschte strahlender Sonnenschein. Wir machten uns auf den Weg nach Swetlaja. Unsere Glieder kamen uns taub und schwer vor. Als hätten wir eine übermenschliche Anstrengung oder eine lange Krankheit hinter uns. Utkin sah uns mit zerknirschtem Gesicht an und stieß mit brüchiger Stimme hervor:

»Mein Onkel hat recht: Der Mensch ist das grausamste Tier auf der Erde!«

»Dein Onkel ist ein Dichter«, seufzte Samurai lachend. »Und du bist es auch, Utkin. Dichter fürchten sich immer vor dem Leben...«

»Was für ein Leben?« erwiderte Utkin, und seine Stimme hatte einen äußerst schrillen Tonfall angenommen.

Er begann schneller zu gehen, wobei seine rechte Schulter in den Himmel ragte. Sein Ausruf hallte lange in meinem Kopf nach.

Samurai saß in seinem Bottich und betrachtete mich. Offensichtlich wartete er darauf, daß ich seine letzte Frage beantwortete, die mir entgangen war, da ich ganz in meine Erinnerungen an die fleischgewordene Maschine im Stall der Kolchose versunken war.

»Wer ist Olga eigentlich?« fragte ich, um meine Unaufmerksamkeit zu verbergen.

»Wer viel weiß, wird schnell alt«, antwortete Samurai mit einem Lächeln in den Mundwinkeln.

Er stand langsam auf und stieg über den Rand des Bottichs.

»Laß uns gehen, es ist schon spät.« Er warf mir mein leinenes Badetuch zu.

Auf dem Heimweg beeilten wir uns. Unter den kurzen Schaffelljacken waren unsere Körper jetzt wieder so empfänglich für die Kälte wie kurz zuvor unsere Blicke für die furchterregende Schönheit des eisigen Himmels. Dieser Himmel zog uns nicht mehr zu sich empor, sondern erdrückte uns mit seiner nächtlichen, kristallenen Strenge. Der scharfe Wind schnitt uns in die Gesichter.

Olgas Isba lag am anderen Ende des Dorfes. Bevor sich unsere Wege trennten, blieb Samurai stehen. Vor Kälte konnte man die Lippen kaum bewegen. Das gab seiner Stimme einen angestrengten Klang:

»Vor allem kommt es darauf an, meint sie, daß einem der Tod gelingt. Ein Mensch, der von einem schönen Tod träumt, wird auch ein außergewöhnliches Leben haben. Doch so richtig verstanden habe ich das noch nicht ...«

»Und wem gelingt der Tod?« Nur mühsam hatte ich meine Lippen noch auseinandergebracht, um diese Frage zu stellen. Samurai, der bereits die andere Richtung eingeschlagen und sich einige Schritte entfernt hatte, rief in den eisigen Wind:

»Dem Krieger!«

5

Der Zug war eine gespenstische Erscheinung, ein Traumgebilde wie von einem anderen Stern. Er kam jeden Abend am Bahnwärterhäuschen vorbei und gab mit seiner schnellen Durchfahrt den Takt der Zeit, die bei uns ganz geruhsam verging.

Die kleine Isba, in der meine Tante ihren vierundzwanzigstündigen Dienst versah, kauerte sich neben den Gleisen in die Taiga, die das Dach überragte. Zu Fuß brauchte man gut drei Stunden, um vom Dorf hierherzukommen. Doch meine Tante hatte ein Abkommen mit den Fahrern der Holztransporter, die im Morgengrauen durch unser Dorf fuhren. Sie nahmen sie bis zur Teufelskurve mit, wo sich die Straße gabelte. Das war schon ein gutes Stück des Weges. Für die restliche Strecke brauchte sie nur noch eine Stunde.

Die Einrichtung der kleinen Behausung hatte jenen unbeschreiblichen provisorischen Charakter, den man in Wohnungen findet, in denen niemand wirklich zu Hause ist. Eine schmale Eisenpritsche. Über dem Tisch ein Wachstuch mit längst verblichenem Muster. Ein Kanonenofen. An der Wand über dem Bett Ansichtskarten, die wie eine Ikonostase angeordnet waren.

Der wichtigste Gegenstand in dem schmalen Zimmer war eine runde Wanduhr. Ihr von kleinen Strichen eingefaßtes

Zifferblatt hatte sich längst zum sprechenden Gegenüber gewandelt. Diesem vertrauten Gesicht konnten wir alle Abfahrtszeiten und Verspätungen entnehmen, indem wir jeder Stunde und jedem Zug einen anderen Ausdruck zuschrieben. In seinem Mienenspiel spiegelte sich etwas wider, was ich an den Abenden, die ich bei meiner Tante verbrachte, besonders mochte.

Es war im Augenblick der Dämmerung. Die Sonne war auf ihrer winterlich flachen Bahn dicht über die dunklen Tannenspitzen gestrichen und hatte sich am anderen Ende des Schienenwegs, im Westen, wo die Stadt lag, bereits schlafen gelegt. Ich trat hinaus und sah die beiden in ein rötliches Licht getauchten Schienenstränge unter dem Reif glänzen. Der Nebel wurde dichter. Das matte Rot über den verschneiten Gleisen erlosch.

Ich ging ins Haus. Ich hörte das leise Pfeifen des großen Kessels auf dem Ofen und sah meine Tante das Abendessen zubereiten: Kartoffeln und gefrorenen Speck, den sie aus einem kleinen Verschlag geholt hatte, der an die Isba gebaut war und uns als Kühlschrank diente. Dazu gab es Tee und Mohngebäck. Das Blau hinter den Arabesken der Eisblumen an dem kleinen Fenster wurde allmählich violett und schließlich schwarz.

Mit der letzten Tasse Tee begannen wir, kurze Blicke auf das Gesicht der Uhr zu werfen. Wir ahnten schon den Zug, der sich auf seinem Weg zu uns irgendwo durch die schlafende Taiga schlängelte.

Wir gingen vor seiner Ankunft hinaus. In der abendlichen Stille hörten wir ihn kommen. Zuerst ein fernes Dröhnen, das aus dem Erdinnern aufzusteigen schien. Dann ein dumpfes Krachen, als würde eine Schneehaube von einer Tanne rutschen. Schließlich ein Trommeln, das immer lauter, immer durchdringender wurde.

Wenn er in Sicht kam, hatte ich nur noch Augen für den Lichtertanz der Waggons. Und für die Lokomotive – eine echte, uralte Dampflokomotive mit riesigen, rotlackierten Rädern und blitzenden Schubstangen! Sie sah aus wie ein schwarzes, mit flockigem Reif bedecktes Ungeheuer. Und auf ihrer Brust prangte ein großer roter Stern! Der nächtliche Bolid schnaubte wild, seine Atemstöße ließen uns einige Schritte zurückweichen. Meine Tante schwenkte ihre Laterne, und ich riß die Augen auf, so weit ich konnte.

Ich stellte mir vor, wie behaglich es die Fahrgäste in den warmen Abteilen hinter den erleuchteten Fenstern hatten, und kam aus dem Staunen nicht mehr heraus. Was waren das für geheimnisvolle Wesen, die darin saßen? Hin und wieder konnte ich die Umrisse einer Frau erkennen oder ein Paar hinter einem kleinen Tisch ausmachen, auf dem zwei Teegläser standen. Manchmal sah ich sogar eine Gestalt in der Dunkelheit eines Liegewagens. Doch solche Blitzaufnahmen gelangen mir nur selten. Eine dicke Eisschicht oder ein zugezogener Vorhang versperrten mir die Sicht. Dabei gab ich mich schon mit dem Anblick eines Schattens zufrieden.

Ich wußte, daß es in diesem Zug einen besonderen Waggon gab, der mit Aufschriften in drei fremden Sprachen versehen war: *Wagon-lit – Schlafwagen – Vagoniletti.* Darin reisten Menschen aus dem Westen durch das Reich. Für uns waren sie Wesen von einem anderen Stern.

Ich stellte mir eine Frau in dem Abteil vor: Sie war schon einen Tag unterwegs und würde noch eine ganze Woche darin verbringen! Im Kopf ging ich ihre Reiseroute durch: Baikal, Ural, Wolga, Moskau ... Wie gerne hätte ich diese fremde Reisende begleitet! Wie gerne hätte ich in diesem kleinen, warmen Abteil Platz genommen, wo man so dicht beisammen saß, daß aus jedem Handgriff, jedem Blick eine Liebeserklärung werden mußte, besonders wenn es dunkel wurde. Und unter dem rhythmischen Stampfen der Waggons war die Nacht lang, sehr lang.

Schon legte sich das Schneegestöber, das der märchenhafte Zug aufgewirbelt hatte, und die beiden roten Rücklichter verschwanden immer mehr im eisigen Nebel über den Schienen.

Der Himmel war bedeckt, als ich an einem Nachmittag im Februar meine Tante im Bahnwärterhäuschen besuchte. Schon auf meinem Weg durch die Taiga hatte ich den eigenartig matten Schimmer bemerkt, der in der Luft lag. Ein Dunstschleier hing über den blauen Weiten ringsum, doch er flimmerte nicht wie der Nebel während der großen Fröste. Er nahm dem Schnee jeden Glanz, verwischte die Konturen. Sonst sah die Taiga aus wie ein von den schwarzen Streifen der Tannen geriffelter Eisblock. Jetzt aber schien es, als wartete jeder Baum auf ein Zeichen, um aus der langen Winterstarre zu erwachen, als wollte die Taiga den Winter schon abschütteln.

Auf den Tannenzweigen, die auf das Dach des kleinen Häuschens herunterhingen, sah ich zwei Krähen sitzen. Ihr kehliges Krächzen hörte sich an, als würden sie sich unterhalten. Und auch in ihrem Gekrächze meinte ich, eine dumpfe, schmachtende Müdigkeit zu vernehmen. Es klang anders als zur eisigen Jahreszeit, ihre Stimmen kreischten nicht, die Töne schwebten vielmehr in der angenehm milden Luft und fanden hier und da einen trägen Widerhall.

»Es steht uns wieder ein Wärmeeinbruch bevor!« meinte meine Tante, als sie mich auf der Schwelle erblickte. »Wenn es jetzt zu schneien beginnt, dauert es bestimmt länger als einen Tag.«

Das diesige Schmachten der Natur ging mir an jenem Tag seltsam nahe. Seit einigen Wochen schon war ich von einer seltsamen Unruhe ergriffen, die mehr vom Herzen als vom Kopf ausging. Die Empfindung war so neu für mich, daß ich sie spürte, als wäre sie ein Gegenstand, den ich anfassen könnte wie die Streichholzschachtel in meiner Tasche. Doch ich wußte nicht, woher dieses Gefühl rührte.

Manchmal kam es mir vor, als hätte alles an jenem Abend im Bad angefangen. Samurai sprach damals von der Schönheit des Frauenkörpers, die, wie er sagte, die Zeit anhalte. Seither weckte der Duft seiner Zigarre eine unbekannte Sehnsucht in mir. Es war jene Sehnsucht, die quälerisch ist, die Sehnsucht nach Orten und Gesichtern, die man nie gesehen hat und um die man dennoch trauert, als hätte man sie für immer verloren. Unerfahren, wie ich war, konnte ich nicht wissen, daß es sich einfach um die noch ziellosen Liebesgefühle eines Jünglings handelte. Die Gefühle waren daher heftig, aber blind. Ja, es hätte nicht viel gefehlt, und ich wäre den sich langsam aufschwingenden Krähen hinterhergelaufen, nur um in dieses Krächzen einzutauchen, das ein lustvolles Faulenzen verhieß. Ich fühle, daß die Natur ihre eigene Weise für den Frühling vorbereitete, und ich sehnte mich danach, an seiner Liebesfeier teilzuhaben. Ich wollte mich hingeben. Bloß wem?

Ich nahm es Samurai übel, daß er von all diesen bewegenden Dingen – von der Liebe, vom Leben, vom Tod auf eine Weise gesprochen hatte, die für mich unverständlich, widersprüchlich, zu gelehrt war. Ich hatte gelernt, einen sehr handfesten Blick aufs Leben zu werfen. Man sagte Liebe, und ich sah die anmutigen Kurven der schönen Unbekannten hinter dem Lagerfeuer vor mir. Sagte man Leben, spielte sich vor meinen Augen das Kommen und Gehen der Gesichter ab, die um die drei Pole unserer Welt kreisten, die Taiga, das Gold und das Lager.

Der Tod war ein Lastwagen, der in der Schneise bei

der verdammten Teufelskurve langsam unter dem Eis verschwand. Und ein Wolf, der große und schöne Wolf, den die Holzfäller geschossen und bei Werbins Isba von ihrem Traktor geworfen hatten. »Mach dir eine schöne Tschapka daraus, Alter!« hatten sie gerufen. Der Wolf war schon steif, seine harten Pfoten völlig reglos. Und im Winkel seines stolz blickenden Auges hing eine große Eisträne.

So und nicht anders hätte ich das Leben mit all seinen Freuden und all seinem Schmerz gerne gesehen, als unmittelbares Erleben und ohne darüber nachzudenken. Samurai und seine Fragen bereiteten mir Unbehagen.

Auf den Nachtzug zu warten kam mir blödsinnig vor. Mit weit aufgerissenen Augen und zitterndem Herzen auf jene berühmte Transsibirische Eisenbahn zu warten, um eine Schattengestalt vorbeifliegen zu sehen, die nicht einmal ahnte, daß es mich gab – wie kindisch! Und in wie viele dieser schemenhaften Frauengestalten hatte ich mich nicht schon verliebt, während ich sie auf ihrer Reise durchs Reich begleitete? Dabei wußte ich nicht einmal, ob neben meiner schönen Unbekannten nicht ein Gatte seelenruhig schnarchte.

Ich war enttäuscht, fühlte mich zum Narren gehalten, beinahe verraten von meiner nachtschwärmerischen Schönen aus dem Westen.

Draußen in der diesigen Luft tanzten, wie vorausgesagt, große, bauschige Schneeflocken. Die Schneise über den Schienensträngen war von weißen Fäden durchwirkt.

Ich ging zu meiner Tante, die mit einem ölgetränkten Lappen die Muttern der Weiche putzte.

»Ich werde jetzt gehen«, sagte ich zu ihr und umschloß mit der Hand den Stellhebel.

»Was ist in dich gefahren? Willst du nicht zu Abend essen? Es wird bald dunkel sein!«

»Nein, ich habe auf die Uhr gesehen, es ist erst halb sieben.«

»Aber bis du zur Teufelskurve kommst, ist es bereits Nacht. Und sieh dir bloß den Himmel an: In einer Stunde werden wir hier einen Schneesturm haben.«

Sie wollte mich um jeden Preis zurückhalten. Ob sie mit ihrem weiblichen Einfühlungsvermögen, das vom vielen Allein- und Unglücklichsein geschärft war, bereits etwas ahnte? Sie führte alle nur denkbaren Gründe an.

»Und die Wölfe? Du weißt doch, sie haben jetzt keine vollgefressenen Bäuche wie im Herbst.«

»Ich habe doch meinen Pickel. Außerdem kann ich ja eine Fackel anzünden.«

Zuletzt brachte sie ein Argument vor, das ihr wie eine unwiderstehliche Verführung erschien.

»Willst du nicht wenigstens auf die Transsibirische warten?«

»Nein«, erwiderte ich nach kurzem Zögern, »heute nicht. Wenn es so viel schneit, wie es jetzt aussieht, dann wird der Zug sowieso erst mit großer Verspätung kommen.«

Sie steckte mir einige Mohnkekse in die Tasche und gab mir noch eine Schachtel Streichhölzer mit – für alle Fälle.

Ich nahm meinen Pickel – einen langen Stock mit Eisenspitze – und winkte meiner Tante zum Abschied. Dann machte ich mich auf den Weg. Ich ging die Gleise entlang jenem Zug voraus, der in einem seiner Abteile die Unbekannte aus meinen Träumen brachte. Sie wußte noch nicht, daß aus unserem Rendezvous nichts werden würde.

Das zinnenbewehrte Bollwerk der Taiga wahrte den Ausdruck seliger Hingabe und träger Ermattung. Geräuschlos wogte der Vorhang aus weißen Federn und verzauberte den Blick. Eine fahle, milde Nacht brach an. Hellwach schien sie auf den Sturm zu warten. Die Schönheit der nächtlichen Taiga war überwältigend.

Die Natur war Frau! In jedem Luftzug war das Weibliche zu spüren. Es war im betäubender Taumel der großen Flocken, die mein Gesicht streichelten, in den schmachtenden Rufen der Dohlen, die den plötzlichen Wärmeeinbruch begrüßten, im fahlen Rot der Kiefernstämme, das unter dem nassen Lüster des schmelzenden Reifs kräftiger wurde.

Der weiche Schnee, die Vogelrufe, die nasse, rote Rinde, alles war Frau. Und da ich nicht wußte, wie ich mein Verlangen danach ausdrücken sollte, stieß ich plötzlich ein schreckliches tierisches Geheul hervor.

Schwer atmend lauschte ich dem langen Echo, das sich in der linden Stille der Luft, in der unergründlichen Tiefe der Taiga fortpflanzte.

Ich folgte eine Zeitlang der Bahntrasse und ging dabei über die Schwellen. Als die Schienen allmählich unter immer höheren Schneebergen verschwanden, schnallte ich meine Schneeschuhe an und schlug mich durch den Wald. Ich nahm eine Abkürzung. Ich beschloß, nach Kaschdai zu gehen. Ich konnte nicht länger warten. Ich mußte auf der Stelle erfahren, wer ich war. Ich mußte etwas mit mir anstellen. Ich wollte Gestalt gewinnen. Wollte ein anderer, wieder eins mit mir werden. Die Probe machen. Und vor allen Dingen entdecken, was Liebe ist. Ich wollte die schöne Reisende in der Transsibirischen Eisenbahn, diese schmerzende Schönheit aus dem Westen hinter mir lassen. Bevor der Zug durchfuhr, wollte ich unbedingt dieses geheimnisvolle Organ in mein Herz und meinen Körper gepflanzt haben: die Liebe.

6

Die Stadt, die in ihren trostlosen Winteralltag versunken war, schien wenig dazu angetan, meine Hochstimmung zu teilen. Die Straßen bebten heftig unter den gewaltigen, mit langen Kiefernholzstämmen beladenen Lastwagen. Auf der Schwelle der einzigen Schnapsbude erschienen Männer, die Flaschen unter ihren Schaffelljacken verschwinden ließen. Die Frauen, die unter dem Gewicht ihrer Einkaufsnetze nur mühsam vorankamen, trugen ihre dicken Wintermäntel wie eine schützende Panzerung. Der Wind, der immer stärker wurde, überzog ihre Gesichter mit Schneekristallen. Sie hatten keine Hand frei, um sie wegzuwischen. Es blieb ihnen nichts anderes übrig, als die Stirn zu beugen und hin und wieder mit einem lauten Schnauben den Kopf zu schütteln, wie Pferde es tun, um die Hornissen zu vertreiben. Es war undenkbar, daß zwischen den Männern, die es eilig hatten, die Spuren eines harten Arbeitstages mit einem Schluck Wodka wegzuspülen, und den Frauen, die sich wie Eisbrecher einen Weg durch den Schneesturm bahnten, eine Verbindung bestehen könnte. Als ob sie zwei grundverschiedenen Rassen angehörten. Zu allem Übel fiel der Strom immer wieder aus. Wahrscheinlich war der Wind daran schuld. Mal lag die eine, mal die andere Straßenseite in völliger Dunkelheit. Die Frauen umklammerten die Griffe ihrer Taschen und beschleunigten den Schritt. Sie ähnelten sich so sehr, daß ich einen Augenblick lang glaubte, immer denselben Gesichtern zu begegnen, als hätten sie sich in der dunklen Stadt verlaufen und gingen immer im Kreis.

Auch ich irrte eine gute Viertelstunde durch das Schneegestöber. Ich wagte mich nicht an den Ort des Geschehens, in den menschenleeren Flügel des Bahnhofsgebäudes. Dort konnte man die Frau treffen, die ich suchte. Ich wußte bereits, wie man es anstellte. Mit Samurai zusammen hatte ich sie schon einmal gesehen. Sie hatte am Ende einer niedrigen Sitzreihe aus wurmstichigem Sperrholz gesessen, in einem Nebenraum der Bahnhofshalle, wo eigentlich nie jemand wartete. Dort gab es eine Imbißtheke mit einer Bedienung, die gähnend Tassen und Stullen mit vertrockneten Käsescheiben hin- und herschob, und die verstaubten Zeitungsständer eines Kiosks, der immer geschlossen hatte. Von Zeit zu Zeit stand die Frau auf, ging zum Fahrplan und studierte ihn mit übertriebener Aufmerksamkeit, als ob sie einen Zug suchte, den nur sie kannte. Anschließend kehrte sie auf ihren Platz zurück.

Wir beobachteten einen Mann, der sich neben sie gesetzt hatte und ihr einen zerknitterten Fünf-Rubel-Schein hinhielt. Wir standen am Kiosk und taten so, als betrachteten wir mit großem Interesse die Titelseiten der mehrere Monate alten Zeitschriften. Dann hörten wir ein kurzes Geflüster und sahen sie zusammen weggehen. Sie trug einen Schal mit Durchbruchstickerei, unter dem ihr glanzloses rotbraunes Haar hervorschaute.

Ich sah sie sofort in dem kleinen, öden Wartesaal. Es hallte, als ich ihn mit steifen Schritten durchquerte, und man sah die Spuren meiner Stiefel auf den glatten Steinfliesen. Sie saß an ihrem üblichen Platz. Mein Blick war so schüchtern, daß ich nur ihre Haarfarbe wahrnahm. Und die Umrisse ihres aufgeknöpften Herbstmantels mit einer zweireihigen roten Perlenkette darunter.

Ich ging zum Kiosk, betrachtete das Photo der letzten zwei Kosmonauten, ihr strahlendes Lachen, dann das glatte Gesicht Breschnews, das auf einem anderen Titel prangte. Bis auf das Knarren der Tür in der Bahnhofshalle nebenan und das Klirren der Gläser, die von der schlafwandlerischen Bedienung hinter der Theke verstaut wurden, war nichts zu hören.

Ich blickte in die Hochglanzgesichter der Kosmonauten, ohne sie zu sehen, denn alle meine Sinne waren damit beschäftigt, wie die Fühler eines Insekts die geheimnisvolle Beziehung zu ergründen, die sich zwischen mir und der rothaarigen Frau anbahnte. Die eintönige Atmosphäre des Wartesaals schien von einer unsichtbaren Materie erfüllt zu sein, die erst durch unsere Anwesenheit entstanden war. Und vom Schweigen der Frau hinter mir, von ihrer gespielten Aufmerksamkeit für die stimmlosen Ansagen aus dem Lautsprecher und ihrem echten Warten. Von dem Körper im braunen Mantel, einem Körper, in den ich bereits meine Lust träufelte. Von der Gegenwart einer Frau, die noch nicht wußte, daß ich sie besitzen würde, und die in dieser Welt aus Schnee ein einzigartiges und zugleich furchterregendes Geschöpf für mich war.

Ich gab mir einen Ruck, riß mich von der Zeitungsauslage los und ging einige Schritte auf sie zu. Doch meine Füße folgten mir nicht, sie lenkten mich in einem großen Bogen um und trugen mich in die Bahnhofshalle zurück. Mit klopfendem Herzen stand ich wieder vor dem Fahrplan. Die Zeiten der Transsibirischen Eisenbahn wurden in großen Buchstaben angezeigt, dazu, in kleiner Schrift, die einiger Regionalzüge.

Plötzlich hatte ich eine leichte Ahnung von der unendlichen Traurigkeit, die die rothaarige Prostituierte jeden Abend vor diesem Fahrplan empfinden mußte. Vor den Städten und Uhrzeiten, vor Abfahrt und Ankunft der Züge, immer auf demselben Bahnsteig, dem Bahnsteig 1. Ja, vor diesen seltsamen Zügen, die sie Woche für Woche zu verpassen schien. Und dennoch stand sie häufig auf und studierte die Abfahrtszeiten mit großer Aufmerksamkeit. Bei jedem Wort aus dem heiseren Lautsprecher spitzte sie die Ohren. Aber der Zug fuhr ohne sie ab...

Ich stand vor dem Fahrplan und nahm all meinen Mut zusammen, bevor ich erneut über die Schwelle zum kleinen Wartesaal trat. Ich prüfte, ob die Tschapka auf meinem Kopf auch gut saß – ich wollte »erwachsen« aussehen, mit einer schräg über ein Ohr gezogenen Mütze, die an der Schläfe ein paar Locken unbedeckt ließ. Nach Kosakenart. Ich befühlte den Geldschein in meiner Tasche, der in meiner glühenden Hand feucht geworden war. Unglücklicherweise hatte ich keinen Fünf-, sondern nur einen Drei-Rubel-Schein, der um zwei Rubel in Münzen gewickelt war. Ich fürchtete, die Rothaarige würde nur dieses grüne Knäuel sehen und mich mit einem verächtlichen Grinsen abweisen. Ich konnte doch nicht meinen ganzen Schatz vor ihr ausbreiten! Hätte ich hingegen versucht, Schein und Münzen gegen einen einzigen Geldschein zu tauschen, hätte ich mich sofort verraten: Jede Verkäuferin würde sofort wissen, so dachte ich, was ich mit der verhängnisvollen Summe von fünf Rubel vorhatte.

In meiner kurzen Felljacke, die von einem um die Taille geschlungenen Soldatengürtel zusammengehalten wurde – einem dicken Ledergürtel, dessen Bronzeschnalle mit einem blankpolierten Stern besetzt war –, sah ich aus wie jeder x-beliebige junge Holzfäller. In dieser landesüblichen Männertracht war mein Alter nicht zu erkennen. Außerdem hatte ich leicht zu den Schläfen gezogene graue Wolfsaugen. Ich gehörte zu den Kindern mit den Augen eines Erwachsenen.

Ich warf einen letzten Blick auf die Abfahrtszeit irgendeines beliebigen Zuges. Dann drehte ich mich um. Die Klinke an der Glastür des kleinen Wartesaals wurde zum Angelpunkt meiner ganzen Angst und meiner pochenden Begierde. Dahinter lag ein Raum, der bis unter die Decke vom leuchtendroten Vermeil ihrer Kette schimmerte.

Ich drückte die Klinke. Diesmal ging ich schnurstracks auf die rothaarige Frau zu. Noch zwei Schritte trennten mich von ihr, da fiel das Licht aus. In der Bahnhofshalle ertönten das ängstliche Gezeter der Fahrgäste, einige Flüche und das Trampeln eines Bahnbeamten, der sich mit einer Lampe einen Weg durch die Dunkelheit bahnte.

Wir fanden uns auf dem Bahnsteig wieder, in den weißen Böen des Schneesturms. Sie und ich. Es war der einzige noch schwach beleuchtete Ort. Denn die Lichter des langen, schwergewichtigen Transsibirien-Expresses ergossen sich über den Bahnsteig. Schnaufend und ganz von Schnee bedeckt, bohrte die Lokomotive mit ihrem Scheinwerfer eine lange Lichtsäule in das Schneegestöber. Die Fenster der Waggons warfen ihr sanftes Licht in hellen Rechtecken auf den Bahnsteig. Dicke Schneeflocken wirbelten durch die gelben Vierecke wie Nachtfalter im Lichthof einer Straßenlaterne.

Schon waren die wenigen Fahrgäste, die an diesem Bahnhof den Zug bestiegen, in ihre Waggons geklettert. Und diejenigen, die hier aussteigen mußten, hatte das Schneegestöber in den gewundenen Gassen Kaschdais bereits geschluckt. Sie und ich, wir blieben allein zurück. Vielleicht waren wir Reisende ohne Gepäck, die aufs Trittbrett springen wollten, sobald der Pfiff ertönte? Oder, was kaum anzunehmen war, Verwandte, die unbedingt ausharren wollten, bis auch der letzte Schimmer eines geliebten Menschen in der Nacht verschwunden war?

In unserem Rücken spürten wir den Blick des gefürchteten Milizsoldaten Sorokin, der den großen Kragen seiner Schaffelljacke vor seine Nase geschlagen hatte und auf dem schneebedeckten Bahnsteig auf und ab ging. Auch er wartete auf den Pfiff zur Abfahrt. Er schien unentschlossen: Sollte er sich die Rothaarige schnappen und die drei Rubel kassieren, die er gewöhnlich von ihr erpreßte, oder sollte er sich an den Burschen vom Lande halten, ihn in sein verrauchtes Dienstzimmer schleppen und sich die Nacht damit vertreiben, ihm Angst einzujagen? Wir hätten ein Paar sein können, und das brachte diesen dumpfen, gefühlskalten Mann durcheinander. Angesichts der Bedrohung, die von dem anrüchigen Schutzmann ausging, waren wir allmählich immer näher zusammengerückt. Es war eigenartig, aber zu zweit konnte er uns nichts anhaben. In erster Linie schützte ich sie. Ja, ich schützte diese große Frau in dem Herbstmantel, der ihre Knie nur knapp bedeckte. Ich legte die Hand auf die Gürtelschnalle, warf mich in die Brust und starrte auf das helle Fenstviereck, das auch sie fixierte. Dem Milizsoldaten gelang es nicht, uns unabhängig voneinander zu sehen: Es hätte ja sein können, daß der junge Bursche vom Lande ein Vetter oder Neffe der Rothaarigen war.

Im Neuschnee waren noch die Spuren unserer Schritte zu sehen, die unmerklich aufeinander zuliefen. Und hinter dem Fenster konnte man in einem behaglichen Abteil die Umrisse einer Frau erkennen. Die geruhsamen Handgriffe des Abends. Ein großes Glas heißen Tees, in das man lange blasen muß, während der Blick in den weißen Sturmböen versinkt, die gegen die ächzende Scheibe schlagen.

Der zerstreute Blick bleibt an zwei undeutlichen Gestalten auf dem ansonsten menschenleeren Bahnsteig hängen. Worauf sie wohl warten?

Mit dem Pfiff erwachte der Zug, setzte sich in Bewegung und zog das helle Rechteck unter unseren Füßen fort. Der Bahnhof lag noch immer im Dunkeln. Das Paar, das wir bildeten, würde nur noch wenige Augenblicke bestehen können.

Als die Lichter des allerletzten Waggons an uns vorüberflogen, zog ich plötzlich meine fünf Rubel aus der Tasche. Sie sah die jähe Bewegung, lächelte etwas herablassend (zweifellos hatte sie den Sinn meines Kommen und Gehens im Wartesaal erraten) und neigte ein wenig den Kopf. Ich wußte nicht, ob es eine Ablehnung oder eine Einladung bedeutete. Trotzdem folgte ich ihr.

Wir gingen lange auf engen Pfaden, die von schneebedeckten Hecken gesäumt waren. Der Sturm hatte seine Schwingen schon ausgebreitet und blies mit solcher Kraft in unsere Gesichter, daß es uns den Atem verschlug. Ich ging hinter der rothaarigen Frau her, die mit einer Hand das unter ihrem Kinn geknotete Wolltuch festhielt und mit der anderen die Schöße ihre Mantels raffte. Beim Gehen sah ich ihre Beine, die für kurze Augenblicke entblößt wurden, und ich begriff nichts mehr, denn ich war taub vom Pfeifen des Windes, erschöpft von den heftigen Attacken meiner Begierde. »Wohin gehen wir?« fragte eine dumpfe, unbekannte Stimme in mir: »Welchen geheimen Sinn haben diese dicken Beine, die in pralle Schenkel münden, diese strammen, in schwarzen Lederstiefeln eingezwängten Waden? Was habe ich mit diesem viel zu leicht bekleideten Körper zu tun? Was verbindet mich mit ihm? Was für ein Sinn ist in diesem Leib unter der dünnen Stoffhülle verborgen? Woher nimmt er die Wärme, die ich schon tief in meinem Innersten spüre? Was für einen Sinn hat diese geballte Wärme, dieses drängende Leben unter dem kalten Himmel auf den ausgestorbenen Straßen?«

Wir stapften weiter durch die finstere, weiße Stadt. Es ist ermüdend, sich im Sturm gegen die Böen zu stemmen. Das Knirschen der Schritte, das Rauschen des Windes, der unter das Fell der Tschapka schlüpft und einem die Klage der Schneeflocken ins Ohr flüstert, die auf dem Gesicht zergehen. Einmal roch ich den Duft von brennendem Kiefernholz; der Wind hatte den Wohlgeruch des Feuers zu mir getragen. Ich sah auf und betrachtete die Frau, die vor mir ging. Mein Blick hatte sich verändert. Plötzlich meinte ich, sie führe mich in ein Haus, das seit langem auf mich wartete, das mein eigentliches Zuhause sei. Und sie sei die Frau, die mir von allen Menschen am nächsten stehe, ein Mensch, den ich wie durch ein Wunder in diesem Schneesturm wiederfinden würde.

Sie wohnte am Ausgang des Städtchens, und wir mußten erst durch einen zugeschneiten Hof gehen, bevor wir zu ihrer Isba gelangten. Die rothaarige Frau – seit wir vom Bahnhof weggegangen waren, hatte sie kein Wort mit mir gewechselt – lächelte plötzlich und deutete auf die Holztreppe:

»Wir sind da, Seemann. Geh rein!« forderte sie mich mit einer fast fröhlich klingenden Stimme auf.

An dieser Grenze, zwischen dem Geheul des weißen Sturms und dem dunklen Innenraum der Isba, hatte die Stimme eine eigenartige Resonanz. Wie der Widerhall eines unbekannten Rituals, das sie befolgte, sobald sie über die Schwelle trat. Hier also sollte ich ihr Mann, ihr Freier werden.

Wir gingen durch den dunklen Flur und stiegen ein paar Stufen hinauf, die unter unseren Schritten knarrten. Sie stieß die Tür auf, suchte tastend den Lichtschalter an der Wand und drückte mehrmals darauf.

»Ach, wie dumm von mir! Die ganze Stadt spielt Blindekuh, und ich? Na los, dreh dich, alte Lichtmaschine!« rief sie belustigt und kicherte dazu.

Ich hörte, wie sie eine Schublade öffnete, ein Streichholz anzündete. Der schummrige Lichtschein einer Kerze erleuchtete das Zimmer. Zweifellos hatte die flackernde Flamme meinen Blick verändert. Allmählich hoben sich die Bewegungen, die Worte, die Gerüche von der zitternden Dunkelheit ab, nacheinander und zusammenhanglos. Sie warfen Schatten von Bewegungen, Wörtern und Gerüchen.

Schwarz auf gelb sah ich ihr Profil an der Wand. Ebenso das Glas, dessen braunen Inhalt sie in ihren gierig schluckenden Mund goß. Sie füllte es noch einmal und reichte es mir – das übliche Getränk der Taiga: eine Mischung aus Alkohol und eingemachten Moosbeeren. Es durchdrang mich wie einer der Schatten, die über die nackte Wand der Isba huschten. Es brannte im Hals, kratzte am Gaumen, erfüllte mich mit Düsternis. Wie zuvor nahm ich nur Bruchstücke wahr. Die Kerze war im Nebenzimmer geblieben, und die Ausschnitte, die ich noch sah, wurden dunkler, matt. Alles lief auseinander. Plötzlich ein Schimmer: Vor meinen Augen tauchte ihr Leib in seiner aufdringlichen, erschreckenden Fahlheit auf. (Man macht sich nie ein Bild von den Ausmaßen, die ein Oberkörper annehmen kann!) Eine helle Masse, getönt von einem gelblichen Schatten. Der bleiche Fleck tauchte sogleich wieder in die Dunkelheit ein, die mit dem metallenen Quietschen des Bettes über mir hereinbrach. Ein anderes Bruchstück: ihre große rote Hand. Mit absurder Fürsorglichkeit und Beharrlichkeit zog sie die Bettdecke über meine nackten Schultern. Und eine Porzellanfigur auf dem Regal neben dem Bett: eine schlanke

Ballerina mit ihrem Partner. Plötzlich sah ich ihre glatten Gesichter, ihre reglosen Augen ganz dicht vor mir.

Alles, was in diesem Bett geschah, das nach kaltem Rauch und süßem Parfum roch, war nur die immer wieder unterbrochene und vergebliche Anstrengung, diese Bilder zusammenzufügen.

Durch Zufall oder aus Furcht, nicht das zu tun, was ein Mann tun mußte, faßte ich eine ihrer Brüste an. Sie war schwer und kalt und erwiderte den Druck meiner Finger nicht. Ich ließ sie aus der Hand fallen, wie man einen toten Vogel ins Gras gleiten läßt. Ich versuchte, mit meinem ganzen Gewicht diesen Körper zu erdrücken, dessen Umrisse in der Dunkelheit verschwammen, ihn mit meiner Begierde zu umfangen. Mein Gesicht tauchte in die roten Locken. Da stieß ich auf ein neues, anderes Bruchstück – auf Tropfen geschmolzenen Schnees in ihrem Haar. Und auf einen schlichten, lange getragenen Ohrring, der meine Lippen berührte...

Ich hatte geglaubt, die Liebe besitze dieselbe sinnliche Kraft wie der Hechtsprung in den Schnee, den Samurai und ich nach dem Bad bei eisiger Kälte in der Dunkelheit machten. Ich erwartete diesen einzigartigen Augenblick, in dem aus der Hitze des Bades und der Kälte der Sterne eine überwältigende Verbindung entstand. Ich hatte geglaubt, es gebe nichts zu berühren, nichts zu betasten, nichts wiederzuerkennen, alles sei wie eine einzige brennende Berührung. Dann wäre ich ganz eins mit mir, und es gäbe kein Außen und kein Innen mehr. Ich würde zum Organ dieser unbeschreiblichen Berührung werden...

Die rothaarige Prostituierte mußte meine Verwirrung gespürt haben. Schwerfällig spreizte sie die Beine, so daß ich in ihre Lenden rutschte. Sie sammelte ihre Kräfte, spannte ihre Muskeln, ihren Körper. Mit einer Hand griff sie unter meinen Bauch, faßte mich an und führte mich in sie ein. Es war ein sicherer, gekonnter Griff. Als ob sie mich ihrem Körper anpaßte, mich in Einklang mit sich brächte. Und indem sie sich ein wenig aufbäumte, schubste sie mich an und brachte mich auf Trab.

Ich wand mich zwischen ihren dicken Schenkeln. Ich klammerte mich an ihre schlaffen Brüste, die sie mir in träger Resignation überließ. Mein Unterleib schien eine große, schmierige, heiße Wunde unter ihrem Bauch zu weiten.

Von solcher Beschaffenheit war also die Liebe: schmierig, glitschig. Und die Liebenden: schwerfällig und atemlos. Es war, als würde jeder den Körper des anderen mühsam mitziehen. Aber wohin?

All das verstand ich erst später. Es ging mir erst durch den Kopf, als ich gebeugt durchs Schneegestöber rannte, um diesem sumpfigen Bett, dieser nach kaltem Rauch riechenden Isba zu entkommen. Meine Backe brannte. Die rothaarige Prostituierte hatte mich barsch zurechtgewiesen und mir mit haßerfülltem Blick zwei fürchterliche Ohrfeigen verpaßt.

Ich rannte zu der großen Brücke, die sich in einem Bogen über den Olei spannte. Ohne über mein weiteres Tun nachzudenken, stürzte ich mich in die flockige, weiße Brandung. Worüber sollte ich noch nachdenken? Alles lag in nackter Klarheit vor mir. So nackt wie der weiße Abgrund, der sich am höchsten Punkt der Brücke zu meinen Füßen auftun würde. In diesem Abgrund wäre ich vor dem Blick der rothaarigen Frau sicher. Vor ihrem Blick und vor diesem entsetzlichen Schlamassel namens Liebe. Ein Sprung über das Geländer, und ich wäre gerettet vor dem Bild, das in meinem Kopf allmählich wieder deutlicher wurde.

Ich meine den Anblick, der sich mir bot, als plötzlich das Licht anging, während ich auf ihrem massigen Körper fieberhaft hin- und herrutschte. Absurderweise floß auf einmal wieder Strom. Eine starke Glühbirne tauchte das ganze Zimmer in grelles Licht und ließ alles vor Verblüffung erstarren. Die rothaarige Prostituierte kniff die Augen zusammen und verzog das Gesicht, als ob sie sich ekelte. Ich betrachtete dieses breite Gesicht. Diese grell geschminkte Maske. Ihr zerlaufenes Make-up. Ihre glänzenden Poren. Ich fühlte, wie sehr sie diesem schonungslosen Licht ausgeliefert war. Wie sehr diese blödsinnige Rückkehr des Stroms sie überrumpelt hatte. Aber auch ich war überrumpelt. Ich konnte mich nicht von dem Anblick abwenden. Sie war unter der Maske erstarrt. Und ich kämpfte mich wenige Zentimeter über diesem leidenden Gesicht ab. Ihre Grimasse erweckte ein seltsames Mitleid bei mir, und genau in diesem Augenblick entlud sich meine Lust.

Ich wußte nicht, ob ich Angst, Mitleid, Liebe oder Ekel empfand. Ich nahm nur ihr erbärmliches Antlitz wahr, das mich rührte, die roten Lippen und ihren Atem, der nach süßem Alkohol roch, das dunkelrote Haar mit den schimmernden Tropfen ... Und den heftigen Krampf, der meinen Bauch durchzuckte – diese verstümmelte Fassung unserer abendlichen Ekstase im Schnee am Ufer des Olei.

Ich konnte gerade noch einen flüchtigen Blick auf den schwarzen Himmel und seine Sternbilder erhaschen. Da ließ die rothaarige Prostituierte ihre Schenkel aufs Bett zurückfallen und machte sich mit einem leichten Ruck von mir los. Sie zog mich quasi aus ihrem Körper heraus.

Draußen gab es weder die feuchte Wärme des Bades, in der ich mich hätte erholen können, noch den berauschenden Duft von Samurais Zigarre. Nur ein gnadenloses Licht von einem schroffen, mehligen Weiß. Ich sah, wie die rothaarige Frau aufstand und sich mitten ins Zimmer stellte. Ihre Blöße erschreckte mich. Besonders von hinten. Ich hoffte, sie würde das Licht löschen. Aber sie begann sich anzuziehen. Ihr Körper folgte kaum ihrem Willen, und sie verlagerte ihr Gewicht mal auf das eine, mal auf das andere Bein. Manchmal sah ich sie im Profil vornübergebeugt ihre Kleider zuknöpfen. Ihre Lippen bewegten sich dabei langsam, als führe sie ein stummes Zwiegespräch mit sich selbst. Ihre Lider waren schwer, schläfrig. Der Alkohol zeigte immer mehr Wirkung.

Schließlich drehte sie sich um. Wahrscheinlich wollte sie mich zur Eile antreiben. Unsere Blicke trafen sich. Ihre Augen wurden groß. Jetzt sah sie mich an! Ihre Lippen zitterten. Sie hielt ihre kräftige Hand vor den Mund und unterdrückte einen Aufschrei. Nur ein tonloses Würgen war zu hören.

Mit halb zugeknöpfter Bluse stürzte sie zu einem Schränkchen, riß die Tür auf und zog eine Flasche hervor. Dann setzte sie sich ohne ein Wort der Erklärung neben mich auf die Bettkante und schlug die Bettdecke zurück. Sie goß sich etwas in die Hand, das ich für Wasser hielt, und rieb mein Glied und mein Gesäß kräftig damit ab. Ich wußte nicht, wie mir geschah. Sprachlos ließ ich sie gewähren. Mein Haut brannte unter ihrer Hand. Was wie Wasser aussah, entpuppte sich als Alkohol ... Zwischendurch warf sie mir einen Blick zu, den ich nicht zu deuten wußte. Er war schmerzvoll und zugleich voller Mitleid. Wie der Blick von Utkins Mutter, wenn sie ihren Sohn über den Hof humpeln sah.

Es gab auch nichts mehr zu verstehen. Was ich erlebte, ließ sich mit dem Verstand schlicht und einfach nicht begreifen. Obwohl ich ebensowenig begriff, welchem Zweck der Alkohol diente, kam mir die Abreibung gerade recht:

Das Brennen entsprach der Trunkenheit, die langsam bis in den letzten Winkel meines Inneren vordrang.

In dieser Trunkenheit konnte mich nichts mehr überraschen. Es war absurd, aber was ich erlebte, kam mir ganz natürlich vor. Wie diese rothaarige Frau, die sich noch ein mit Lippenstift verschmiertes Glas einschenkte, bevor sie die Flasche aufräumte. Wie das Licht, das plötzlich wieder ausging. Und wie der Stapel alter Photos, die sie mitbrachte, als sie mit einer Kerze zurückkam...

Alles war ganz natürlich. Auch diese dicke Frau in der halboffenen Bluse, die neben mir saß und alte Schwarzweißabzüge auf der Bettdecke ausbreitete. Sie weinte leise und flüsterte Erklärungen, doch ich hörte sie nicht. Ich sah auch die Photos nicht, nein, ich versank in ihrer matten Welt. Fast alle zeigten eine lächelnde junge Frau, die ihre Augen vor der Sonne schützte. Auf ihren Armen trug sie ein Kind, das ihr ähnlich sah. Manchmal stand neben ihnen ein Mann mit einer weiten Hose und einem Hemd mit offenem Kragen, wie sie seit langem niemand mehr trug. Ich genoß die Stimmung jener Tage, die ich nicht erlebt hatte und die mir im flackernden Kerzenlicht doch so vertraut erschienen. Ein Abschnitt des Flusses, der Schatten eines Waldes. Ihre Blicke, ihr Lächeln. Die Harmonie einer Familie. Ungewollt erlebte ich das Glück fremder Leute.

Was die rothaarige Frau mir unter stillen Tränen erzählte, beschwor immer wieder jenen paradiesischen Sommer herauf. Dann hatte das Schicksal zugeschlagen und die auf diesen vergilbten Abzügen versammelte Wärme vertrieben. Jemand war weggegangen, verschwunden, gestorben. Und die Sonne, in der die junge Frau auf den Photos einst die Augen zusammenkneifen mußte, hatte sich in den trügerischen Lichtkegel verwandelt, mit dem die Nachtzüge in den verschneiten Bahnhof von Kaschdai einfuhren...

Die Photos waren mit kunstvollen Umrandungen versehen. Wer auch immer sie auf diese Weise beschnitten hatte, mußte jene lange Familiengeschichte im Auge gehabt haben, die diese Photos eines Tages in einem Album erzählen sollten. Ich nahm ein Bild, befühlte seinen Schmuckrand, spürte den Wind sonniger Tage über mein Gesicht streichen und hörte das Lachen der jungen Frau, das Plärren des Kindes.

Die Kerzenflamme wurde höher, zitterte, der Sturm verfing sich im Kamin und heulte, das auflodernde Feuer erfüllte die Dunkelheit mit warmen, durchdringenden Düften. Die Trunkenheit trennte diesen Augenblick ab von allem, was vorausgegangen war. Die Isba der rothaarigen Frau wurde mein wiedergefundenes Zuhause. Und diese Frau an meiner Seite ein vertrautes Wesen. Da wußte ich, wie sehr sie mir bisher gefehlt hatte.

Nachdem wir alle Photos gesehen hatten, versuchte die Frau, mir durch einen Tränenschleier zuzulächeln. Sie schloß die Augen und beugte sich zu mir. Zögernd strich ich mit der Hand über ihre Schulter. In meinem trunkenen Kopf wirbelte alles durcheinander. Die Frau war dieser Körper und dieser stürmische Abend und dieser vom Duft des Feuers erfüllte Augenblick. Und sie war dieser wiedergefundene Mensch. Ich hatte Lust, bei ihr zu bleiben, in ihrem Schatten, im Rhythmus ihrer stillen Seufzer zu leben.

Sie berührte meine Stirn mit ihrem Kinn. Meine Hände streiften den Kragen ihrer Bluse, berührten ihre Brüste. Ich schloß die Augen...

Sie stieß mich heftig zurück. Auf der Wand sah ich das schnelle Hin und Her eines Schattens. Mein Kopf wackelte zwischen zwei schallenden Ohrfeigen. Ich kam wieder zu mir.

Sie stand mit undurchdringlichem, hartem Gesicht vor mir.

»Ich ... das ...«, stotterte ich völlig verwirrt.

»Verschwinde, du kleiner Mistkerl!« sagte sie erschöpft und angewidert.

Dann schnappte sie meine Kleider und warf sie mir vor die Füße.

Was hielt mich davon ab, mich unverzüglich in den weißen Abgrund zu stürzen? Als ich den höchsten Punkt der Brücke erreicht hatte, wurde mir klar, daß es mich eigentlich nicht mehr gab. Es gab niemanden mehr, der sich in den gefrorenen Fluß hätte hinabstürzen können.

Ich war zwar noch ein Schatten aus der Vergangenheit, nämlich jenes Jugendlichen, der gierig jeden Bericht über die Liebe aufschnappte und immer auf der Lauer war nach den intimen Bekenntnissen der stämmigen Holzfäller in der Arbeiterkantine, aber ein Schatten, in dem ich mich nicht mehr erkannte.

Denn es gab diesen anderen, der sich kurz zuvor zwischen den Schenkeln einer unbekannten Frau abgemüht hatte und nicht die Augen von ihrem Gesicht lassen konnte, das von einem vernichtend hellen Licht erbarmungslos ausgeleuchtet wurde. Auch dieser andere war mir fremd.

Und dem Menschen, der soeben die alten Photos entdeckt hatte, war ich nie zuvor begegnet ...

Ich stand auf der Brücke mit den paar Fetzen meines Selbst, die mir geblieben waren, und der Wind zerstreute sie, peitschte sie mit dem Schnee durch die Finsternis. Dieser Wind wehte so stark, daß er die ganze Wärme, die sich mein Körper unter der kurzen Schaffelljacke bewahrt hatte, fortzutragen schien. Ich spürte meine Lippen und auch die Backen nicht mehr, die von einer Eisschicht überzogen waren. Ich hatte aufgehört zu sein.

Das Unglück hat, wie der Wahnsinn, seine eigene Logik.

Daher war es nur logisch, daß es auf der Brücke plötzlich hell wurde. Völlig unerwartet leuchteten die Scheinwerfer eines verspäteten Lastwagens auf. Ein verrückter Zufall: Der Fahrer hätte mit Vollgas über die Brücke donnern müssen, um möglichst schnell an sein unbekanntes Ziel zu gelangen. Statt dessen bremste er abrupt. Er hatte nämlich kein Ziel. Kein anderes jedenfalls als diese aberwitzige Fahrt durch den Sturm. Er war einfach betrunken. Betrunken und traurig wegen der Schlägerei im trüben Licht einer Straßenlaterne vor der Treppe zur Schnapsbude, von der er kam. Plötzlich war das Licht erloschen, und er konnte es dem Kerl nicht einmal mehr heimzahlen, der ihn mit einer Glasscherbe an der Backe erwischt hatte. Fluchend waren sie in der Finsternis auseinandergegangen.

Jetzt kam es vor allem darauf an, nicht stehenzubleiben. Die beiden gelben Flecken der Scheinwerfer waren die einzige Lichtquelle und der brummende Motor der letzte Wärmespender. Ja, dieser Motor und die Schläge seines betrunkenen Herzens. Ansonsten war die Welt dunkel, trotz des Schnees.

Daß er auf dem höchsten Punkt der Brücke anhielt, dafür konnte er keinen anderen Grund gehabt haben als das Quentchen Leben, das er dort, an diesem eisigen Engpaß, erspäht hatte. Er sah eine reglose Gestalt hinter dem Geländer, die sich an den gußeisernen Handlauf klammerte. Ein Schatten, der auf das endgültige Erlöschen des letzten Funkens zu warten schien. Wenn die erstarrten Hände losließen ...

Vielleicht sah er auch einfach nur die einsame Schattengestalt und dachte in seinem benebelten Kopf, es sei eine Frau. So eine, die man herbeirufen und mit dem restlichen Wodka glücklich machen konnte, der noch hinter seinem

Sitz versteckt war. Irgendein gefallenes Mädchen, dessen Leben ein wenig diesem nächtlichen Balanceakt auf dem Geländer einer Brücke glich. Ein zerknitterter Leib, den er auf die schmale Pritsche hinter den Sitzen legen könnte. Eine Frau, der er es »machen« könnte.

Oder vielleicht machte er sich Vorwürfe, als er erriet, was für ein Schatten es war, vielleicht hatte er sogar Mitleid mit diesem steifgefrorenen Mädchen, das er in Gedanken schon in sein Fahrerhäuschen gezerrt hatte. Vielleicht ... Wer errät schon, was im Kopf eines betrunkenen sibirischen Lastwagenfahrers vor sich geht, eines starken und rauhen Mannes mit tätowierten Unterarmen (Anker, Kreuz über Grabstein, vollbusige Frauen), einer Blutkruste auf der Backe und traurigen grauen Augen, die erst noch einen Weg durch den Nebel seines Rausches finden mußten?

Er sah einen Schatten, dachte an einen leicht zu besitzenden Körper auf der Pritsche, spürte einen angenehmen Druck in seinem Unterleib. Und plötzlich war er entrüstet: Dieser Druck bestimmte fast alles im Leben: das Essen, die Frauen, die Schlägereien.

Er bremste, sprang in den Schnee und schlug die Tür zu. Während er auf den Schatten zuging, rieb er sich die Backe mit dem Schnee, den er von der Kante der Rüstleiter gesammelt hatte. Man sah keine drei Schritte weit. Das Schneegestöber war so dicht, daß man hätte glauben können, der Boden schwanke und kippe jeden Augenblick in den Olei.

Der Fahrer klopfte der Gestalt auf die Schulter, die hinter dem Geländer über dem weißen Abgrund des Flusses stand. Dann sperrte er die Augen weit auf und warf einen Blick in die Tiefe. Vor ihm das Nichts, die unsichtbare Grenze zu einem schwindelerregenden Jenseits. Er packte den Kerl am Kragen und zog ihn an seiner kurzen, schneebedeckten Schaffelljacke über das Geländer.

»Was soll das?« fragte er, als er die Last zu seinem Wagen schleppte. »Bist du besoffen, du Dummkopf? In deinem Alter habe ich schon in der Fabrik geschuftet! Habt ihr heute nichts anderes mehr im Kopf, als euch vollaufen zu lassen?«

Die Schattengestalt erwiderte nichts. Außerdem hatte sich der Lastwagenfahrer die Fragen eher selbst gestellt, denn ihm war etwas ganz anderes in den Sinn gekommen. Er dachte an den namenlosen Abgrund, an die Einsamkeit seiner Nächte, an den kleinen Hauch von Wärme, den dieser kalte Junge noch ausstrahlte.

Im Fahrerhaus schwatzte er gerade so weiter. Der Sturmwind hatte ihn wachgerüttelt, hatte ihn gesprächig gemacht. Als die leblose Gestalt neben ihm von den Schlaglöchern der Straße durchgerüttelt wurde und langsam wieder zu sich kam, nahm sie zuerst diese nächtlichen Gesprächsfetzen wahr.

Ich wurde wieder warm, wurde wieder ich. Ich mußte in meine neue Rolle schlüpfen. Wie Unbekannte, Fremde kamen mir ihre Bruchstücke wieder zu Bewußtsein: der unberührte Jüngling, der ich noch vor wenigen Tagen gewesen war, der die Erwachsenen belauscht hatte, um ihre kleinen Geheimnisse zu erfahren, der erregte junge Körper, der sein Geschlecht in den Bauch einer Prostituierten stieß, und die Gestalt im Sturm, die den letzten Schritt tun wollte und darauf wartete, daß die steifgefrorenen Finger schwach wurden... Das alles war ich!

Der Mann fragte mich, wo ich wohnte, und las die Antwort von meinen bebenden Lippen ab, die ich noch nicht unter Kontrolle hatte. Ich starrte ihn an. Sein von Kälte, Alkohol und Schlägen verquollenes Gesicht. Seine derben, haarigen Handgelenke. Seine Hände, die von schimmernden Narben bedeckt waren, seine dicken Finger mit breiten, verhornten Fingernägeln...

Ohne den Gedanken zu Ende denken zu können, fühlte ich, daß ich jetzt in derselben Lage war wie er, daß ich in seiner Haut steckte und mich nur unerheblich von ihm unterschied. Statt unbändiger Freude, wie ich sie seit Jahren an diesem Wendepunkt meines Lebens erwartet hatte, empfand ich grausame Verzweiflung! Wie er... Bald würden meine Hände tätowiert sein und das Lenkrad eines schweren Lasters halten wie seine, bald würde ich dasselbe Gesicht haben und nach Wodka stinken wie er. Vor allem aber würde ich dieselben Erfahrungen mit Frauen machen. Ich betrachtete seine schweren Beine von der Seite, stellte mir vor, mit welcher Kraft sie die Schenkel der Frauen spreizten. Die Schenkel der Frauen. Der Rothaarigen! Ein Schauer durchlief mich: Natürlich hat er es ihr »gemacht«. Vor mir...

»Was schielst du mich so an?« brummte er, als er meinen bohrenden Blick bemerkte. »Schneller geht's beim besten Willen nicht. Hast du die Straße gesehen?«

Die Scheibenwischer schleuderten mit jedem Auf und Ab eine dicke, klebrige Schneeschicht zur Seite. Die Taiga schien dem Lastwagen den Weg zu zeigen.

Ich wandte mich ab. Ich brauchte den Mann nicht länger anzusehen: In einigen Jahren wäre ich sein Doppelgänger.

Ich wußte, was nun geschehen würde. Ich wußte, daß wir nur noch wenige Minuten zu leben hätten.

Ich wartete auf die Teufelskurve. So betrunken, wie er war, würde der Fahrer sie sicher verfehlen. Ich sah den Lastwagen bereits den langen Abhang hinunterrutschen, den Fahrer verbissen und vergeblich das Lenkrad herumreißen, ich hörte ihn ohnmächtig den röchelnden Motor abwürgen. Und ich sah, wie der Lastwagen sich in der Dunkelheit durch das Eis bohrte, das an dieser Stelle aufgrund heißer Quellen im Bett des Olei immer sehr dünn war.

Ich schluckte den Speichel, der sich vor Aufregung in meinem Mund gesammelt hatte, und starrte auf die Straße. Ich war wie die Kugel in einem entsicherten Revolver. Die kurzen, brennenden Gedanken, die eingebrannten Bilder trieben die Anspannung auf die Spitze. Diese Hände, die das Lenkrad hielten, hatten die Brüste der Rothaarigen gedrückt. Wir hatten uns beide in derselben feuchten Wunde unter ihrem Bauch gesuhlt. Wir würden uns beide immer auf demselben Flecken Erde in Sibirien, am Rand der Unendlichkeit, abstrampeln, in einem nach Benzin stinkenden Fahrerhäuschen auf den tristen Straßen einer Kreisstadt, in der geschändeten, ausgeplünderten, feindseligen Taiga. Und auf der rothaarigen Frau, die allen gehörte. Und natürlich in dieser Sturmnacht, die uns von der Welt abschnitt. In der engen Fahrerkabine, in der es nach unseren beschmutzten Körpern roch und die gleich verschwinden würde. Die Nägel an meinen Händen, die sich zur Faust ballten, wurden schneeweiß.

Der Fahrer bremste und rief mir lachend zu:

»Vor dieser verdammten Kurve geh ich erst mal pinkeln.«

Ich sah, wie er die Tür öffnete, das Trittbrett hinabstieg und seine wattierte Hose aufknöpfte. Ich harrte so gebannt der Dinge, daß ich aus seinem Lachen noch etwas anderes heraushörte, als wolle er sagen: »He, he, du kleine Rotznase! Du hast dir wohl eingebildet, mich mit deiner verdammten Kurve dranzukriegen? Aber so blöd bin ich nicht!«

Ich begriff, daß diese schwarze und aberwitzige Welt zu alledem noch einen gemeinen und hinterhältigen Trick auf Lager hatte. Sie ließ sich nicht einfach auslöschen, indem man sich umbrachte. Während man schon über die Klinge des Rasiermessers rutschte, konnte die Welt plötzlich anhalten und mit dieser heimtückischen Gutmütigkeit lächeln: »Eine rothaarige Frau, sagst du? Photos, die auf der Bettdecke ausgebreitet sind? Das erste Mal? Das Gefühl der Einsamkeit? Dann schau mal her, was ich mache: Ich knöpfe meine Hose auf und pisse auf all eure ersten Male und eure Einsamkeitsgefühle!«

Ich sprang aus dem Lastwagen und begann, in die entgegengesetzte Richtung zu laufen, immer den Reifenspuren nach ...

Anders als erwartet, hörte ich weder die Stimme des Mannes noch den Motorenlärm. Nein, der Fahrer rief mir nicht nach, er rannte mir nicht hinterher und machte keinen Umweg, um mich einzufangen. Ungefähr zwanzig Meter weiter blieb ich stehen. Ich konnte die Umrisse des Lastwagens nicht mehr erkennen und hörte auch nichts mehr. Er war bereits verschwunden. Es gab nur noch das Schneegestöber, das wilde Pfeifen des Windes in den Tannenzweigen. Als ich mich wieder auf den Weg machte, stellte ich mir die Frage, ob die Rothaarige, die Brücke, der betrunkene Fahrer nicht lediglich ein Traum waren, eine Art Delirium, wie ich es einmal erlebt hatte, als ich an Scharlach erkrankt war. Sogar die Reifenspuren, denen ich folgte, wurden immer undeutlicher, und bald konnte ich sie nicht mehr erkennen.

Ich kehrte in die dunklen Straßen von Kaschdai zurück. Automatisch führte mich mein Weg zum Bahnhof. Ich betrat die dürftig beleuchtete Halle. Es war übrigens vor allem der weiße Widerschein des Schneesturms, der diesen verlassenen Raum in eine leicht unwirkliche Helligkeit tauchte.

Ich ging zur Uhr. Es war halb elf. Der Transsibirien-Expreß war um neun Uhr abgefahren. Ich war fassungslos: Das Ergebnis meiner Rechnung war so verblüffend, daß ich an meinen Rechenkünsten zweifelte. Das alles hatte ich in nur anderthalb Stunden erlebt! Das endlose Warten vor dem Kiosk, die Isba der rothaarigen Frau, ihren Körper und den Schmerz, den man »Liebe« nannte, meine

Flucht, den Blick von der Brücke in die eisige Unendlichkeit, den betrunkenen Lastwagenfahrer, sein Verschwinden, meine Rückkehr...

Und als sollte das Gefühl der Unwirklichkeit all dessen, was ich erlebt hatte, noch gesteigert werden, hörte ich hinter mir eine Stimme, wahrscheinlich die des stellvertretenden Bahnhofsvorstehers, der einem Reisenden erklärte:

»Oh, ja, bis es zu schneien aufhört. Sie haben doch gesehen, sogar der Transsibirien-Expreß mußte umkehren. Kurz hinter dem Bahnhof liegt schon ein Meter Schnee auf den Gleisen.«

Ich öffnete die Glastür, ging auf den Bahnsteig. Diese vielen dort abgestellten Waggons waren also die Transsibirische! Die Fenster der Abteile spiegelten leicht vom Widerschein des blauen Nachtlichts an der Decke eines jeden Abteils. Man konnte erahnen, wie komfortabel es hinter dem Rankwerk der Eisblumen aussah. Ich spürte auch, daß die Schöne aus dem Westen dort saß, sie war also doch noch zu unserer Verabredung gekommen. Ich erinnerte mich an sie, oder genauer: Ich erinnerte mich daran, wie ich früher beim Bahnwärterhäuschen auf sie gelauert hatte. Die Erinnerung war so eindringlich, daß die Geschehnisse dieses Abends sich endgültig in Traumgebilde verwandelten, die außerordentlich realistisch aussahen. Es war also nichts geschehen. Nichts... Nichts! Daran wollte ich festhalten, als ich in die Bahnhofshalle zurückkehrte.

An der gegenüberliegenden Seite ging die Tür auf, die auf den Bahnhofsvorplatz führte. Ich sah eine Frau in die dunkle Halle treten, die einen Herbstmantel und einen großen Wollschal trug. Sie sah sich mit kurzen Blicken um und kam dann zu mir, als wäre es die selbstverständlichste Sache der Welt, mich hier zu treffen. Ich sah sie kommen. Es schien mir, als hätte sie kein Gesicht mehr. Ohne Make-up – der Schnee oder die Tränen hatten es aufgelöst – verschwammen ihre Gesichtszüge wie die Umrisse auf einem Aquarell. Eines jedoch drückte sich in diesem Gesicht in aller Klarheit aus: Leiden und äußerste Erschöpfung.

»Komm, du kannst heute nacht bei mir schlafen«, sagte sie mit einer solchen Ruhe, daß mir nichts anderes übrigblieb, als zu gehorchen.

7

Im Traum führte der Gang eines der abgestellten Eisenbahnwaggons zu einem Abteil, das innen wie das Bahnwärterhäuschen aussah, nur daß es kleiner war. Als gehörte dieses kleine Haus zum Zug, als wäre es wie ein Abteil neben den Gang gesetzt worden und wartete dort auf die Abfahrt, die nicht stattfinden würde. Vor dem aufgeklappten Tisch unter dem Fenster dieses sonderbaren und doch so selbstverständlichen Abteils saß eine Frau. Sie schien durch die Scheibe in die nächtliche Dunkelheit zu schauen. Nicht um zu sehen, was hinter der dicken Eisschicht war, sondern weil sie nicht sehen wollte, was um sie herum vor sich ging. Mitten auf dem Tisch lag eine merkwürdige, fleischige Zwiebel. Sie war in zwei Hälften geschnitten. Innen sah man eine Art Kokon aus durchscheinenden, behutsam übereinandergelegten Blättern. Es sah aus wie ein winziger, sorgfältig gewickelter Säugling. Ich wußte nicht, warum, doch ich mußte die zerbrechlichen Blätter auseinanderfalten, ohne daß die schweigsame Mitreisende etwas merkte. Ich hantierte mit meinen steifen, ungelenken Fingern an dem Kokon, an dieser Seidenspindel herum. Ich ahnte schon, daß der Anblick dessen, was zum Vorschein käme, schwer zu ertragen wäre... Und je weiter ich in meinem gewissenhaften Bemühen vorankam, desto größer wurde meine Angst vor der Entdeckung. Ich würde etwas Lebendiges erblicken, dessen Geburt durch meine Neugier gefährdet war, dessen Lebendigkeit man jedoch nur feststellen konnte, wenn man die Blätter ausriß. Ich tötete es, indem ich die Zwiebel öffnete, doch es hätte nie existiert, wenn ich es nicht gewagt hätte, den Kokon zu zerfetzen. Im Traum war mir die tragische Dimension meines Tuns weniger deutlich. Sie drückte sich aber durch das langsame Anschwellen eines gellenden Schreis aus. Eines Schreis, der in meiner Kehle aufstieg – ein schroffer, erstickter Schrei. Meine Hände rupften die Blätter rücksichtslos aus. In diesem Augenblick drehte die Frau am Fenster langsam ihren Kopf in meine Richtung ... Der Schrei gellte los, durchzuckte mich, weckte mich ...

Ich sah den Schein einer Kerze und das Gesicht der rothaarigen Frau. Ein ruhiges, unscheinbares Oval. Sie strich mit der Hand über meinen Kopf.

Als sie merkte, daß ich wach war, lächelte sie mich an und blies die Kerze aus. Ich schloß rasch die Augen. Ich wollte einschlafen, bevor sie ihre Hand zurückzog.

Im Tonfall völlig unbeteiligt, als handele es sich um eine alltägliche Kleinigkeit, sagte sie am Morgen nach dem Tee:

»Der Schnee reicht bis zum Schornstein. Es ist schon Mittag, aber du mußt nur aus dem Fenster schauen: Es ist finstere Nacht.«

»Ich werde einen Gang schaufeln!« rief ich voller Freude. »Das kann ich gut! Sie werden staunen ...«

»Auf keinen Fall! Du gräbst einen Tunnel für dich, und dann verschwindest du.«

Ich widersprach nicht. Ich begriff, daß meine Freude kindisch war. Ich mußte gehen. Und zwar schnell. Ohne zurückzublicken ...

Ich befestigte meine Schneeschuhe am Gürtel und bohrte

mich in die Mauer aus Schnee, die hinter der Haustür aufragte. Ich war Maulwurf, Schlange, Delphin zugleich. Ich grub, bohrte, schwamm. Ich zappelte in einem weißen Erdrutsch, ich kämpfte mich durch diese Flut nach oben, die immer finsterer wurde, je weiter ich mich vom Haus entfernte. Das Schmelzwasser drang durch meine Kleider, brannte auf meiner Haut und trieb mich zu noch größerer Hektik. Ich öffnete den Mund und schnappte nach der knappen Luft, ich schluckte mehrere Ladungen piekender Kristalle. Meine Wimpern wurden steif, winzige Eisdiamanten machten sie schwer. Einen Moment lang hatte ich das Gefühl, in die falsche Richtung zu gehen und nicht mehr zu wissen, wo oben und wo unten war. Ich fürchtete, waagerecht oder sogar in die Tiefe nach unten durch die Schneemasse zu kriechen, wo die Luft immer dünner wurde. Um diesen Augenblick von Panik kommt niemand herum, der sich nach einem heftigen Sturm einen Weg durch den Schnee bahnt. Mein Herz raste. Krampfhaft versuchte ich den Anstiegswinkel zu vergrößern, um nach oben zu gelangen. Ich kletterte dem Licht entgegen, wie ein Fisch in einem Wasserfall gegen den Strom schwimmt.

Mit einem dumpfen Krachen stieg mein Kopf durch die dünne Eiskruste.

Geblendet vom Licht, streckte ich mich auf der glatten, glitzernden Schneedecke aus. Die sonnendurchflutete Luft klirrte vor Kälte, schien von gänzlich anderer Beschaffenheit als die, die ich bisher geatmet hatte. Der vom plötzlichen Wärmeeinbruch leergefegte Himmel schwang sich in eine Höhe, der man mit Blicken nicht folgen konnte. Die Stille der Taiga war vollkommen, und all die kleinen Geräusche, die sich in meinen Ohren ansammelten, wurden nur durch meine Bewegungen verursacht – das Knirschen des Schnees unter meinen Ellbogen, mein gieriges Atemholen, das Bersten der weißen Schollen, die von meiner Tschapka und vom Kragen der Schaffelljacke rutschten ...

Von Kaschdai waren nur noch ein paar dunkle Flecken zu sehen: die Dächer der höchsten Häuser. Und einige schnurgerade Linien, wo die eingeschneiten Züge auf ihren Gleisen schliefen. Ich erkannte die Straßenzüge an den weißen Rauchsäulen, die aus den Schornsteinen aufstiegen. Die winzigen schwarzen Punkte bei den Säulen waren Bewohner, die sich darum bemühten, Wege freizuschaufeln.

Das Haus, aus dem ich kam, lag abseits der Ortschaft an der Grenze zur Taiga. Sein Rauch schien mitten aus einer unbewohnten Ebene in den Himmel zu steigen. Und auf einem Birkenzweig, der aus dem Schnee herausragte, sah ich ein kleines Häuschen, das den Vögeln Unterschlupf bot.

Ich schnallte meine Schneeschuhe an und ging zu diesem weit und breit einzigen Schornstein. Ich streckte meinen Kopf unter die schwarze Eisenkappe, die ihn schützte, beugte mich über seinen Schlund und rief etwas hinunter, wie es bei uns üblich war. Das Zeichen für denjenigen, der im Haus geblieben war ... Ich hörte das Knarren der Ofentür, dann ein Echo, das aus dem Innersten der Erde zu kommen schien. Eine Art langer Seufzer, der sich in der überwältigenden Klarheit des Tages nach dem Sturm verlor.

Ich lief mit meinen Schneeschuhen im schnellen Wechselschritt durch das Tal, das zum Olei hinunterführte. Die noch schläfrige Taiga folgte mir von weitem. Die hohen, schneebedeckten Tannen wahrten an ihren Schattenseiten einen lichten, silberblauen Glanz. Und ihre Wipfel funkelten, als wären sie mit Goldkörnchen bestreut.

Von Zeit zu Zeit warf ich einen Blick hinter mich. Die Rauchsäule in der Ebene erinnerte noch an die eingeschneite Isba, das vom Schnee begrabene Zimmer, an das in der Dunkelheit flackernde Kerzenlicht, in dem die Stimmung des gestrigen Abends weiterlebte. Ein Abend fernab aller Wirklichkeit in der tiefen Stille der Schneemassen. Ein Abend mit der rothaarigen Frau!

Ich blieb einen Augenblick reglos stehen und betrachtete die in der Sonne liegende Ebene mit ihren abertausend glitzernden Kristallen, den uferlosen Himmel, der sein kaltes Blau über uns goß, den samtigen Schatten der Taiga. Und in der Ferne diese Rauchsäule inmitten... Plötzlich begriff ich mit unerträglicher Klarheit, daß ich zu dieser Schönheit ebenso verdammt war wie zu dem Leiden, das sie barg. Der Schnee würde schmelzen. Kaschdai würde wieder eine düstere Kleinstadt werden. Der Transsibirien-Expreß würde davoneilen und seine Verspätung einholen. Und die rothaarige Prostituierte würde in den Wartesaal zurückkehren. Ein anderes Leben konnte es hier nicht geben.

Eine Zeitlang folgte ich der weitgeschwungenen Biegung des Olei, die von riesigen Schneewehen überragt wurde.

Als ich bei den drei berühmten Kiefern vorbeikam, die im Bürgerkrieg als Richtplatz gedient hatten, blieb ich verdutzt stehen. Die großen, rostigen Nägel, die ich gewöhnlich hoch über mir erblickte, wenn ich den Kopf zurücklegte, waren an diesem Morgen in meiner Reichweite. Ja, sie befanden sich vor meinen Augen. Ich trat an einen der Stämme, streifte meine Fäustlinge ab, berührte das rauhe, rostbraune Metall. Eine schleichende Kälte, die sich jahrzehntelang in ihnen angesammelt hatte, durchdrang meine Finger. Schnell zog ich die Hand zurück. Ich streichelte die harte Rinde des Stamms. Sie schien eine schlummernde, aber noch lebenspendende Wärme zu umschließen. Und plötzlich erschien mir alles, was früher unter diesen Riesenbäumen geschehen war – dieser grausame, aber rasche Tod –, nicht mehr ganz so furchtbar. Nach einem Augenblick gellenden Schmerzes kam die Ruhe in der sonnigen, klaren Luft, dieses geheime, schlummernde Leben, das vollkommen aufgegangen war im Atem des mächtigen Stammes, im herben Duft der Nadelbüschel und im Schimmern des gefrorenen Harzes in den Kannelüren der Rinde. Ein Leben ohne Gedanken und ohne Erinnerungen. Das Vergessen.

Ich zog an dem großen Nagel, hängte mich mit meinem ganzen Gewicht daran. Mit halbgeschlossenen Augen versuchte ich durch diese dünne Membran zu schlüpfen, die mich von der selbstgenügsamen Stille des Stammes trennte.

Plötzlich sah ich sie: Durch meine zusammengekniffenen Lider erkannte ich zwei schwarze Punkte, die auf dem blauen Grat der Schneewehen über dem Fluß unterwegs waren. Bald würden sie auf gleicher Höhe mit den drei Kiefern sein. Schnell kamen sie den Grat herunter, überquerten den Olei. Ihre winzigen Umrisse wurden immer deutlicher erkennbar. Der erste eilte mit großen Schritten voraus, wobei er manchmal auf den zweiten warten mußte. Ich erkannte sie. Und ich war erstaunt über ihr bäuerliches und einfältiges Aussehen. Etwas Kindliches lag in ihrem Vorwärtskommen, in ihren Schaffelljacken, in ihren Gesichtern, die ich immer besser ausmachen konnte. Die Ohrenklappen ihrer Tschapkas flatterten wie Hundeohren. Sie liefen den Wald entlang, tauchten hinter seiner Spitze wieder auf und würden in wenigen Minuten bei mir sein. Ich hätte mich gerne aus dem Staub gemacht, mich hinter den schneebedeckten Tannen versteckt. Ich wußte, daß ich nie wieder zu dem Leben zurückkehren konnte, das sie führten...

Doch schon hatte mich der erste Skiläufer, Samurai, entdeckt. Seine heisere Stimme riß die Stille entzwei. Er schlug meine Richtung ein.

Wir begrüßten uns, lachten, neckten uns. Sie klopften

mir freundschaftlich auf die Schulter, erzählten die neuesten Nachrichten aus dem Dorf. »Sie sind noch Kinder«, sagte eine Stimme in meinem Innersten, »echte Kinder, sorglos und himmlisch unbeschwert.«

Ich konnte es nicht fassen, daß wir am Tag zuvor noch zusammen die Schulbank gedrückt hatten. Daß ich gestern noch gewesen war wie sie.

»Hat es dir die Sprache verschlagen? Was ist los?« rief Samurai und zog mir die Tschapka über die Augen. »Schau ihn dir an, Utkin. Das soll unser Don Juan sein? Das ist ein schläfriger Bär!«

Tränen stiegen mir in die Augen. Am liebsten hätte ich vor Neid geheult. Ich wollte wieder sein wie sie. Mit ihnen über die Ebene rennen. Leicht wie der Wind sein, vom Sonnenlicht durchschienen wie die Luft, wie der Atem der Taiga. Ich wollte meine Unschuld wiederhaben!

Samurai mußte meine gequälte Miene bemerkt haben. Er drehte sich um, nahm Anlauf und rief, ohne mich anzuschauen:

»Los, weiter! Wir dürfen keine Zeit verlieren! Sonst bekommen wir keine Plätze mehr! He, Bär, bist du aus Holz? Beeil dich gefälligst!«

Ich folgte ihnen automatisch und fragte nicht einmal, wohin wir gingen.

Nach einer Stunde bemerkte ich, daß Samurai mit den Skitellern eine Spur zog, die sich von Kaschdai entfernte und Kurs auf eine ferne graue Wolke nahm, die über der Taiga hing. Wir waren unterwegs in die Stadt, nach Nerlug.

»Noch zweieinhalb Stunden durch den Schnee«, dachte ich verdrossen. Warum rannte ich ihnen hinterher? Was hatte ich in dieser Stadt zu suchen?

Jetzt gingen sie Seite an Seite und unterhielten sich. In dieser sonnigen kleinen Welt, die sie umgab, war alles strahlend hell und heiter, ganz gleich, wohin sie gingen. Ich betrachtete diese Welt wie aus dem Inneren eines Kerkers. Von Zeit zu Zeit drehte sich Samurai um und rief mir fröhlich zu:

»Komm schon, Bär, beweg deine großen Tatzen!«

Ich empfand ihnen gegenüber keinen Neid mehr, sondern eine Art haßerfüllter Verachtung. Besonders gegenüber Samurai. Ich erinnerte mich an seine lange Rede über Frauen und über die Liebe. Er zitierte endlos diese alte, verrückte Olga. Was sagte er? »Die Liebe ist ein Zusammenspiel.« Was für ein Blödsinn! Die Liebe, mein guter Samurai, ist eine Isba, die nach kaltem Rauch riecht. Und die furchtbare Einsamkeit zweier nackter Körper im violettgelben Licht einer Glühbirne. Und die eisigen Knie der rothaarigen Prostituierten, die ich streifte, als alles vorbei war und ich von ihrem Bauch, der mich angetrieben hatte, in die feuchte Kuhle ihres Bettes rutschte. Und ihre schmierigen Gesichtszüge. Und ihre schweren Brüste, die unter den vielen blinden, hastigen, schwieligen Händen erschlafft waren. Händen wie denen meines gespenstischen Lastwagenfahrers – von Narben übersät, mit Öl verschmiert. Ach! Wenn du ihn gesehen hättest, Samurai! Bevor er in die Teufelskurve fuhr, hat er gebremst, seine Hose aufgeknöpft und mit der Hand dieses riesige, angeschwollene Körperteil herausgezogen, ein warmes, schlaffes Stück rohen Fleisches. Und du quasselst von Liebe! ... Auch du wirst bald sein wie er, trotz deiner Zigarren und der Lügenmärchen, die Olga dir erzählt. Du wirst dich diesem Leben nicht entziehen können! Ebensowenig wie ich oder selbst Utkin. Und wir werden in diesem gottverlassenen Nest hängenbleiben, wo die ewigen Schlägereien erst enden, wenn der Strom im Schneesturm ausfällt. In unserem Dorf, wo man sich höchstens an den Krieg vor dreißig Jahren erinnert, der das ganze Leben zur Erinnerung gemacht hat. Und auf diesem Bahnhof, wo die einzige

Frau, die man noch lieben könnte, auf die Transsibirische Eisenbahn wartet, die sie niemals irgendwohin mitnehmen wird. Diese Welt wird uns nicht loslassen. Ihr beide lacht, lauft und dreht euch auf eurem kleinen Platz an der Sonne. Aber ich weiß, wie ich mich retten kann, ihr werdet es schon noch sehen. Ich weiß es.

Ich blieb einen Augenblick stehen. Sie entfernten sich und nahmen ihre klangvollen Stimmen mit, die wie Heiligenscheine um sie schwebten. Ich dachte an die Kiefern mit den großen, rostigen Nägeln. Es war nur ein kleiner Schritt zu dieser endgültigen Stille, diesem Verschwinden auf Nimmerwiedersehen. Wie gut!

Plötzlich ertönte Samurais Stimme und holte mich zurück. »Du hast noch nicht einmal gefragt, was wir in der Stadt vorhaben, Juan!«

Der Wortschwall, den ich bis jetzt zurückgehalten hatte, brach aus mir hervor:

»Was solltet ihr schon Großes vorhaben? Wie arme Teufel werdet ihr zur Post gehen und dort den Telefonistinnen zuhören: Welches Arschloch, bitte schön, hat Nowosibirsk verlangt? Kabine zwei! Nowosibirsk! Ha! Ihr legt euch ja mächtig ins Zeug!«

Statt beleidigt zu sein, brach Samurai in Gelächter aus.

»Schau mal, Utkin! Der Bär ist aufgewacht! Hahaha!«

Und mit einem Augenzwinkern zu seinem Kumpel verkündete er:

»Wir sehen uns Belmondo an!«

»Bel – *mon* – do«, verbesserte ihn Utkin lachend.

»Nein, Belmon-*do*! Sei still, Entlein, du hast keine Ahnung vom Kino!«

Die Luft der Taiga mußte sie berauscht haben. Jedenfalls begannen sie zu lachen und im Wettstreit um die richtige Betonung dieses unverständlichen Wortes immer lauter zu schreien. Samurai gab Utkin einen Stoß und warf ihn unter ständigem Brüllen dieser drei klangvollen Silben zu Boden. Utkin verteidigte sich, indem er ihm händeweise Schnee ins Gesicht warf.

»Belmon-*do*!«

»Bel-*mon*-do! Auf italienisch sagt man Bel-*mon*-do...«

»Ist das ein Mann oder eine Frau?« fragte ich gefährlich ernst, denn das neutrale »o« am Ende des Wortes machte mich ratlos.

Sie schütteten sich aus vor Lachen.

»He! Samurai! Hörst du? Er kommt nur mit, wenn es ein Mädel ist! Hahaha!«

»Na klar, Juan! Es ist eine Frau mit einem Schnurrbart. Und einem großen..., einem großen...«

Samurai schaffte es nicht mehr, den Satz zu beenden. Sie lachten wie die Verrückten und krochen dabei auf allen vieren, die Füße verdreht, denn sie hatten ihre Schneeschuhe noch nicht abgeschnallt. Wie seltsam dieser Name mitten in der Taiga klang!

Sie dachten zweifellos, sie hätten mich mit ihrem Lachen angesteckt, als ich mich neben sie in den Schnee fallen ließ. Denn ich schüttelte den Kopf und lachte lauthals los. In diesem Gelächter konnte ich mich richtig ausweinen...

Als unsere letzten Lachsalven schließlich verstummt waren, wir alle drei auf der sonnigen Lichtung ausgestreckt lagen und der Himmel sich in unseren Augen spiegelte, hauchte Samurai mit erschöpfter, aber zitternder Stimme:

»Belmondo!«

II

8

Der Haifisch hat mich gerettet...

Hätte der Film anders begonnen, ich glaube, ich wäre aus dem Saal gerannt und hätte mich vor den nächsten Lastwagen geworfen. Im ohrenbetäubenden Dröhnen dieses klobigen Fahrzeugs hätte ich die Ruhe und den Frieden der Kiefern gesucht.

Der Film hätte im Vorspann auch eine Frau zeigen können, die durch die Straßen »ihrem Schicksal entgegengeht«. Oder einen Mann am Steuer seines Wagens, der mit undurchdringlichem Gesicht die noch unaufmerksamen Zuschauer fesselt. Oder auch einen Panoramablick. Aber er begann mit einem Hai.

Nein, zuallererst sah man einen Mann, eine fragwürdige Gestalt in einem zerknitterten, hellen Anzug. Einen Mann in einer Telefonzelle auf der sonnigen Uferpromenade einer südfranzösischen Stadt, der dringend jemanden sprechen wollte. Er blickte ängstlich um sich und umschloß die Sprechmuschel mit der Hand, als fürchte er Mithörer. Er hatte nicht viel Zeit, denn am strahlendblauen Himmel tauchte ein Hubschrauber auf. Der Hubschrauber schwebte über der Telefonzelle, fuhr riesige Zangen aus, hob damit die Telefonzelle an und trug sie fort in den Himmel. Der glücklose Spion in der Telefonzelle rüttelte am

Hörer und bemühte sich mit allen Kräften, eine streng geheime Botschaft zu übermitteln. Doch schon öffneten sich die monströsen Zangen. Die Telefonzelle stürzte ab, tauchte ins Meer, schlug auf den Grund, wo zwei Froschmänner sie sehr geschickt an einem langen Käfig festzurrten. Mit der Luft aus den letzten Atemzügen gelang es dem Spion, die Käfigtür zu erreichen. Er schaffte es noch, seinen Revolver zu ziehen und zu schießen. Luftblasen sprudelten hervor. Es war zum Lachen!

Ein prachtvoller Hai, dessen entsetzlichen Hunger wir ahnten, schwamm in die umgekippte Telefonzelle, und seine Nase zielte geradewegs auf den Bauch des Spions. Das Wasser färbte sich rot...

Kurz darauf erschien Belmondo auf der Leinwand. Mit einem Mann, der offensichtlich sein Vorgesetzter war und ihm vom tragischen Ende seines Kollegen erzählte. »Es ist uns gelungen, seine sterblichen Überreste zu finden«, sagte er sehr ernst. Und er zeigte eine Konservenbüchse. Eine Büchse Haifischfilet!

Es war zu blöd! Aber herrlich blöd! Ganz und gar unglaubhaft! Wunderbar verrückt!

Wir waren sprachlos. Man mußte es einfach nehmen, wie es war, als handele es sich um eine andere, parallele Welt.

Vor Beginn des Films war die Wochenschau gelaufen. Wir saßen alle drei in der ersten Reihe. Diese Plätze erfreuten sich keiner großen Beliebtheit, aber alle anderen waren bei unserer Ankunft schon besetzt. Eine salbungsvolle und zugleich aufpeitschende Stimme aus dem Off kommentierte die politischen Tagesereignisse. Als erstes sahen wir den majestätischen Prunk irgendeines Saals im Kreml, wo ein Greis im schwarzen Anzug einem anderen Greis einen Orden an die Brust heftete. An Anerkennung der Verdienste des Genossen Gromygin für Volk und Vaterland, für seinen Beitrag zur internationalen Verständigung und anläßlich seines fünfundsiebzigsten Geburtstags«, erklärte die Stimme aus dem Off voller Ergriffenheit. Und eine Reihe alter Herren im schwarzen Anzug klatschte Beifall.

Dann erschien auf der Leinwand eine Frau in einem knappen, getüpfelten Satinkleid, die mit unfaßbar schnellen Griffen zwischen Hunderten mit Höchstgeschwindigkeit rotierender Spulen hantierte. Sie unterbrach kurz ihre Arbeit und erklärte mit schriller Stimme: »Ich bediene im Augenblick hundertzwanzig Webautomaten. Doch zur Feier des siebzigsten Jahrestages der Gründung unserer geliebten Partei werde ich meine Leistung auf hundertfünfzig Webautomaten steigern.« Schon sahen wir ihre flinken Finger wieder zwischen die Fäden und die Spulen gleiten. Und es schien, als liefe sie noch schneller als zuvor von einem Webstuhl zum anderen, um jetzt sofort den Rekord zu brechen.

Bevor der Film begann, ging noch einmal das Licht an. Samurai stieß mich mit dem Ellbogen an und gab mir eine Handvoll gerösteter Sonnenblumenkerne. Ich preßte sie in meine Faust und verharrte wie betäubt und unerreichbar unter meiner Glasglocke. »Erst wird sie hundertfünfzig Webautomaten bedienen«, dachte ich, »dann vielleicht hundertachtzig . . .« Ich ahnte, diese Rekordjägerin aus der Stoffproduktion und der Prunk des Kremls standen auf geheimnisvolle Weise in Zusammenhang sowohl mit unserer dunklen Stadt als auch mit der Transsibirischen Eisenbahn, auf die die rothaarige Frau wartete. Ich wußte, sobald es wieder dunkel wäre, würde ich die Kerne auf den Boden werfen und auf die Straße fliehen, die von den riesigen Lastwagen auf der Durchfahrt bebte. Ja, bei den ersten Bildern. Und ich wartete auf die Frau, die ihrem Schicksal entgegenging, den Mann am Steuer seines Wagens oder . . .

Statt dessen kam der Hai! Die verrückte Konservenbüchse mit den verdauten Überresten des Spions war vermutlich das einzige, was mich auf dem schmalen Grat des Lebens hielt. Ja, es bedurfte genau dieses närrischen Unsinns, um mich in die Wirklichkeit zurückzuholen und mich an diese südfranzösische Uferpromenade oder in jenen im Meer versenkten Käfig zu versetzen, in dem die atemberaubende Hinrichtung stattfand. Es bedurfte dieses Geheimagenten, der von einem Hai gefressen und in einer Konservenbüchse beigesetzt wurde.

Außerdem sah man auf der Promenade auch Frauen. Besonders die beiden im Minirock, die gelangweilt vor der Telefonzelle standen und mit ihren braungebrannten Beinen für einige Sekunden die Sicht darauf verstellten,

Was für herrliche Beine! Mit sinnlichem Hüftschwung stolzierten die beiden wohlgerundeten jungen Geschöpfe über die Leinwand. Mit braunen Schenkeln, die nicht die geringste Ahnung davon zu haben schienen, daß es irgendwo auf dem Erdball einen Winter, Sibirien oder unser Nerlug gab. Oder ein Lager, umgeben von Stacheldraht, in dem das Pendel der Sonne hängenblieb. Mit seltener Überzeugungskraft, aber ohne jeden Bekehrungseifer führten diese Beine vor, daß ein Leben ohne Kreml, ohne Webautomaten und die Errungenschaften des Sozialismus möglich war. Diese Schenkel waren jeder Politik überlegen. Und unbeschwert amoralisch. Sie standen außerhalb der Geschichte, jenseits aller Ideologie. Sie verfolgten keinen nützlichen Hintergedanken. Es waren Schenkel um der Schenkel willen. Ganz einfach schöne, sonnengebräunte Frauenbeine!

Der Hai und die unpolitischen Schenkel bereiteten den Auftritt unseres Helden vor.

Schon die ersten Szenen zeigten ihn verwandlungsfähig wie eine Hindugottheit in ihren sämtlichen Hypostasen. Mal saß er am Steuer eines endlos langen, weißen Wagens, der ins Meer stürzte, mal wühlte er unter den lasziven Blicken badender Schönheiten mit ausholenden Schmetterlingszügen das Wasser in einem Schwimmbecken auf. Er vernichtete seine Gegner auf tausenderlei Weise, kämpfte sich aus den Netzen, in denen er sich verfing, rettete seine Mitstreiter. Vor allem aber verführte er pausenlos schöne Frauen.

Gebannt starrte ich auf die Leinwand und versank in der bunten Welt, die dort flimmerte. Es mußte also nicht bei einer Frau bleiben!

Ich bemerkte, daß ich die Sonnenblumenkerne in meiner Hand noch immer mit aller Kraft zusammenpreßte. Sie waren warm geworden, und ich spürte den Puls in meiner verkrampften Faust. Als hielte ich mein Herz in der Hand, damit es nicht zerspränge bei so vielen Erschütterungen.

Es war nicht mehr dasselbe Herz. Es mußte nicht ein für allemal in trostloser Nacht versinken. Die Isba der rothaarigen Frau verwandelte sich allmählich in eine schlichte Durchgangsstation, in eine Erfahrung, in eines von vielen Liebesabenteuern. Wenngleich es das erste war! Ich nutzte die Dunkelheit, drehte mich ein wenig zu Samurai und Utkin und musterte verstohlen ihre Gesichter. Diesmal betrachtete ich sie mit einem verschwiegenen und nachsichtigen Lächeln. Die Ernüchterung gab mir das Gefühl von Überlegenheit. Ich fühlte mich Belmondo um vieles näher, glaubte, viel tiefer in die Geheimnisse der weiblichen Sinnlichkeit eingedrungen zu sein als die beiden!

Und auf der Leinwand warf unser Held in einem verliebten Gerangel eine wunderschöne Spionin sehr akrobatisch, aber elegant auf das Möbelstück, das sich am wenigsten zur Liebe eignet. Und die tropische Nacht warf schützend ihren Schleier über die sich eng umschlingenden Körper.

Ich hatte die Lider halb geschlossen und sog mit aller

Kraft diesen würzigen Duft ein, der meine Nase kitzelte und mir Tränen in die Augen trieb.

Ich war gerettet.

Alles in allem haben wir bei dieser ersten Vorführung wenig von der Welt Belmondos begriffen. Ich glaube nicht, daß uns alle Verwicklungen in dieser ulkigen Parodie auf Spionagefilme verständlich waren. Oder der ständige Wechsel zwischen dem Helden, einem Abenteuerromane verfassenden Schriftsteller, und seinem Doppelgänger, dem unbesiegbaren Geheimagenten, mit dessen Hilfe der Schriftsteller seine persönlichen Mißerfolge und Niederlagen überwand.

Nein, dieses Spiel durchschauten wir nicht, obwohl es offenkundig war. Dennoch haben wir das Wesentliche erfaßt: die verblüffende Freiheit dieser sich ständig verändernden Welt, in der es den Menschen anscheinend gelang, den unerbittlichen Gesetzen zu entkommen, die unserem Leben auferlegt waren und die von der einfachsten Arbeiterkantine über die schemenhaft in den Himmel ragenden Wachtürme bis zum majestätischen Kremlsaal reichten.

Natürlich gab es auch für diese außerordentlichen Wesen Leiden und Grenzen. Doch die Leiden waren nicht unheilbar, und die Grenzen waren eine Herausforderung. Ihr Leben wurde zu einem vergnüglichen Über-sich-selbst-Hinauswachsen. Sie spannten ihre Muskeln und sprengten die Ketten, mit stählernem Blick wurde der Angreifer zurückgedrängt, die Kugeln kamen immer einen Augenblick zu spät, und beim Einschlag in den Boden trafen sie nur noch die Schatten dieser umherspringenden Wesen.

Der Schriftsteller-Belmondo trieb diese kampflustige Freiheit symbolisch auf die Spitze: Der Wagen des Geheimagenten verfehlte die Kurve und stürzte in den Abgrund, doch mit seiner zügellosen Phantasie holte er ihn sofort wieder herauf, indem er die Szene zurückspulte. In diesem Universum bedeutete selbst eine tödliche Kurve kein endgültiges Aus!

Nach der Abendvorstellung verlor sich die Schar der Zuschauer gewöhnlich schnell. Jeder hatte es eilig, in eine der dunklen Gassen einzutauchen und nach Hause, ins Bett zu kommen.

Diesmal war alles anders. Langsam, mit schlafwandlerischen Schritten und einem verklärten Lächeln auf den Lippen verließen die Menschen den Kinosaal. Als sich die Menge auf den kleinen, unbebauten Platz hinter dem Kino ergoß, kam es einen Moment lang zu einem Stau, so geblendet und betäubt waren die Besucher. Wie in einem Rausch. Sie lächelten einander zu. Fremde bildeten für kurze Zeit ungewöhnliche Paare und Grüppchen, standen locker beisammen wie bei einem sehr langsamen Tanz. Es war wärmer geworden, und die Sterne am Himmel schienen größer, greifbarer zu sein.

Im milderen Licht folgten wir den kleinen, gewundenen Gassen, die nur noch schmale Pfade zwischen Bergen von Schnee waren. Wir gingen zu Utkins Großvater, der uns in seiner großen Isba beherbergte, wenn wir in der Stadt waren.

Wir stapften im Gänsemarsch durch den Schnee, der uns in seine Labyrinthe führte, und schwiegen. Für die Welt, in die wir soeben eingetreten waren, konnten wir zu diesem Zeitpunkt noch keine Worte finden. Der einzige Ausdruck dafür war die matte Schönheit dieser Nacht, in der das Tauwetter einsetzte, der verhaltene Atem der Taiga, die nahen Sterne, die dunklere Tönung des Himmels und das sich um so klarer davon absetzende Weiß des Schnees. Die Welt hatte sich verändert. Doch wir fühlten es bisher nur daran, daß unsere Nasenflügel zitterten und unsere jungen Körper unter diesem Sternenhimmel in den Gerüchen der Taiga schwelgten. Wir waren bis zum Rand erfüllt von dem neuen Universum und trugen es schweigend in uns, denn wir hatten Angst, seinen magischen Inhalt zu verschütten. Manchmal aber machte sich die Überfülle an Gefühlen in einem unterdrückten Seufzer Luft:

»Belmondo...«

In der Isba von Utkins Großvater platzte es schließlich aus uns heraus. Wir riefen alle durcheinander, und jeder versuchte, mit Händen und Füßen so lebendig wie möglich vom Film zu erzählen. Wir kämpften uns unter Gebrüll aus den Schlingen der Feinde, wir entrissen ihren grausamen Händen das schöne Wesen, dem die Übeltäter eine Brust abschneiden wollten, wir durchsiebten die Wände mit unseren Kugeln, bevor wir auf das Sofa hechteten. Wir waren alles zugleich: der Spion in der Telefonzelle, der Hai, der mit seinem gefräßigen Maul auf uns zukam, und sogar die Konservenbüchse!

Wir waren verwandelt, wir sprühten nur so vor Feuer in unseren Gesten, Blicken und Schreien. Wir entdeckten die unaussprechliche Sprache dieser neuen Welt. Der Welt Belmondos!

Utkins Großvater war ein müder und melancholischer Mann von der Größe eines Riesen, der mit seinem schwerfälligen Gang und seinen weißen Haaren an einen Eisbären erinnerte. Bei jeder anderen Gelegenheit hätte er uns ohne Umschweife zurechtgewiesen. Doch diesmal sah er unserer dreifachen Darbietung zu, ohne ein Wort zu verlieren. Im Verein mußte es uns gelungen sein, die Stimmung des Films heraufzubeschwören. Er konnte sich vorstellen, wie das von trübseligen Fackeln erleuchtete unterirdische Labyrinth und die Mauer aussahen, an die die schöne Märtyrerin gekettet war. Er sah eine untersetzte, schändliche Gestalt mit zerfurchtem Gesicht, die vor ohnmächtiger und perverser Lüsternheit gluckste, sich dem sehr knapp bekleideten Opfer näherte und ihm erbarmungslos eine blitzende Klinge auf den strotzenden Busen setzte. Das Gebrüll stammte jedoch aus unseren drei empörten Kehlen. Der verdreifachte Held nahm alle Kraft und Schönheit zusammen, spannte seine Muskeln, sprengte die Ketten und eilte der gefesselten Schönen zu Hilfe.

Der Eisbär kniff schelmisch die Augen zusammen und ging aus dem Zimmer.

Samurai und ich brachen die Vorstellung ab. Wir fürchteten, zu weit gegangen zu sein und den Großvater verärgert zu haben. Nur Utkin verharrte noch im Spielrausch und tat so, als verlöre er jeden Augenblick eine Brust.

Der Großvater kehrte zurück. Seine dicken, knotigen Finger umschlossen den Hals einer Sektflasche. Ich sperrte die Augen auf. Samurai stieß ein lautes »Ah!« hervor. Und Utkin, der sich gerade noch in Zuckungen wand, kam zu sich und brachte mit einem einzigen Ausruf all unsere Gefühle über den Film auf den Punkt:

»Das ist der Westen!«

Großvater stellte drei angeschlagene Steinguttassen und ein geschliffenes Glas auf den Tisch.

»Ich habe diese Flasche für einen Freund aufbewahrt«, erklärte er, während er die Drähte vom Korken löste, »aber der kam zwischenzeitlich auf die Schnapsidee zu sterben. Wir waren zusammen an der Front ...«

Wir hörten kaum, was er sagte. Der Korken sprang mit fröhlichem Knall aus der Flasche, einen Augenblick lang herrschte vergnügte Hast – brausendes Sprudeln, überschäumende Gläser, ein weißlicher Schaum, der sich über das Tischtuch ergoß. Und schließlich der erste Schluck Sekt, der erste in unserem Leben!

Jahre später, wenn die Vergangenheit in jener bitteren Klarheit daläge, die das Alter mit sich bringt, würde man sich wieder an diesen Freund von der Front erinnern. Doch an jenem fernen Abend, als das Tauwetter einsetzte, gab es für uns nur das eiskalte Kribbeln in unseren brennenden Kehlen, das uns vor Freude weinen ließ. Eine überglückliche Erschöpfung wie bei Schauspielern nach der Premiere. Und Utkins Ausruf hallte noch lange in unseren Ohren:

»Das ist der Westen!«

Ja, der Westen war in einer großen, unter Schnee begrabenen Isba beim Sprudeln einer Flasche Krimsekt geboren worden. Nachdem wir einen französischen Film gesehen hatten, der mit einigen Jahren Verspätung hier gezeigt wurde. Es war der wahre Westen, denn er war in vitro gezeugt worden, ja, er entstammte einem Glas, dessen Facettenschliff Ströme von Wodka ausgewaschen hatten. Und unserer unschuldigen Phantasie. Und der kristallklaren Luft der Taiga.

Der Westen war da. Und bei Nacht, im finsteren Blau der Isba, träumten wir mit offenen Augen von ihm. Die Sommergäste auf der südfranzösischen Uferpromenade haben die drei unentschlossenen Gestalten bestimmt nicht bemerkt: Sie umkreisten eine Telefonzelle, gingen an der Terrasse eines Cafés vorüber und warfen den beiden jungen Geschöpfen mit den schönen, braungebrannten Beinen einen schüchternen Blick hinterher.

Es waren unsere ersten Schritte im Westen.

Auf langen Kiefernstämmen ausgestreckt, lagen wir auf dem Anhänger eines gewaltigen Traktors, der aussah wie die Zugmaschine eines Raketentransporters. Unter uns die rauhe Rinde, über uns der strahlende Himmel, rechts und links der Straße die silbern schimmernden Schatten des Waldes, so flogen wir durch die Taiga. In der milden Luft bauschten sich unsere Schaffelljacken wie Segel, der Duft des Harzes durchdrang uns.

Es war streng untersagt, Leute auf einem Anhänger mitzunehmen, besonders wenn er beladen war. Doch der Fahrer hatte sich mit fröhlicher Unbekümmertheit dazu bereit erklärt. Es war das erste spürbare Zeichen für die Veränderungen, die unser Leben durch Belmondo erfuhr.

Die Luft an diesem Morgen war so mild, daß der Fahrer das Fenster heruntergekurbelt hatte. Und während der ganzen Fahrt hörten wir, wie er seinem Beifahrer, dem Führer einer Holzfällerbrigade, von dem Film erzählte. Wir lagen auf dem Bauch und verfolgten seinen Bericht, den er mit Ausrufen, Flüchen und großen Handbewegungen untermalte, die dem Steuer gefährlich viel Spiel ließen.

Von Zeit zu Zeit rief er mit besonders lauter Stimme:

»Mein Filius hat seinen ersten Zahn! Hahaha! Du wirst es nicht glauben, aber meine Frau hat mir geschrieben...«

Dann kehrte er zum Film zurück:

»Er zerrt also mit aller Kraft an den Ketten. Im Ernst, man hörte seine Knochen krachen. I-i-i-i-i! Und hopp!, schleudert er sie in die Luft. Der andere, der mit dem Messer, stand schon bei dem Mädchen. Du kannst dir denken, was für ein Paar schöne Titten sie hat! Und dieser Mistkerl will ihr eine abschneiden. Im Ernst. Der Typ stürzt sich also auf ihn, und wumm! Nein, nein, keine Sorge, ich laß das Lenkrad nicht mehr los...«

Und wieder unterbrach er seinen Bericht, um seinen Vaterstolz kundzutun:

»Ach, dieser Bengel! Hat seinen ersten Zahn... Milka

schreibt: Ich kann ihn nicht mehr stillen, er beißt mir in die Brust, daß es blutet. Hahaha! Ganz der Vater, sag ich dir!«

Die Welt schien auf phantastische Weise verwandelt. Wir warteten nur noch auf ein Wunder, das uns endgültig überzeugt hätte. Und das Wunder geschah.

Es war bei der Teufelskurve, die noch gefährlicher war, wenn sie unter den Verwehungen eines Schneesturms lag. An dieser Stelle war es geboten, vorsichtig zu fahren und langsam zum Ufer des Olei hinunterzurollen. Doch der Bericht erreichte gerade seinen Höhepunkt...

Der Traktor mitsamt dem schweren Anhänger raste den Abhang hinab, und da er nicht abbremste, geriet er auf das wegen der warmen Quellen gefährlich dünne Eis.

Aus dem Führerhaus ertönte ein Schrei, der schnell verstummte. Samurai fluchte. Es folgten einige endlose, bange Sekunden, die vom Knirschen des Eises beherrscht waren, das unter den Reifen nachgab.

Hundert Meter weiter, schon am anderen Ufer, kamen wir wieder zu uns. Der Fahrer stellte den Motor ab, sprang in den Schnee. Sein Beifahrer folgte ihm. In die weiße Oberfläche des Flusses hatten sich zwei dunkle Spuren eingeschnitten, in die langsam Wasser sickerte.

Es herrschte vollkommene Stille, nur das leise Pfeifen des Motors war zu hören. Der Himmel hatte einen völlig neuen Glanz.

Später würden der Fahrer und der Brigadeführer bestimmt von unserem unglaublichen Glück erzählen. Oder auch von der Schnelligkeit des Traktors, der durchgestartet war, als hätte er kaum Bodenfühlung. Sie würden es sich nicht eingestehen, aber sie würden an die Ruinen der Kirche auf der höchsten Stelle der Böschung denken. Und ohne zu wissen, mit welchen Gedanken sie es fassen oder wie sie es ausdrücken sollten, würden sie das Kind vor sich sehen, das so weit entfernt lebte und seinen ersten Zahn bekommen hatte, als hätte es auf geheimnisvolle Weise die schwere Maschine davor bewahrt, im dünnen Eis einzubrechen.

Wir haben es jedoch vorgezogen, einfach von einem Wunder zu sprechen, wie es von nun an selbstverständlich in unserem Leben war.

Zu Hause kam mir alles fremd vor. Mit Verwunderung stellte ich fest, daß die vertrauten Gegenstände in unserer Isba mich neugierig ansahen, als ob sie gespannt warteten, was ich zuerst tun würde. Ich hatte das Haus am Vortag in aller Frühe verlassen, um zur Schule zu gehen. Dazwischen lagen das Bahnwärterhäuschen, der Wartesaal am Bahnhof, der Schneesturm, das Haus der rothaarigen Frau, die Brücke, der Lastwagenfahrer... Ein eigenartiger Schwindel ergriff mich, ich schüttelte den Kopf. Ja, und dann die verrosteten Nägel auf dem Rückweg durch das verschneite Tal.

Meine Tante kam mit einem großen Teekessel ins Zimmer:

»Ich habe Pfannkuchen gebacken, ein paar sind angebrannt, die kannst du mir lassen«, sagte sie mit ihrer gewohnten Stimme, während sie einen Teller mit einem Stapel goldgelber Pfannkuchen auf den Tisch stellte.

Verblüfft betrachtete ich diese Frau. Sie kam in das Zimmer, als stamme sie aus einer vergangenen Zeit. Aus der Zeit vor dem Schneesturm. Plötzlich fiel mir ein, daß es inzwischen auch die sonnige Uferpromenade am Meer, den Hai und den Keller mit der angeketteten Schönen gegeben hatte. Ich fühlte, daß ich wankte. Ohne ein Wort der Erklärung stürmte ich aus dem Zimmer und zur Haustür hinaus.

Die Abendsonne stand schlaftrunken hinter den Zinnen der Taiga, von Wachtürmen umstellt, als säße sie in der Falle. Das Tauwetter verhüllte die Sonne mit einem veilchenblauen Schleier, und man mußte nicht mehr die Augen zusammenkneifen, um in die kupferrote Scheibe am Himmel zu sehen. Ich war mir sicher, daß diese Scheibe unmerklich über den Stacheldrähten pendelte.

Als Samurai am nächsten Tag an die Tür klopfte und mich zwinkernd aufforderte: »Gehen wir!«, war es keine Frage mehr, wohin.

Wir schnallten unsere Schneeschuhe an, holten Utkin bei sich zu Hause ab und brachen auf.

Die Straße entlang waren es siebenunddreißig Kilometer bis in die Stadt. Wenn man den Weg durch die Taiga nahm, waren es noch zweiunddreißig. Das bedeutete acht Stunden Fußmarsch, zwei Pausen eingeschlossen, um einen Imbiß zu nehmen, vor allem aber, um Utkin verschnaufen zu lassen. Eine ganze Tagesreise. Am Ende erwarteten uns ein Sonnenuntergang und eine dunstverhangene Stadt zwischen zwei Ausläufern der Taiga, die sich vor der Stadt teilte. Und die immer näher rückende Stunde, die mit jedem Mal größere Anziehungskraft ausübte: achtzehn Uhr dreißig. Beginn der Abendvorstellung. Der Belmondofilm.

Vor uns lag die Taiga, doch im tiefsten Schnee führte uns der Weg bereits zur Uferpromenade am Meer und unter all die gebräunten Menschen, die uns wie Außerirdische vorkamen.

Beim erstenmal haben wir wirklich wenig verstanden. Außerdem gab es in diesem Film Dinge, die wir schwerlich begreifen konnten. Die Figur des Verlegers zum Beispiel. Seine Beziehungen zu unserem Helden waren ein undurchdringliches Geheimnis. Warum fürchtete sich Belmondo vor diesem dickleibigen, schlechtgekleideten Mann, der seine Glatze unter einer Perücke verbarg? Welche Macht hatte er über unseren Supermann, und mit welchem Recht übte er sie aus? Wie konnte er es wagen, das Manuskript achtlos wegzuwerfen, das unser Held ihm ins Büro brachte?

Da wir keine schlüssige Erklärung finden konnten, folgerten wir, daß sie Rivalen in der Liebe waren. Tatsächlich war die schöne Nachbarin Ziel wiederholter Angriffe des schmierigen Literaturverwalters. Der Saal hielt den Atem an, wenn er, vor Lüsternheit sabbernd, nach dem Hinterteil des jungen Mädchens schielte, das so unvorsichtig war, sich ein wenig zu weit über seinen Schreibtisch zu beugen. Und natürlich mußte er sich auf die Unglückliche stürzen und ihren Körper mit Küssen seiner wulstigen Lippen bedecken, nachdem er sie mit einer präparierten Zigarette heimtückisch betäubt hatte.

Die meisten Feinheiten des Films entgingen uns freilich. Doch mit dem Spürsinn ungezähmter Jugendlicher aus der Taiga drangen wir intuitiv in die Geheimnisse ein, die das Leben der Westler für unsere Begriffe barg. Und wir waren entschlossen, den Film notfalls zehn- oder zwanzigmal anzusehen, denn wir wollten alles verstehen! Alles, das hieß jede Einzelheit bis zu jener Frage, über die wir uns tagelang den Kopf zerbrachen: Warum lehnte es das schöne Geschöpf bei einem Besuch in der Wohnung unseres Helden ab, ein Glas Whisky zu trinken? War er denn nicht ungemein gastfreundlich?

9

Wir haben den Film siebzehnmal gesehen. Eigentlich weniger gesehen als vielmehr miterlebt. Sobald wir uns auf die sonnige Uferpromenade vorgetastet hatten, begannen wir, diese geheimnisvolle Welt bis in ihre verborgensten Winkel auszukundschaften. Bald kannten wir die Handlung in- und auswendig. Von da an nahmen wir Ausstattung und Bauten näher in Augenschein: ein Möbelstück in der Wohnung des Helden zum Beispiel, wie den kleinen Schrank, von dem wir nicht wußten, wozu er diente, und der wahrscheinlich nicht einmal dem Regisseur aufgefallen war. Oder eine Straßenbiegung, die der Kameramann eingefangen hatte, ohne ihr die geringste Beachtung zu schenken, oder den Schimmer, den ein grauer Frühlingsmorgen in Paris auf dem langen Schenkel der schönen Nachbarin hinterließ, die halbnackt neben der Tür zu unserem Helden schlief. Was für ein Schimmer! Für uns war er zur achten Farbe des Regenbogens geworden! Zum wichtigsten Bestandteil in der farblichen Harmonie der Welt.

Und Belmondo erst … Bei ihm liefen alle Stränge eines verwickelten Spiels zusammen, das aus Abenteuern, Farben, leidenschaftlichen Umarmungen, Schreien, Sprüngen, Küssen, Meeresrauschen, wilden Düften und Verhängnissen bestand, die im letzten Moment abgewendet wurden. Er war der Schlüssel zu dieser magischen Welt, ihr Dreh- und Angelpunkt, ihr Motor, ihr Gott...

Wir hatten begriffen, warum er nie zur Ruhe kam. Er wollte wie Gott überall zugleich sein, deshalb ließ er sich von diesem teuflischen Rhythmus mitreißen und stürzte sich in neue Abenteuer, noch bevor die vorangegangenen beendet waren. Sein muskulöser und geschmeidiger Körper sollte alle Bestandteile des Universums vereinigen, er sollte zur Materie werden, die aus ihrer Verschmelzung hervorgeht. Wie ein menschlicher Quirl mischte er einen berauschenden Cocktail aus der sprühenden Gischt der Wellen, den sinnlichen Früchten weiblicher Körper, aus Liebesgestöhn, Schlachtgetümmel, Tropenträumen, aus obsiegenden Muskeln und einer Unzahl von Gestalten, die der übermenschlichen Fruchtbarkeit heidnischer Götter entstammten: Gute, Böse, Unscheinbare, Empfindliche, Besessene, Durchtriebene, Sanftmütige, Perverse, Verlogene...

Wie ein himmlischer Uhrmacher zog er die gigantische Feder dieses verblüffenden Universums auf, bestimmte er den Lauf der Sonne und das Schmachten unter den Sternen im Süden Frankreichs. Und seine Boxerlungen hauchten jeder Seele in seinem Dunstkreis Leben ein. Das Karussell drehte sich immer schneller, und die sich überstürzenden Sprünge glichen Kaskaden, schwollen zu einem grotesken Niagarafall an. Wir ließen uns von seinen Fluten mitreißen.

Dennoch kam es mitunter vor, daß unser Held mitten im Liebes- oder Schlachtgetümmel plötzlich die Nase voll hatte, daß er sich lieber einsam, traurig und unverstanden fühlte. Wie ein Gott, der inmitten seiner Schöpfung überflüssig geworden war. Im nächsten Augenblick aber klammerte er sich schon wieder an einen lärmenden Hubschrauber und flog mit ihm in den Himmel. In einem dunklen Winkel seines Universums kauernd, konnten wir seine zeitweilige Melancholie und Einsamkeit gut nachempfinden.

Die Erkundung des Westens ging weiter. Sie kannte Niederlagen und Siege. Eines Tages gelang es uns, endlich herauszufinden, welche Rolle der Verleger spielte. Wir kamen ihm auf die Schliche: Er war ein Bösewicht, dessen Lüsternheit in keinem Verhältnis zu seiner körperlichen und geistigen Belanglosigkeit stand, ein Schmarotzer, der die edelste Fähigkeit des Menschen ausbeutete, die Fähigkeit zu träumen.

Diese Entdeckung fiel mit einer anderen zusammen, die wir drei oder vier Vorstellungen später machten. Wir lösten das Rätsel von Belmondos Verdoppelung!

Das Hin und Her zwischen luxuriösen Villen, in denen der berühmte Spion verkehrte, und der bescheidenen Behausung des Schriftstellers, zwischen dem Athleten mit dem braungebrannten Körper und dem eher depressiven, nikotinsüchtigen Sklaven der Schreibmaschine – dieses verwirrende Wechselspiel enthüllte uns schließlich sein Geheimnis. Und die schöne Spionin war maßgeblich an der Lösung beteiligt.

Denn auch sie war überaus zwielichtig. Als sie an die Kellerwand gekettet war, wehrte sie sich in sehr aufreizender Weise. Es fehlte nicht viel, und ihr zerfetztes Kleid hätte der lüsternen Hand des verwandelten Verlegers einen üppigen Busen dargeboten. Jenen wunderbaren Busen, der dazu bestimmt war, mit sadistischer Wollust abgeschnitten zu werden. Wie eine gefangene Antilope blickte sie aus herrlichen, smaragdgrünen Schlitzaugen. Ihr aufgelöstes Haar fiel über ihre nackten Schultern. Der Peiniger trat messerschwingend zu ihr, und wir bedauerten fast, daß die Ketten des Helden so schnell nachgaben. Einen Augenblick später, und der Verleger in seiner Rolle als Folterknecht hätte der wunderschönen Antilope die nutzlosen Fetzen vom Leib gerissen.

Wir benötigten tatsächlich ein gutes Dutzend Vorstellungen, um in der Gestalt der reichlich blassen Studentin, die in einer Dachkammer neben der des Schriftstellers wohnte, die Gesichtszüge dieser Antilope wiederzuerkennen. Das ferne Urbild der prächtigen Spionin kam im alltäglichen Rahmen des verregneten Paris als blasse Kopie daher – ein schlaksiges Mädchen in Jeans ohne ausgeprägte oder auch nur sichtbare Körperformen. Ein weiter Pullover verbarg jede Andeutung einer Rundung, erstickte schon im Ansatz jeden Reiz. Die Brille, die sich für eine fleißige Studentin gehörte, raubte ihren funkelnden Augen das Feuer. Und dennoch war sie auch unsere Antilope mit dem markanten, muskulösen Hintern, unsere Spionin, deren keuchender Busen sich unter dem zerfetzten Kleid wölbte.

Ja, sie war es. Aber was für ein Unterschied! Diese Studentin im verregneten Paris schien eine mißlungene Doppelgängerin der Antilope aus den Tropennächten zu sein.

Beim Vergleich zwischen dieser matten Nachbildung und dem Original begriffen wir, welches Geheimnis hinter den Phantasien eines Mannes aus dem Westen steckte! Oder vielmehr hinter denen eines Ehemanns ... Die hinreißende Antilope, das mit allen körperlichen Vorzügen ausgestattete Original, war seine leibhaftige oder erträumte Geliebte. Und die von allen sinnlichen Reizen gereinigte Kopie war seine Ehefrau.

Wie scharfsinnig unsere jugendliche Entdeckung war! Als wir zwanzig Jahre später durch die Hauptstädte des Westens irrten, sollte uns die erotische Doppeldeutigkeit wiederbegegnen, auf die Belmondo uns gestoßen hatte. Die Traumfrauen der Männer – auf den Titelseiten der Zeitschriften oder in den berüchtigten Straßen – würden Busen haben, mit denen sie jeden sadistischen Verleger in Versuchung führten, und Schenkel so prall und braun wie die unserer märchenhaften Antilope. Und die Ehefrauen würden ihre knochigen Schultern, ihre nicht vorhandenen Hüften, ihre flachen Brüste betonen. Die Mode, der Zeitgeist, das puritanische Ideal, die Gleichheit der Geschlechter sollten dafür verantwortlich sein. Aber darauf würden wir nicht hereinfallen. Denn wir hatten unseren Westen bis in die dunkelsten Tiefen seines Unterbewußtseins ausgelotet!

Warum Belmondo? Was bedeutete er für uns in jenen fernen Tagen des heraufziehenden Frühlings? Bei diesem im Februar typischen blauen Sonnenuntergang? Warum wurde der Film um achtzehn Uhr dreißig gezeigt? Sonst liefen um diese Zeit nur Spielfilme über den Krieg. Und warum in diesem halb im Schnee versunkenen Kino namens *Roter Oktober?*

Tatsächlich war ein echtes Belmondofieber ausgebrochen. Ein Belmondowahn, der nichts mit der Schwärmerei für irgendeine italienische Komödie oder der vorübergehenden Begeisterung für einen Hollywood-Western zu tun hatte. Ab der zweiten Vorstellung mußte die Leitung des Kinos eine zusätzliche Stuhlreihe aufstellen. Man sah sogar einen Zuschauer auf einem Hocker sitzen, den er von zu Hause mitgebracht hatte. Und der Zauber ließ nicht nach!

In der Warteschlange, die fast so lang war wie die Besucherschlange vor dem Lenin-Mausoleum, entdeckten wir immer außergewöhnliche Gesichter. Die Brüder Nerestow etwa, berühmte Zobeljäger, die äußerst selten in die Stadt kamen, es sei denn, um die zahllosen weichen Felle aus ihren Taschen hervorzuziehen. Als sie zwischen den saubergekleideten Städtern vor der Kasse Schlange standen, war das ein unglaubliches Bild! Ihre vom Eiswind gegerbten Gesichter, ihre riesigen Tschapkas aus Silberfuchs, ihre krausen Bärte, alles an ihnen erzählte vom einsamen Leben am Ende der Taiga.

Dazu Sowa, die berühmte Schnapsbrennerin, eine kräftige und unerschrockene Alte, die sich von der Miliz nie auf frischer Tat erwischen ließ. Einige behaupteten, sie betreibe ihr verbrecherisches Gewerbe in einem verlassenen Stollen, dessen halb verfallener Eingang zwischen den Johannisbeersträuchern in ihrem Garten verborgen sei. Wir stellten uns immer vor, wie sie im diffusen Licht einer Petroleumlampe unter dem Holzgebälk im schwarzen Gewölbe dieser Goldmine stand. Eine Hexe, die geschäftig mit ihren Destillierkolben hantierte. Von dieser geheimnisumwitterten Mine zum Keller, in dem die gefesselte Schöne von unserem Helden gerettet wurde, war es nur ein kleiner Schritt. Die alte Sowa unternahm den Schritt, als sie eines Tages in ihrem bescheidenen braunen Schaffellmantel und mit einer eindrucksvollen Fuchsmütze ins Kino kam, wo sie erhobenen Hauptes in der ersten Reihe Platz nahm.

Ja, der Belmondowahn ähnelte bald einer gewaltigen Grundsee, die einige bemerkenswerte Exemplare der menschlichen Gattung an die Oberfläche unseres Lebens spülte. Die Welle der Begeisterung schwappte bis in die abgelegensten Dörfer, drang in die Forsthäuser ein und erschütterte, wie man sehen konnte, sogar die eiszeitliche Ruhe hinter den Wachtürmen. Jede Vorstellung brachte neue Überraschungen.

Einmal bemerkte ich, daß der Platz neben mir frei blieb. Wir saßen immer in der ersten Reihe. Nicht, weil wir zu spät kamen, sondern weil wir allein vor Belmondo erscheinen und auf der sonnigen Uferpromenade spazierengehen wollten, ohne zuvor einen Sprung über die Köpfe und Fuchspelzmützen machen zu müssen. Der freie Platz zu meiner Linken machte mich anfänglich nicht besonders stutzig. Vermutlich nutzte jemand die zehn Minuten mit den neuesten Nachrichten aus dem Kreml, um in der Eingangshalle eine Zigarette zu rauchen, und würde nach der Wochenschau an seinen Platz zurückkehren.

Die Nachrichten – nach der unvermeidlichen Ordensverleihung wurden diesmal Fischer gezeigt, die das Plansoll um dreißig Prozent übertroffen hatten –, die Nachrichten gingen also zu Ende, und es wurde für einen Augenblick hell, bis das Licht wieder erlosch. Doch der Sessel blieb leer. Ich war schon im Begriff, den Sitzplatz zu wechseln, da mir der freie Platz mehr in der Mitte zu liegen schien.

Genau in diesem Augenblick huschte der riesige Schatten eines gebückt gehenden Mannes über die Leinwand, die bereits im Glanz des südfranzösischen Lebens erstrahlte, und ich spürte, wie in der Dunkelheit ein schwerer Stiefel gegen meinen Fuß stieß. Der verspätete Zuschauer setzte sich auf den freien Platz. Bevor der Hubschrauber über der Telefonzelle auftauchte, schielte ich zu ihm hinüber.

Als ich sah, wer es war, begann ich langsam zwischen meinen Armlehnen zu versinken. Ich wollte mich ganz klein machen, unsichtbar werden, verschwinden.

Es war Gera. Gerassim Tugaji, mit richtigem Namen. Ein Name, den alle Bewohner der Region mit ängstlicher Hochachtung aussprachen. Er »stahl Gold, das dem Staat gehörte«, wie meine Tante und ihre Freundinnen meinten, weil er irgendwo in tiefster, unzugänglichster Wildnis, von allem Lärm abgeschieden, im klaren Wasser eines kleinen, reißenden Flusses unter hundertjährigen Kiefern Gold wusch. Im Sommer war er uns einmal irgendwo in der Taiga begegnet. Doch die Miliz suchte immer vergeblich nach ihm.

Ich überwand meine Furcht und musterte ihn verstohlen.

In seiner weiten Bärenfelljacke steckte der kalte Wind aus der Welt des Schnees. Seine Tschapka, deren Ohrenklappen im Nacken zusammengebunden waren, erinnerte an einen großen Helm, wie ihn die nordischen Krieger trugen. In stolzer, herrischer Haltung saß er da, und seine hünenhafte Gestalt überragte alle Zuschauer.

Und je länger ich sein Profil im flimmernden, bunten Licht der Leinwand betrachtete, desto vertrauter schienen mir seine Gesichtszüge. Ja, er erinnerte mich an jemanden, den ich sehr gut kannte. Doch an wen? Aus der Tschapka fiel eine Locke in seine Stirn. Eine plattgedrückte Nase, die zweifellos bei irgendeiner Schlägerei gelitten hatte, starke, absichtlich aufgeworfene Lippen, ein verschlagenes Lächeln, ein kräftiger, mächtiger Unterkiefer und dazu die braunen, lebhaften Augen...

Verblüfft starrte ich auf die Leinwand, denn ich wagte nicht, meiner Eingebung zu trauen. Belmondo entstieg gerade dem strahlendblauen Wasser eines Schwimmbeckens und setzte sich neben der wunderbaren Spionin in einen Liegestuhl. Ich musterte sein Profil. Die Haarlocke, die er von der nassen Stirn zurückwarf, seine Nase, seine Lippen. Seine Augen... Ich drehte mich zu dem Mann auf dem Sessel neben mir. Dann zur Leinwand. Dann wieder zu dem Mann im Bärenfell.

Ja, er war es. Magie kennt keine Erklärungen. Ich versuchte auch nicht, es zu verstehen. Ich verharrte in einer seltsamen Zwischenwelt, zwischen diesen beiden einander vollkommen gleichenden Gesichtern, die im dunklen Saal waren. Das Kino *Roter Oktober* war zum alchimistischen Kolben geworden. Langsam verwandelte sich die Wirklichkeit um mich in etwas, das sie an Wahrheit und Schönheit übertraf.

Ich schreckte auf. Die großen Stiefel des Mannes auf dem

Nebensitz hatten im Vorbeigehen meine Füße gestreift. Er verließ den Saal, ein oder zwei Minuten bevor der Film zu Ende war. Der Kolben zerbrach. Am liebsten wäre ich ihm hinterhergerannt und hätte ihm zugeflüstert: »Warten Sie, Sie verpassen die schönste Szene des Films!« Es war die Szene, in der die junge Nachbarin vor der Tür des Helden einschlief, dabei ihren langen Schenkel entblößte und man die achte Farbe des Regenbogens sah.

Ich lief ihm nicht nach. Ich rief ihm nicht hinterher. Man hörte die Seitentür leise ins Schloß fallen. Der Mann im Bärenfell war verschwunden.

Als das Licht anging, sahen wir zwei Offiziere unter den vielen lächelnden Kinobesuchern, die noch wie gebannt waren und sich kaum vorwärts bewegten. Die leuchtendroten Klappen am Stehkragen ihrer Uniform verrieten, daß sie zu den Wacheinheiten des Lagers gehörten. Belustigt streiften die Zuschauer sie mit einem verstohlenen Seitenblick, als wollten sie sagen: »Sieh mal einer an! Ihr auch?«

Ja, auch sie hatten in diesem magischen Gefäß gesessen. Neben dem gefährlichen Gera ...

Ich habe Samurai und Utkin nie von ihm erzählt. Sie hätten mich sicher ausgelacht. Nach dieser eigenartigen Filmvorführung hatte ich begriffen, daß der Zauber aufhört, weil der Mensch weder davon zu sprechen noch daran zu glauben wagt. Er erweist sich des Wunders für unwürdig, wenn er versucht, es auf irgendeine handfeste, gewöhnliche Ursache zurückzuführen.

Es war auch nicht das einzige Beinahewunder, das sich in jenen späten Wintertagen ereignete. Wen erblickten wir am Tag nach dem geheimnisvollen Kinobesuch des Mannes im Bärenfell in der Warteschlange? Utkins Großvater! Er war ganz verlegen, wie ein Erwachsener, der bei einer Kinderei ertappt wird. Und hastig erklärte er:

»Was glaubt ihr – alle Welt spricht nur noch darüber. Ein Arzt, mit dem ich befreundet bin, hat mir erzählt, ein Patient habe ihn sogar um den Aufschub einer Operation gebeten, damit er diesen Film noch sehen könne. Da habe ich mir gedacht . . .«

Und zur Buße spendierte er uns die Eintrittskarten.

Warum Belmondo?

Mit seiner platten Nase hatte er große Ähnlichkeit mit vielen von uns. Unser Leben – die Taiga, der Wodka, die Lager – schnitzte solche Gesichter. Gesichter von wilder Schönheit, die unter harten, gequälten Zügen hervorleuchtete.

Warum löste er dieses Fieber aus? Weil er auf uns wartete. Er ließ uns nicht allein vor irgendeinem prunkvollen Palast zurück, sondern nahm uns im Hin und Her zwischen seinen Träumen und seinem Alltag immer mit. Und wir folgten ihm in seine unvorstellbare Welt.

Wir liebten ihn auch für die grandiose Nutzlosigkeit seiner Unternehmungen. Für die fröhliche Sinnlosigkeit seiner Siege und seiner Eroberungen. Die Welt, in der wir lebten, gründete auf der erdrückenden Zwangsläufigkeit, mit der sich eine strahlende Zukunft einstellen würde. Wir waren allesamt auf diese Logik abonniert – die Weberin zwischen ihren hundertfünfzig Webautomaten, die Hochseefischer, die die vierzehn Meere unseres Reichs durchkämmten, die Waldarbeiter, die Jahr für Jahr mehr Holz zu schlagen versprachen. Diesem Fortschritt, dem unser irdisches Dasein gewidmet war, konnten wir nicht entgehen. Die Ordensverleihung im Kreml war dafür höchst symbolisch. Und sogar das Lager hatte seinen Platz in dieser sorgfältig durchdachten Harmonie – schließlich brauchte man einen Platz für diejenigen, die sich im Augenblick nicht als würdig erwiesen, am großen Vorhaben mitzuwirken, für die unvermeidlichen Schlacken unseres paradiesischen Daseins.

Aber dann kam Belmondo mit seinen nutzlosen Taten, seinen Leistungen ohne Vorgabe, seinem willkürlichen Heldentum. Wir sahen die Kraft, die sich selbst gefiel, ohne daran zu denken, was sie bewirkte, die prächtigen Muskeln, die nicht eingesetzt wurden, um Rekorde in Stückzahlen zu brechen. Wir entdeckten, daß ein Mann, der seinen Körper zeigt, schön sein kann! Ohne jeden messianischen oder ideologischen Hintergedanken, ohne einen Gedanken an die Zukunft. Von nun an wußten wir, daß der »Westen« diese phantastische Zwecklosigkeit bedeutete.

Und schließlich gab es noch dieses Treffen auf dem Flughafen. Als die Spionin unseren Helden abholte, mußte sie als Zeichen einen Gegenstand bei sich tragen, an dem er sie erkennen konnte. Es war ein ... *Karawai,* ein Laib russisches Brot. Russischer hätte es nicht sein können. Und der französische Film gebrauchte dafür auch noch das russische Wort! Vor Freude und Nationalstolz ging ein Jauchzen durch die Sitzreihen im Kinosaal. Auf dem Rückweg nach Swetlaja sprachen wir diesmal von nichts anderem: Im Westen wußte man also ein wenig von uns und unserem Leben!

Warum Belmondo?

Weil er zum richtigen Zeitpunkt kam. Wie von einem phantastischen Strom fortgerissen und mitten in der unter Schnee begrabenen Taiga angeschwemmt. Ja, zweifellos hatte ihn eine dieser Kaskaden – eine Serie von hinreißenden Sprüngen und Verfolgungsjagden, von Pistolenschüssen und Kinnhaken, von Überschlägen, schnell herumgerissenen Lenkrädern, Starts und Landungen – in die tiefste Taiga getragen.

Er kam zu einem Zeitpunkt, als uns die Kluft zwischen der

versprochenen Zukunft und unserer Gegenwart fast schon unheilbar krank, schizophren gemacht hatte, als die Fischer sich anschickten, die Meere im Namen unseres messianischen Ziels leer zu fischen bis auf den letzten Fisch, und die Holzfäller im Begriff waren, die Taiga in eine Eiswüste zu verwandeln. Während im Kreml ein Greis dem anderen Orden an die Brust heftete und ihn zum »dreifachen Helden der sozialistischen Arbeit« und »Vierfachen Helden der Sowjetunion« weihte. Auf der zugeschnürten Brust des Ordensträgers war schon kein Platz mehr frei für all die goldenen Sterne.

All das sahen wir, als Belmondo zu uns nach Sibirien kam. Der Kreml, die hundertfünfzig Webautomaten, der Wodka als einziges Mittel gegen die schizophrene Kluft zwischen Zukunft und Gegenwart. Und auch die untergehende Sonnenscheibe, die sich im Stacheldraht verfangen hatte.

Er sprang über dem hintersten Zipfel Sibiriens aus einem Hubschrauber, rollte durch den Schnee und erschien auf der Leinwand mit der Aufforderung, ihn doch zu begleiten... bei einem Spaziergang am warmen Meeresufer. Während wir uns ständig nach dem fernen Schatten der strahlenden Zukunft umsahen, tasteten wir uns behutsam in dieser Terra incognita vorwärts, die Westen hieß.

Aber mehr als alles andere zählte die Liebe.

Was wußte ich von ihr, was wußten die anderen Kinobesucher von ihr, bevor dieser Film zu uns kam? Wir wußten, daß es eine Liebe gab, die mit den Worten »Ich habe es ihr gemacht« ausgedrückt werden konnte. Sie war am weitesten verbreitet, mehr Gefühle barg das Liebesleben in unserer rauhen Gegend normalerweise nicht. Außerdem kannte ich die Liebe, die bis in alle Ewigkeit bei der Fähre wartete. Und schließlich gab es noch die Liebe, der wir gewöhnlich auf der Kinoleinwand begegneten. Ich erinnere mich an einen sehr bezeichnenden Liebesfilm:

Man sieht sie und ihn auf einem Weg durch Roggenfelder. Es ist Abend. Sie gehen still nebeneinander, spielen die Schüchternen. Manchmal wird das Schweigen durch einen vielsagenden Seufzer gebrochen. Jetzt kommt der entscheidende Moment. Der Saal erstarrt, man drückt sich in den Sitz, wartet auf die dringend gebotene Umarmung. Der junge Kolchosbauer nimmt seine Mütze ab, weist mit dem Arm weit um sich und erklärt:

»Mascha, ich wette, der Roggen wirft in diesem Jahr zwölf Doppelzentner pro Hektar ab!«

Überall im dunklen Saal wurden Unmutsäußerungen laut. Vor allem weil die Heldin sehr schön und ihr Partner im besten Sinne männlich war. Wäre ihr Kleid zerfetzt worden, hätten wir ebenso pralle Brüste bewundern können, wie sie die hinreißende Gefangene im Belmondofilm beinahe gezeigt hätte. Hätte sie sich ins Gras fallen lassen – was der brennende Wunsch des ganzen Saals war –, ihre wohlgerundeten Schenkel hätten keinen Vergleich mit den sinnlichen Rundungen der Spionin scheuen brauchen.

Doch die Liebenden sahen nur den verschwommenen Umriß des messianischen Ziels in der Abendstimmung über den Feldern, die sonnigen Gipfel der Zukunft. Sie unterhielten sich über die Ernte und erstickten damit ihre natürlichen Triebe. Der Kuß war mehr oder weniger nur eine beliebige Ergänzung. Und mit dem Kuß wurde die Szene ausgeblendet. Bevor sich die Blende wieder öffnete, hörte man die ersten Schreie des Säuglings, der sodann im Arm der glücklichen Mutter von der Leinwand blickte. Offensichtlich war die schwarze Leinwand das filmische Mittel, mit dem die Dunkelheit der uteralen Phase dargestellt wurde.

Zwischen dieser offiziell verordneten Schamhaftigkeit und dem »Ich habe es ihr gemacht« der Lastwagenfahrer klaffte derselbe Abgrund, der die immer wieder beschworene Zukunft von der Gegenwart Nerlugs trennte. Den Hintergrund bildete das Haus der rothaarigen Prostituierten. Einer Frau mit schwerfälligem und erschöpftem Leib. Einer Frau, die unter Tränen Photographien mit Schmuckrand auf ihrer Bettdecke ausbreitete. Niemand weiß, warum. Noch dazu vor einem Jugendlichen, der nur an den toten Vogel dachte, den er in sich trug – seinen Liebestraum. Am Ende dieses Abgrunds lag die Sturmnacht, der zur Rückkehr gezwungene Transsibirien-Expreß, das ausgelöschte Gesicht der Frau über einer brennenden Kerze und ihre Finger, die mein Haar streichelten.

Belmondo streckte diesem Jugendlichen, der seinen toten Vogel ans Herz preßte, die Hand entgegen. Er zog ihn mit sich in die Sonne Südfrankreichs. Und das fürchterliche und unaussprechliche Durcheinander der Liebe fand mit westlicher Klarheit zu Worten: Verführung, Begehren, Eroberung, Sex, Erotik, Leidenschaft. Als waschechter Profi in Liebesangelegenheiten zog er sogar einen möglichen Fehlschlag und die Enttäuschung in Betracht, die einem jungen Verführer auf seinen ersten Schritten ins Abenteuer drohten. Man sah ihn ein Abendessen bei Kerzenschein vorbereiten, zu dem die Nachbarin eingeladen war. Er legte einen schwarzen Anzug an, wartete endlos lange und schlief schließlich in der Pose eines geschlagenen Gladiators ein. Sie hatte ihn versetzt.

Ja, der Sprung in den Abgrund der Liebe gehörte auch zu den Sprüngen durch Sibirien. Und um keinen Zweifel daran aufkommen zu lassen, setzte er sich, als Gerassim Tugaji verkleidet, neben mich in die erste Reihe des Kinos.

Das Tauwetter dauerte nur wenige Tage. Der Winter bedankte sich auf seine Weise für den lichten Moment: Er kehrte mit einem scharfen Polarwind zurück, der die Sterne am schwarzen Kristallhimmel erstarren ließ.

Doch Belmondo widerstand ihm. An jedem freien Tag oder, was häufig der Fall war, an jedem Tag, den wir schwänzten, standen wir noch vor der Morgendämmerung auf und machten uns auf den Weg in die Stadt. Zur vierzehnten, fünfzehnten, sechzehnten Vorstellung... Wir konnten nicht genug davon bekommen.

10

Es war noch dunkel im Wald. An manchen Stellen schimmerte der Schnee im Mondlicht wie von goldenem Glanz überzogen, an anderen Stellen leuchtete er in tiefem Blau. Jede kleine Tanne war ein lauerndes Tier, jeder Schatten barg ein Wesen, das uns beobachtete. Wir redeten kaum miteinander aus Furcht, die feierliche Ruhe dieser schlafenden Welt zu stören. Von Zeit zu Zeit schüttelte eine Tanne eine große weiße Schneehaube von einem Zweig. Wir hörten ein schwaches Knacken, dann das dumpfe Geräusch des zu Boden fallenden Schnees. Und die Kristalle wirbelten noch lange unter dem wachgerüttelten Zweig, schillerten wie grüner, blauer und rosaroter Flitter. Dann fiel alles wieder in die träumerische Starre unter dem Silberglanz des Mondes. Manchmal hörten wir das leise Knacken, ohne daß sich die Zweige bewegten. Wir spitzten die Ohren: »Wölfe?« Kurz darauf sahen wir den Schatten einer Eule über die Lichtung fliegen. In der vollkommenen Stille glaubten wir zu spüren, wie dicht und weich die eisige Luft war, in die der Vogel mit seinen großen grauen Flügeln schnitt.

Während dieser noch in den Schleier der Nacht gehüllten Stunden dachte ich gerne an mein Geheimnis.

Meine Gefährten machten sich auf den Weg durch den Wald, um eine Komödie zu sehen und neue schlagfertige

Antworten auswendig zu lernen, um sich zu amüsieren. Ich dagegen ging ins Kino, um eine wundersame Wandlung zu erleben: Ich würde in einen anderen Körper schlüpfen, andere Gefühle haben, der Vogel in meiner Brust würde mein Herz umflattern und sein Gefieder spreizen. Aber noch regte er sich nicht. Und in meinem Herzen kostete ich den Schmerz eines sehr erwachsenen Kummers aus – den der ersten Liebesnacht im Haus der rothaarigen Frau.

Ich glaubte, dieser Schmerz sei ebenso einzigartig wie die unnachahmliche Wandlung, die mich im gelobten Land des Westens erwartete. Ich wäre sehr erstaunt gewesen, hätte ich damals erfahren, daß auch Samurai und Utkin unter ihren Mänteln einen Schmerz und eine Hoffnung trugen, wenn sie durch die schlafende Taiga glitten. Jeder hatte sein Geheimnis. Eine dunkle Vergangenheit. Ich war nicht der einzige, der auserkoren war...

Samurais Geheimnis war derb und schlicht. Einen Monat nach der Ankunft unseres Helden vertraute er es mir an. An jenem Abend waren wir in unser kleines Badehaus gegangen. Er saß in seinem Kupferbottich, ich lag ausgestreckt auf der warmen und feuchten Holzbank. Windstöße peitschten den trockenen Schnee, den der härtesten Fröste, gegen das schmale Fenster. Samurai schwieg lange Zeit, schließlich begann er in scherzhaftem, vergnügtem Tonfall zu erzählen. Wie man ein Schelmenstück aus seiner Kindheit erzählt. Doch ich hatte genau gespürt: Seine unbekümmerte Stimme hätte jeden Augenblick ins Schleudern geraten und mit einem erstickten Schmerzensschrei enden können.

Er muß damals zehn Jahre alt gewesen sein. An einem heißen Julitag, einem jener glühendheißen Tage des kontinentalen Sommers, stieg Samurai, den man damals noch nicht Samurai nannte, aus dem Fluß. Völlig nackt stand er schlotternd unter der brennenden Sonne. Die kurze Zeit der Hundstage hatte nicht genügt, um das Wasser zu erwärmen.

Er stieg aus dem Fluß und rannte zu den Büschen, über die er seine Kleider gehängt hatte. Plötzlich stolperte er über einen Stein oder eine große Wurzel und fiel zu Boden. Bevor er begreifen konnte, daß es keine Wurzel war, sondern daß man ihm auf geschickte Weise ein Bein gestellt hatte, umklammerten zwei Hände seine Taille. Obwohl er noch nichts ahnte, versuchte er, auf allen vieren zu entkommen. Im selben Augenblick sah er Lederstiefel vor sich und spürte, wie eine kräftige Hand ihn an den nassen Haaren packte. Er schrie auf. Der Kerl, der ihn an den Hüften festgehalten hatte, schlug ihm nun mit der Faust in die Nieren. Samurai wölbte den Rücken, stöhnte, wollte erneut fliehen. Doch die schwere Hand, die seinen Haarschopf gepackt hatte, umschloß jetzt sein Gesicht wie ein Maulkorb. Zwei Finger mit gelben, flachen Nägeln bohrten sich von unten in seine Augenhöhlen – zur Warnung: »Noch ein Schrei, und ich stech dir die Augen aus.« Dennoch konnte er für einen Augenblick sehen, daß sich der Mann vor ihm hingekniet hatte. Er hörte Flüche und ein leicht nervöses Hohngelächter. Wenn sie ihn töten wollten, warum zögerten sie dann noch, wo waren ihre Messer oder Dolche? Da riß ihm der Kerl in seinem Rücken plötzlich die Beine auseinander, als wollte er seinen nackten Körper zweiteilen. Samurai schrie vor Schmerz, und obwohl sein Gesichtsfeld stark eingeschränkt war, konnte er sehen, daß einer der Angreifer seine Hose aufknöpfte ...

Im Augenblick der Gefahr findet ein Kind viel leichter zur tierischen Natur zurück, denn sie ist noch nicht vollständig in ihm erloschen. Mit der Gewandtheit eines Tieres konnte Samurai sich retten. Er hatte seinen Körper so schnell bewegt, daß die menschliche Wahrnehmung dem Bewegungsablauf nicht folgen konnte. Es waren keine regelrechten Bewegungen, sondern vielmehr ein blitzschnelles Zucken, das den Körper von Kopf bis Fuß durchlief. Mit seinem Arm stieß er die Hand weg, die wie ein Maulkorb seinen Kopf umfaßte, und im selben Moment warf er den Kopf leicht zurück und schwächte damit den Fingerdruck in den Augen. Sein plötzlich nach oben schnellender Fuß stieß in den Bauch des Angreifers. Seine Schulter berührte das Gras und zog seinen zitternden Körper zum Fluß hinunter.

Es war ihm nicht ganz gelungen, zu einem bedrängten jungen Tier zu werden. Im letzten Moment schien ein Schlag ihm das Rückgrat zu brechen. Ein stechender Schmerz durchdrang ihn bis zum Nacken. Samurai glaubte, keinen Schritt mehr tun zu können. Doch sobald er im Wasser war, ließ der Schmerz nach. Als hätte der kalte und schmiegsame Strom die Glieder seines jungen, gemarterten Leibes wieder eingerenkt.

Er schaffte es bis ans andere Ufer. Verblüfft betrachtete er den Fluß. Er hatte den Olei noch nie durchschwommen. Dazu war der Fluß zu breit, zu schnell. Er spürte seinen Körper nicht mehr, konnte seinen Atem nicht vom Rauschen der Kiefern unterscheiden. Sein nasser Kopf dröhnte und verschmolz mit dem strahlenden Himmel. Und irgendwo in diesem unbegrenzten Körper, der in der riesigen Taiga aufgegangen war, erklang immer wieder der dumpfe Ruf eines Kuckucks.

Samurai konnte niemanden am gegenüberliegenden Ufer sehen. Er wartete bis zum Abend, bevor er zurückkehrte. Diesmal klammerte er sich an einen treibenden Baumstamm, um den Fluß zu durchschwimmen. Der Olei war wieder unüberquerbar geworden. Niemand hatte seine Kleider angerührt. Auf dem zerstampften Boden lagen Zigarettenkippen …

Seit diesem Tag hatte Samurai panische Angst vor Gewalt.

Früher war die Welt gut gewesen. Und einfach. Wie das ruhige Licht der weißen Wolken am Himmel und ihr Widerschein im bewegten Spiegel des Olei. Jetzt steckte ein zähflüssiger Stoff in den finsteren Poren des Lebens, die von Worten, von einem Lächeln verdeckt wurden. Dieser Stoff hieß Gewalt. Sie konnte einen jederzeit ereilen, zu Boden drücken, zerbrechen.

Samurai begann die Starken zu hassen. Und um sich wehren zu können, beschloß er, seinen Körper abzuhärten. Er wollte sich die tierhafte Gewandtheit, die ihn gerettet hatte, zur zweiten Natur machen.

Bevor der Sommer zu Ende war, konnte er ohne Pause zum anderen Ufer und zurück schwimmen. Von ihm stammte auch der Einfall, sich nackt im Schnee zu wälzen, wenn wir aus dem Bad an die eisige Luft traten. Anfänglich war es nur eine soldatische Übung. Er wußte auch, daß man die Handkante stählen mußte, wie es die Japaner taten. Bald durchschlug er mit einem Hieb dicke, trockene Äste. Mit dreizehn war er so kräftig wie ein erwachsener Mann. Aber er besaß noch nicht die Ausdauer. Häufig kam er mit einem blauen Auge und aufgeschlagenen Knöcheln an den Händen in die Schule. Aber er lächelte immer. Er hatte keine Angst mehr vor den Starken.

Eines Tages tauschte er einen winzigen Goldklumpen (davon besaßen wir alle ein paar) gegen eine hübsche Postkarte aus dem Ausland. Das Hochglanzphoto zeigte blaues Meer, eine breite, von Palmen gesäumte Straße und weiße Häuser mit großen Fenstern. Es war Kuba. Die Zeitungen sprachen von dieser Insel und seinem Volk nur als dem Land, das den Mut hatte, einer Großmacht wie den Vereinigten Staaten Widerstand zu leisten. Der Haß auf die Starken fand ein irdisches Ziel: Samurai verliebte sich in die kleine Insel und haßte die Amerikaner. Seine romantische Neigung ließ ihn von einer schönen Genossin im Drillich mit hochgekrempelten Ärmeln träumen, von einer bewaffneten jungen Kämpferin mit den Reizen einer Kreolin ...

Doch diese Liebe kam, wie sein Haß, zu spät. Wir waren fern von jeder revolutionären Aufbruchsstimmung, und selbst bei uns, im hintersten Sibirien, lachte man bereits unverhohlen über den bärtigen alten Freund. Auch über Samurai, dessen Leidenschaft jeder kannte. In der Schule neckten ihn die Jungen mit einer damals sehr beliebten Strophe aus einem Lied, das Castros heldenhafte »Barbudos« gesungen hatten. Die Verse lauteten freilich ganz anders, ihr ursprünglicher Sinn war ins Gegenteil verkehrt:

Kuba, gib uns unsren Weizen wieder!
Und unseren Wodka noch dazu ...
Kuba, behalte deinen feuchten Zucker!
Castro, laß uns endlich in Ruh!

Samurai warf ihnen einen verächtlichen Blick zu. Er überging die Anmaßung dieser Schwächlinge: Die Spötter wußten, daß er sich nicht dazu herablassen würde, ihnen eine Tracht Prügel zu verpassen. Doch in seinem Inneren stellte er sich viele quälende Fragen. Besonders seit dem Tag, als die Geschichte ihm den letzten Schlag in den Magen versetzte.

Es war nach der Geographiestunde. Der Lehrer hatte über Mittelamerika gesprochen. Als die Schulglocke ertönte und der Klassenraum sich leerte, ging Samurai zum Lehrerpult und zog die schöne Postkarte mit dem Blick auf Havanna aus seiner Tasche. Azurblaues Meer, Palmen, weiße Villen, braune Spaziergänger. Der Lehrer betrachtete sie, drehte sie um und las schließlich die Bildlegende.

»Aha! Hier steht es: Das war natürlich vor der Revolution!« stellte er fest. »Ich dachte es mir gleich...«

Er verstummte, und als er Samurai die Karte zurückgab, erklärte er mit abgewandtem Blick:

»Weißt du, Kuba befindet sich in einer sehr schwierigen wirtschaftlichen Lage. Ohne unsere Hilfe wäre es wirklich aufgeschmissen. Ein früherer Freund von mir hat dort als Entwicklungshelfer gearbeitet. Er erzählte, daß sogar die Socken rationiert seien: Jeder erhält ein Paar pro Jahr. Natürlich ist das eine Folge der imperialistischen Wirtschaftsblockade, aber...«

Samurai war vor den Kopf gestoßen. Nie wäre er auf den Gedanken gekommen, daß die kühnen »Barbudos« mit dem Maschinengewehr in der Hand für ein Paar Socken anstünden!

Als Belmondo kam, war Samurai sechzehn Jahre alt. All die verdammten, von seiner enttäuschten Liebe aufgeworfenen Fragen verwandelten sich allmählich in eine Wunde, die ihn hinderte, zu sehen, zu atmen, zu lächeln. Er war stark geworden, doch das Böse, das zu bekämpfen er sich vorgenommen hatte, erwuchs wie die Köpfe der Hydra immer wieder von neuem, mit jeder neuen Mannschaft von Holzfällern, mit jedem Handgemenge zwischen Betrunkenen vor dem Eingang zur Schnapsbude. Er hatte eine kleine Schutzzone um sich selbst aufbauen können, doch mehr war ihm nicht gelungen. Das Leben änderte sich nicht. Und die schöne Kampfgefährtin in der khakifarbenen Hose und dem Drillich mit den hochgekrempelten Ärmeln ließ auf sich warten. Überdies erreichte die Yankee-Blue-Jeans Sibirien und löste am drallen Gesäß des verwöhnten Sohnes eines ansässigen Parteifunktionärs einen verheerenden Sturm in den Herzen der jungen Sibirierinnen aus.

Hatte es noch einen Sinn, wenn er Äste mit der Handkante durchschlug? Wenn er den Fluß durchquerte und dabei eine Eisenstange über den Kopf hielt, als wäre es seine künftige Maschinenpistole? Wenn er sich mit betrunkenen Holzfällern anlegte? Wenn er die Köpfe der Hydra abschlug und für jeden zwei neue nachwachsen sah? Wenn er weiterhin lebte, als wäre er von Feinden umringt, und die Schwachen beschützte, die sich hinter seinem Rücken über ihn lustig machten?

In diesem Moment begegnete ihm Belmondo. Samurai sah diese Anstrengungen für nichts, diesen Kampf um des Kampfes willen. Er entdeckte, daß es schön sein konnte zu kämpfen. Daß ein Faustschlag elegant war, wenn er saß. Daß es häufig auf die Geste ankam und nicht so sehr darauf, was sie bewirkte. Es zählte nur der Schneid, den einer besaß.

Samurai entdeckte die bittere Schönheit des vergeblichen Kampfes gegen das Böse. Er sah darin den einzigen Ausweg aus dem Labyrinth der Fragen, die ihn quälten. Er war bereit, zu kämpfen und dabei nur noch an die Schönheit des Kampfes zu denken. Er wollte im Alleingang in die Schlacht ziehen und das Schlachtfeld verlassen, bevor er von dankbaren Schutzbedürftigen beweihräuchert oder wegen seiner übertriebenen Gewalttätigkeit mit Vorwürfen überschüttet wurde. Ja, er wollte kämpfen, obwohl er wußte, daß der Sieg nie von langer Dauer sein würde. Wie im Film ... Der besiegte, bloßgestellte und seiner Perücke beraubte Verleger würde sich hinter seinem uneinnehmbaren Schreibtisch verschanzen – doch die Schönheit der Schlußszene sollte den Helden ganz und gar entschädigen: Arm in Arm mit der hübschen Nachbarin, die er zurückerobern konnte, wirft er sein Manuskript vom Balkon dem Verleger und seiner Clique vor die Füße. Sie müssen den Rückzug antreten. Was für ein Irrsinn, aber was für eine Geste!

Eine Woche nach der ersten Filmvorstellung schlug sich Samurai mit zwei betrunkenen Lastwagenfahrern in der Arbeiterkantine. Mit allem, was zu einem klassischen Handgemenge gehörte. Die Wirtin kreischte schrill, und die versammelte Herde sah aus Angst schweigend zu. Instinktiv wollte sich jeder heraushalten. Da stand hinten im Raum der junge Held auf und ging zu den beiden Streithähnen. Die Lastwagenfahrer waren Neuankömmlinge, sie wußten nicht, daß dieser junge Kerl dicke Äste mit einem Handstreich durchschlagen konnte. Mit zwei oder drei Säbelschwüngen seiner Hand waren die beiden an die Luft gesetzt. Doch damit nicht genug: Samurai kehrte in die Kantine zurück, legte unter den Blicken der starr vor ihren Tellern sitzenden Gäste einen zerknitterten Rubelschein auf die Theke und sagte zu der Kassiererin, die dahinter Zuflucht genommen hatte:

»Die Armen haben vergessen, ihre Suppe zu bezahlen!«

Dann trat er, von bewundernden Ausrufen begleitet, in den eisigen Wind.

Als er nach Hause kam, setzte er sich vor einen Spiegel und betrachtete sich lange darin: Eine dunkle Locke fiel über seine Stirn, die eingedrückte Nase zeugte von irgendeinem ungleichen Kampf aus früherer Zeit, ein verwegener Zug hatte seine Lippen aufgeworfen, und der kräftige Unterkiefer war es gewohnt, harte Kinnhaken einzustecken. Er zwinkerte seinem Gegenüber im Spiegel freundschaftlich zu. Er hatte ihn erkannt. Er hatte sich erkannt. Nie zuvor war ihm unser sagenhafter Westen so nahe erschienen!

11

Bei Sonnenaufgang kamen wir aus der Taiga und erreichten das Oleital, als hätten wir die Nacht in der schlafenden Welt der Tannen zurückgelassen, im silbern schimmernden Dunkel, in dem eine große Eule mit grauen Flügeln Zuflucht vor dem Tag suchte.

Die rote Sonnenscheibe stieg aus einem kalten Schleier auf und übertünchte die Palette von Grau- und Blautönen allmählich mit Rosa. Wir schüttelten die nächtliche Benommenheit ab und begannen zu erzählen, unsere Eindrücke von der letzten Vorstellung auszutauschen. Doch vor allem ahmten wir Belmondo nach, bis zur Erschöpfung, bis wir keine Stimme mehr hatten.

Es war unser sechzehnter Fußmarsch ins Kino. Diesmal hatte Samurai einen Vorsprung und stürmte, angelockt vom unberührten, rosafarben schimmernden Schnee, mit großen Schritten in die Ebene. Ich hielt an, um auf Utkin zu warten. Aus dem Dunkel des Waldes kommend, bog er in die große, unbewaldete, helle Fläche ein, umrundete den Wipfel einer kleinen, unter dem Schnee begrabenen Tanne und kam auf mich zu.

Sein Blick brachte mich immer ein wenig in Verlegenheit, denn ich spürte die Mischung aus Neid, Verzweiflung und Resignation, mit der er mir ins Gesicht sah.

Doch jetzt war nichts davon zu merken. Mit seinem verkrüppelten Bein und seiner in den Himmel ragenden rechten Schulter schleppte er sich zu mir und lachte mir entgegen. Er sah mich ohne jede Bitterkeit oder Neid an, als mache er keinen Unterschied mehr zwischen uns. Sein watschelnder Gang schien ihn nicht mehr zu bekümmern. Ich war überrascht von seinem heiteren Gesichtsausdruck. Als wir unseren Weg fortsetzten, wurde mir bewußt, daß er diese Ruhe, ja, beinahe Ausgeglichenheit schon seit geraumer Zeit ausstrahlte. Ich ging langsamer und ließ mich hinter meine Freunde zurückfallen. Während ich mich oberflächlich an ihrem Gespräch beteiligte, dachte ich darüber nach, was Utkin verändert hatte.

Auch für ihn war der Film um halb sieben mehr als nur eine schrille Komödie...

Denn an jenem fernen Frühlingstag, als sein Körper im Eisgang von den treibenden Schollen zermalmt worden war, hatte die Welt in seinen Kinderaugen ein anderes Gesicht bekommen. Utkin bekam damals diesen besonderen Blick, den nur äußerster Schmerz oder äußerstes Glück hervorbringen können, wenn es uns gelingt, aus uns selbst herauszutreten und uns wie einen Fremden zu betrachten. Wenn der Schmerz oder die Erschütterung zu überwältigend sind, sehen wir nicht mehr uns, sondern einen anderen, Unbekannten. Und für einige Augenblicke können wir diese Verdoppelung ertragen.

Auf diese Weise sah Utkin sich vor der hell getünchten Wand eines Krankenhauszimmers. Er hatte so entsetzliche Schmerzen, daß er sich am liebsten gefragt hätte: »Wer ist denn dieser kleine, magere Junge, der hier in seinem Gipspanzer stöhnt und zittert?« Er war noch sehr jung, erst elf Jahre alt, als er die Erfahrung machte, sich selbst von außen zu betrachten: Dort lag der verkrüppelte Körper, der weinte, der litt, und daneben gab es, man weiß nicht genau, wo, diesen losgelösten, erleichterten Blick. Dieses bittere und gelassene Danebenstehen. Wie ein klarer Herbsttag, an dem der Duft des dürren Laubs alles durchdrang. Utkin wußte: Auch dieser Zuschauer war er, war ein Teil von ihm, vielleicht sogar der wichtigste, auf alle Fälle aber der freieste. Utkin hätte nicht auszudrücken vermocht, was diese Verdoppelung für ihn bedeutete. Doch er spürte auch ohne Begriffe, daß dieser imaginäre herbstliche Augenblick die Klangfarbe war, die sein Dasein tönte.

Er brauchte nur die Augen zu schließen und der tiefstehenden Sonne, die durch das gelbe Laub flimmerte dem reinen Duft des Waldes, der klaren Luft nachzuspüren... Dann konnte er sich gelassen und unbeteiligt fragen: »Wer ist eigentlich dieser hinkende Junge mit dem verkrüppelten Bein und der spitzen Schulter?«

Utkin war in Gedanken gerne bei diesem Tag, den er nie erlebt hatte, und bei den unbekannten Bäumen mit den großen, kunstvoll geäderten gelben und roten Blättern, die er nie gesehen hatte, da es sie in der Taiga nicht gab. Dann schaute er durch das Laub, in dem sich die Sonne verfangen hatte, auf den kleinen Jungen, der mit eingezogenem Kopf im Schneegestöber davonhumpelte.

Was war Utkins Geheimnis? Das riesige Dreieck aus Eis, das sich plötzlich von der Uferböschung gelöst hatte, ließ ihm jedenfalls Zeit, zu verstehen, was vor sich ging. Er hatte tatsächlich Zeit genug, um zu sehen, wie die versammelten Schaulustigen zurückwichen, als sich das bedrohliche Krachen vernehmen ließ, und er konnte ihre Schreie hören. Er hatte auch Zeit, um Angst zu bekommen und zu begreifen, daß er Angst hatte. Er wollte sich retten, ohne die Versammelten durch seine Sprünge zum Lachen zu bringen, und begriff, daß es blödsinnig war, sich um das Lachen der anderen zu scheren. Und er dachte: Ich, jawohl, ich allein bin auf dieser berstenden Eisscholle, die mit mir, mit der Sonne, mit dem Frühling in die Fluten taucht, und ich habe Angst ...

Wie ein von Einschlüssen getrübter Kristall würde sein Schmerz diese zahllosen sich überschlagenden Gewißheiten bewahren. Sie würden sich in diesen Kristall eingraben, in das durchscheinende Glas gefrorener Tränen.

Der Strom war zu gewaltig, selbst bei Eisgang war sein Atem zu behäbig, als daß sich das Unglück schlagartig hätte ereignen können. In den Augen des Jungen geschah alles wie in Zeitlupe. Der Mann, der Utkin herausgezogen hatte unter der Gefahr, selbst von den Eisschollen erdrückt zu werden, rief scherzhaft:

»Seht euch dieses nasse Entlein an! Es fehlte nicht viel, und es wäre untergegangen ... Also, das ist vielleicht ein Entlein!«

Er stieß in einem fort kleine Lacher hervor, um seine Angst zu überspielen und die Schaulustigen zu beruhigen. Utkin, der von diesem Augenblick an den Spitznamen Entlein trug, saß als nasses Bündel zusammengekauert im Schnee und betrachtete den lachenden Mann, der seine aufgeschürften Hände an der Hose rieb. In der kurzen Zeit, bis der Schmerz einsetzte, ruhten seine glasigen Augen auf ihm. Er hatte die unaussprechliche Ahnung, daß dieses Lachen schon aus einer anderen Zeit seines Lebens stammte. Ebenso wie der Zuspruch der Schaulustigen, die überlegten, ob sie einen Krankenwagen rufen sollten oder ob das Entlein von selbst wieder auf die Beine käme, wenn es sich abgetrocknet und einen heißen Tee getrunken hätte. Auch die Sonne war bereits die Sonne von gestern. Und der Frühling mit seinem Glanz. Und der Name, den man ihm gegeben hatte, Utkin, war jetzt ein für allemal der Name eines Jungen, den es nicht mehr gab, eines Jungen, der sich durch nichts von den anderen Jungen unterschieden hatte und der wie sie an jenem ganz gewöhnlichen Morgen in seinem Leben ans Ufer gekommen war, um den Eisgang anzuschauen.

Als der Schnee um ihn plötzlich schwarz wurde, als die Sonne zu zittern und zu dröhnen begann und ihre glühende Masse in seinen Körper floß, als die ersten Schmerzwellen über sein Gesicht fegten, hörte Utkin zum erstenmal von fern her diese Stimme: »Wer ist dieser kleine Kerl bloß, der vor Schmerz schreit und aus seinen zerquetschten Lungen Blut spuckt? Wer ist der kleine Kerl, der sich im schmelzenden Schnee so wild gebärdet wie ein junger Vogel mit gebrochenen Flügeln?«

Da sich das Unglück ganz langsam ereignet hatte, allein vom Tempo der mächtigen Strömung und der riesigen Eisschollen bestimmt, war Utkin ein seltsamer, von seinen kindlichen Spielen weit entfernter Gedanke gekommen. Er begann an der Wirklichkeit seiner Lebenswelt zu zweifeln. Er fragte sich sogar, ob es überhaupt eine Wirklichkeit gab.

Von dem Tag an, als man ihn vom Krankenhaus nach Hause brachte, war dieser Zweifel lebendig. Utkin saß in der Stube seiner Isba, einem herausgeputzten Zimmer, in dem es viele liebevoll gesammelte Gegenstände gab, die alle Erinnerungen anklingen ließen, einem Zimmer, dessen zarte Gestimmtheit das Wirken einer Mutter verriet. Seine Mutter brachte einen Teekessel aus der Küche, stellte zwei Tassen auf den Tisch und goß den Tee auf. Utkin wußte bereits, daß sein Leben nie mehr so sein würde wie früher. Daß sich die Welt unter seinen hinkenden Beinen nur mehr holpernd vorwärtsbewegen würde. Wenn seine Freunde wie der Wirbelwind herumtollten, würde er am Rande stehen, tatenlos zusehen, ins Abseits geraten. Als wäre er nicht vorhanden. Er wußte, daß die Stimme seiner Mutter immer fröhlich klingen würde, während ein dunkler Schimmer der Verzweiflung über ihren Augen läge, den keine Zärtlichkeit jemals verbergen könnte.

Er dachte wieder an seinen Unfall. Im Geiste sah er den schweren, mächtigen Eisgang, den gewaltigen Zusammenstoß der Eisschollen, er hörte den ohrenbetäubenden Lärm des Zusammenpralls, er sah die durchsichtigen grünlichen Eisblöcke, die an die Oberfläche gedrückt wurden und sich übereinanderschoben. Mehr als einen Meter waren sie dick. Sein Gedächtnis wiederholte synkopisch, aber mit untrüglicher Schärfe die Gedankenflut von damals. Als er auf dem Dreieck aus Eis stand und vergeblich versuchte, das Gleichgewicht zu bewahren, hatte er Angst, verspottet zu werden. Diese Angst, sich lächerlich zu machen, war zweifellos der Grund seiner Ungeschicklichkeit.

Es hatte wirklich nur an wenigen Kleinigkeiten gelegen. Wenn er ein bißchen flinker gewesen wäre, wenn er sich eine Spur weniger um die Blicke der am Ufer zusammengelaufenen Menschen geschert hätte, wäre alles geblieben, wie es war. Wenn er ein paar Zentimeter vom Ufer zurückgetreten wäre, hätte der Tee, den er gleich mit seiner Mutter trinken würde, einen anderen Geschmack und der Frühlingstag draußen vor den Fenstern eine andere Bedeutung. Ja, dann wäre alles beim alten geblieben.

Verwundert entdeckte er, daß die festgefügte, augenscheinliche, von allwissenden Erwachsenen geregelte Welt sich plötzlich als zerbrechlich und unberechenbar erwies. Einige Zentimeter zu dicht am Ufer, ein paar spöttische Blicke zuviel, auf die man achtete, und die alten Maßstäbe sind dahin, das Leben ist wie umgedreht. Jetzt laufen einem die Freunde von gestern davon, und man hinkt im Matsch hinterher, die Mutter wendet übermenschliche Kraft auf, um zu lächeln, und allmählich gewöhnt man sich an das neue Dasein und erstarrt endgültig in diesem Leben.

Die Welt, die plötzlich ungewiß geworden war, flößte ihm Entsetzen ein. Doch manchmal, und ohne es deutlich ausdrücken zu können, empfand Utkin beim Gedanken an seine Entdeckung eine schwindelerregende Freiheit. Wie viele Menschen nahmen die Welt ernst und waren überzeugt von dem, was sie sahen? Er allein wußte, daß eine Winzigkeit genügte, um dieses Universum auf den Kopf zu stellen und unkenntlich zu machen.

Damals begann er, sich in diesen sonnigen Herbst zurückzuziehen, den er nie erlebt hatte, unter die großen gelben Blätter, die er nie gesehen hatte. Er konnte nicht einmal sagen, wie er die Vorstellung von diesem Tag in sich wachzurufen vermochte. Aber sie entstand. Utkin schloß die Augen und sog den kräftigen, frischen Duft des Laubs ein... Von Zeit zu Zeit rauschte es unangenehm in seinem Kopf und flüsterte: »Du bildest dir etwas ein. In Wirklichkeit bist du ein Krüppel, mit dem niemand spielen will.« Utkin wußte nicht, was er dieser Stimme entgegnen sollte. Sein Gefühl sagte ihm, daß die Wirklichkeit, die von wenigen Zentimetern und einigen grinsenden Schaulustigen abhing, unwirklicher war als irgendein Traum. Utkin hatte keine Worte dafür. Er lächelte, kniff die Augen zusammen und blickte in die tiefe Sonne seines Herbsttages. Die Luft flimmerte, die Spinnfäden des Altweibersommers schwebten in der Luft und kräuselten sich leicht. Und diese Schönheit war sein stärkstes Argument.

Eines Tages – er war dreizehn Jahre alt oder, wenn man will, zwei Jahre in seinem neuen Leben – gab ihm sein Großvater einen Bericht zu lesen. Sein Großvater, dieser wortkarge und einzelgängerische Eisbär, war Journalist gewesen. Seine Niederschrift – zweieinhalb maschinegeschriebene Seiten – trug die unauslöschliche Spur des journalistischen Stils, der beinahe so beharrlich war wie jenes »k«, das fortwährend über die Buchstabenreihe sprang, wenn es angeschlagen wurde. Doch bei seiner Lektüre bemerkte Utkin diese Einzelheiten der Schrift nicht einmal, so sehr bewegte ihn die Geschichte. Dabei erzählte der Großvater nichts Weltbewegendes.

Wie ein Lokalreporter aus seiner Heimat berichtete er von einer Marschkolonne, die irgendwo auf einer Heerstraße bei eisigem Novemberregen im Schlamm steckengeblieben war. Ihre besiegte, versprengte Armee wich dem Vormarsch der deutschen Truppen und suchte Zuflucht im russischen Hinterland. Kahle Bäume, ausgestorbene Dörfer, Morast …

»Jeder Soldat trug die Erinnerung an irgendein liebes Gesicht mit sich, nur ich hatte niemanden. Keine Freundin, denn ich hielt mich für unansehnlich und war sehr schüchtern, keine Verlobte, denn ich war noch sehr jung, und keine Eltern: Das Schicksal hatte sie mir geraubt. Ich hatte niemanden, an den ich denken konnte. Ich war der einsamste Mensch unter dem schweren grauen Himmel. Von Zeit zu Zeit überholte eine Telega unsere Kolonne. Ein abgezehrtes Pferd, ein Berg von Bündeln, verängstigte Gesichter. Für sie waren wir die Verlierer. Eines Abends kamen wir an einer Telega vorbei, die mitten im freien Feld angehalten hatte. Der Tag hatte mit Regen, Wind und Schlaglöchern geendet. Ich marschierte hinter den anderen. Es gab keine Ordnung mehr in unseren Reihen. Eine Frau mit einem Baby auf dem Arm blickte auf, als wolle sie uns zum Abschied grüßen. Für einen Augenblick trafen sich unsere Blicke … Es wurde dunkel, und wir marschierten noch immer. Ich ahnte noch nicht, daß ich diesen Blick mein Leben lang in Erinnerung behalten würde. Im Krieg. Dann während der sieben langen Jahre im Lager. Und heute noch … Damals marschierte ich, und während die Sonne unterging, sagte ich mir: ›Sie nehmen alle ihre Erinnerungen mit in die Finsternis. Und ich habe jetzt diesen Blick.‹ War es Einbildung? Ein Trugbild? Vielleicht. Doch dieser Erinnerung verdanke ich, daß ich die Hölle überstanden habe. Ja, wenn ich noch lebe, dann nur aufgrund dieses Blicks. Er war meine Zuflucht, wo mich die Kugeln nicht treffen konnten, wo die Stiefel der Wachmänner, die meine Rippen zertrümmerten, nicht bis zu meinem Herzen vordringen konnten . . .«

Utkin las diesen Bericht immer wieder, dann erzählte er ihn sich mehrfach selbst. Und eines Tages, als er wieder bei der schlichten Geschichte angelangt war, dachte er: »Wäre mir nicht geschehen, was geschehen ist, hätte ich nie verstanden, was dieser Blick bedeutete, den ein Soldat die finsteren Zeiten des Krieges hindurch in seiner Erinnerung behielt.«

Utkin konnte sich seines sonnigen Herbsttages sicher sein. Doch in dem Knaben erwachte unter der schwächlichen und verkrüppelten Hülle bereits der Mann. Die Welt verströmte ihr köstliches Frühlingsgift, den vergänglichen Amber der Liebe, die Lava des weiblichen Körpers. Wir schwebten bereits durch diese berauschenden Lüfte. Utkin hätte sich gerne aufgeschwungen, um mit uns zu kommen. Doch seine Flügel brachen, sein Schwung warf ihn zu Boden.

Er war in jenem denkwürdigen Winter vierzehn Jahre alt, so alt wie ich. Nach dem Unglück hatten sich die weiblichen Mitschüler einige Zeit mit besonderer Fürsorglichkeit um ihn gekümmert. Der mütterliche Instinkt angesichts eines verletzten Kindes. Doch rasch wurde sein Leiden alltäglich und damit uninteressant. Aus den zukünftigen Müttern, die ihn wie eine kranke Puppe liebten, wurden künftige Bräute. Er interessierte sie nicht mehr.

Damals bemerkte ich, mit welchem Blick Utkin mich betrachtete: Es war eine Mischung aus Eifersucht, Haß und Verzweiflung. Eine stumme, aber herzzerreißende Frage. Als Samurai und ich dann beim Baden überrascht und, besonders ich, von den beiden Unbekannten durch die tanzenden Flammen in unserer Nacktheit beobachtet wurden, begriff ich, daß die Heftigkeit dieser Frage Utkin eines Tages töten könnte.

Doch dann kam Belmondo... Und als wir zum sechzehntenmal unterwegs waren, um den Film zu sehen, kam mir Utkin aus der violett angehauchten Nacht der Taiga mit einem unergründlichen Lächeln entgegen, als wäre er soeben in dieser schneebedeckten Ebene unter dem hellen rosaroten Schleier der Morgensonne erwacht. Und in seinen Augen fehlte jede Spur von krankhafter Feindseligkeit. Das Lächeln in seinen Mundwinkeln schien die Antwort auf die alte Frage zu sein. Er schwenkte den Arm und zeigte auf Samurai, der uns etwa hundert Meter vorauseilte. Dann lachte er leise:

»Will er vielleicht mehr Spioninnen sehen als wir, oder warum rennt er so?«

Wir beeilten uns, um Samurai einzuholen.

Ja, dann kam Belmondo... Und Utkin sah, daß der Westen auf sein Leiden und seine unbeantworteten Fragen schon seit langem eine klassische Antwort gefunden hatte: das Elend des angeblich wirklichen Lebens und das Feuerwerk der Phantasie, der Alltag und der Traum. Utkin war vernarrt in den armseligen Sklaven der Schreibmaschine. So war Belmondo ihm am nächsten. Der Belmondo mit der von Tabak verklebten Raucherlunge, der beim Treppensteigen schwer atmete, dieser sehr verletzliche Mensch, der mal über die Taktlosigkeit seines eigenen Sohns, mal über den ungewollten Verrat seiner jungen Nachbarin zerknirscht war.

Dennoch genügte ein weißes Blatt in seiner Schreibmaschine, damit die Wirklichkeit sich verwandelte. Die Tropennacht mit dem Zaubertrank ihrer Düfte machte ihn stark, schneller als die Kugeln aus seinem Revolver, unwiderstehlich. Nie wurde er es müde, zwischen den beiden Welten zu pendeln, bis er sie am Schluß des Films mit titanischer Kraft zusammenfügte: Während die schöne Nachbarin diesen wenig heldenhaften Helden in ihre Arme schloß, segelten die vollgeschriebenen Seiten auf den Hof. Dieser Ausgang war für Utkin ein unsagbares Versprechen.

Und wenn er in der Schule die große Treppe hinaufstieg und dabei mühevoll sein Bein nachzog, stellte er sich diesen von Alltagsnöten bedrängten Schriftsteller vor, diesen Belmondo der Regentage. Doch während im Film am Ende der Treppe eine schöne Nachbarin mit ihrer fürsorglichen Freundschaft wartete, gab es in der Schule niemanden im Strom der lachenden Gesichter, der auf dem Treppenabsatz auf Utkin gewartet hätte. »Das Leben ist dumm«, sagte eine bittere Stimme in ihm, »dumm und gemein...« – »Vergiß Belmondo nicht«, murmelte dagegen eine andere...

Auf halbem Weg, als die Sonne ihren höchsten Stand erreicht hatte, machten wir Rast, um etwas zu essen. Ein schneidender Wind fegte durch das Tal. Am Fuß einer Schneewehe, die der Sturm aufgeworfen hatte, suchten wir Schutz. Die eisigen Böen wehten über die scharfe Kante der Schneewächte, doch darunter schien der Tag ruhig, kein Lüftchen war zu spüren. Die Sonne schien, der Schnee funkelte blendend weiß, und es herrschte vollkommene Stille. Man hätte meinen können, der Frühling sei angebrochen. Ab und zu rieben Utkin und ich unsere Hände an Samurais kurzer, schwarzer Lammfelljacke. Sie war warm. Unser Freund lachte:

»Das ist die reinste Solarzelle, stimmt's?«

Damals war es Mitte März, also noch mitten im Winter. Doch nie zuvor hatten wir das verborgene Wirken des Frühlings so stark empfunden. Er war da, man mußte nur die Plätze kennen, wo er wartete, bis seine Stunde kam.

Der frische Wind, die kleine Mahlzeit, das warme Licht betäubten uns, versetzten uns in seligen Schlummer. Doch plötzlich verfing sich eine Windböe mit schrillem Pfiff im Überhang der Schneewehe und schüttete feinen Kristallpuder über unseren Vorrat an Brotkanten, harten Eiern und Butterstullen. Es war Zeit, die Rast zu beenden und sich wieder auf den Weg zu machen. Wir schnallten unsere Schneeschuhe an, verließen unseren Unterschlupf und kletterten den weißen Abhang hinauf. Der eisige Wind jagte uns den Schnee in pulvrigen Schlangenlinien entgegen.

Bei Sonnenuntergang versanken wir wieder in unser morgendliches Schweigen. Wir sprachen immer weniger, bis wir schließlich ganz verstummten. Vor dem bläulichen Dunst über dem Horizont zeichnete sich langsam die Stadt ab. Wir konzentrierten uns auf den Film, den wir sehen wollten.

Während dieser sechzehnten Wanderung hatte ich eine verblüffende Einsicht: Wir würden jeder einen anderen Belmondo sehen! Und eine Stunde später musterte ich im dunklen Kinosaal verstohlen die Gesichter von Utkin und Samurai. Ich glaubte zu verstehen, warum Utkin nicht in das fröhliche Gelächter der Zuschauer einstimmte, wenn sich der kurzatmige Schriftsteller die steilen Treppen hinaufquälte. Ich verstand auch, warum Samurais Gesichtsausdruck fest und verschlossen blieb, als der seltsame Verleger vor die angekettete Schönheit trat, um ihr eine Brust abzuschneiden.

12

Als wir aus der Vorstellung kamen, hörten wir in der Menschenmenge jemanden sagen:

»Am Samstag läuft er zum letztenmal. Gehen wir hin?«

Wir blieben wie angewurzelt stehen und waren sprachlos. Das Kinogebäude, der festgetretene Schnee, der schwarze Himmel, alles sah plötzlich anders aus. Ohne ein Wort zu verlieren, eilten wir zu dem großen Plakat, einer Leinwand von zwei auf vier Metern, von der unser Held zwischen Frauen, Palmen und Hubschraubern zu uns heruntersah. Wir starrten auf das schicksalhafte Datum:

BIS 19. MÄRZ

Als Utkins Großvater unsere langen Gesichter sah, zog er die Brauen hoch und fragte:

»Was ist los mit euch? Haben sie euren Belmondo jetzt doch noch erschossen?«

Was hätten wir ihm antworten sollen? Selbst in dieser großen, gastlichen Isba, in der ein paar Wochen zuvor der Westen für uns auf die Welt gekommen war, fühlten wir uns im Stich gelassen. Doch wie das Leben so spielt: Was wir uns am sehnlichsten wünschen, trifft häufig unter Umständen ein, die wir am meisten befürchten.

Als wir an jenem 19. März, an dem für uns die Welt untergehen sollte, zum letzten Treffen mit Belmondo kamen, sahen wir ein neues Plakat! Es war anders als das vorausgegangene, und doch war es ihm ähnlich, denn es leuchtete uns entgegen dank eines strahlenden Lächelns und funkelnder Augen, die wir schon von weitem erkannten. Sogar der Maler hatte sich offenbar um größere Kunstfertigkeit bemüht, denn Belmondo wirkte viel lebendiger, viel unbekümmerter. Und diesmal war sein strahlendes Gesicht umrahmt von Tieren: von Gorillas, Elefanten, Tigern...

Zuerst johlten wir vor unbändiger Freude: ER ist es, ER kommt zurück! Dann beschlich uns eine Befürchtung, die wir nicht laut werden lassen wollten. Ein Zweifel nagte an unseren entflammten Herzen: Bliebe er sich treu? Bliebe er uns treu?

Ja, dieser neue Belmondo weckte in uns zuerst den Verdacht, es könne sich um einen dreisten Hochstapler handeln, einen jener falschen Zaren, die sich durch die ganze russische Geschichte ziehen. Einen falschen Dimitri oder falschen Peter III., von denen unser Geschichtslehrer erzählt hatte. Beklemmung machte sich breit. Die siebzehnte Vorstellung stand im Zeichen dieser großen Sorge.

Ohne uns darüber im klaren zu sein, warteten wir den ganzen Film über auf einen Hinweis, auf ein Augenzwinkern von ihm. Oder auf eine Losung, die uns versichert hätte, daß er auch im nächsten Film derselbe sein würde. Wir lauerten besonders in der letzten Szene darauf: Jetzt kommt er auf den Balkon, lächelt, wirft das Manuskript hinunter... Hier mußte es doch eine Botschaft für uns geben!

Aber Belmondos linke Hand ruhte auf der Hüfte der eroberten Nachbarin und blieb dort, unerschütterlich. Seelenruhig schien er die Spannung zu genießen, die für uns die reinste Folter war.

Am Ende der Vorstellung studierten wir erneut das Plakat. Das Gesicht unseres zurückgekehrten Helden in seinen allzu frischen, allzu grellen Farben kam uns künstlich vor. Lange standen wir unter dem fahlen Licht der Straßenlaterne, die das Plakat beleuchtete, und suchten in seinen Augen nach einer Antwort. Sein Geheimnis war unergründlich.

Als wir zur Premiere marschierten, schwiegen wir den Weg über. Wir verzichteten auch auf unseren üblichen Zwischenstopp und aßen nichts. Es bedurfte keiner Absprache. Wir waren mit dem Herzen ganz woanders. Außerdem war das Wetter keineswegs einladend. Der Eisnebel klebte an unseren Gesichtern, erstickte die knappen Sätze, schluckte die wenigen Wegmarken, an die wir uns halten konnten. Jeder spürte, wie gespannt, wie aufgeregt der andere war.

In einem Wäldchen vor den Toren der Stadt schnallten wir unsere Schneeschuhe ab, um sie wie gewöhnlich in einem Versteck zurückzulassen. Wir wollten nicht aussehen, als kämen wir vom Land. Besonders vor Belmondo nicht.

Als das Licht endlich ausging, schien es uns, als hätten wir bereits stundenlang auf diesen Augenblick gewartet. Die Wochenschau dauerte diesmal eine Ewigkeit. Sie zeigte einen Raumfahrer, der wie ein phosphoreszierendes Gespenst mit schlafwandlerisch langsamen Bewegungen um seine Raumkapsel schwebte. Man glaubte, die unergründliche Stille des ihn umgebenden Weltraums zu hören. Unbekümmert ob des interstellaren Schweigens verkündete die Stimme aus dem Off mit pathetischem Tremolo:

»Während sich unser Volk heute gemeinsam mit der fortschrittlich gesinnten Menschheit auf der ganzen Welt darauf vorbereitet, den einhundertdritten Geburtstag des großen Lenin zu feiern, haben unsere Kosmonauten mit diesem wichtigen Schritt zur Erforschung des Weltalls erneut einen unwiderlegbaren Beweis für die weltweite Gültigkeit der marxistisch-leninistischen Doktrin geliefert ...«

Die Stimme hallte durch die endlosen Weiten des Kosmos, während das am Raumschiff hängende, glitzernde Gespenst Vorkehrungen traf, in die Kapsel zurückzukehren. Zentimeter um Zentimeter schwebte der Kosmonaut zur Tür, die sich mit derselben entmutigenden Langsamkeit öffnete. Als stecke er im zähen Gallert eines Alptraums fest. In diesem Moment konnten wir feststellen, daß wir nicht die einzigen waren, die dem neuen Belmondo entgegenfieberten. Als der schlafwandlerische Raumfahrer langsam den Kopf durch die Tür des Raumschiffs steckte und die Stimme aus dem Off erklärte, dieser Spaziergang im Weltraum beweise unbestreitbar die Überlegenheit des Sozialismus, ertönte der wütende Ruf eines entnervten Kinobesuchers:

»Nun mach schon, in Gottes Namen! Steig endlich rein!«

Nein, wir waren nicht allein mit unserer Angst, einem Hochstapler, einem falschen Belmondo wiederzubegegnen. Der ganze Kinosaal fürchtete, enttäuscht zu werden.

Nach den ersten Sekunden des Films hatte jeder seine Zweifel vergessen. Unter größter Anspannung seiner Muskeln kletterte unser Held an der Fassade eines brennenden Hauses hinauf. Jeden Moment konnte sein schwarzer Seidenumhang von emporzüngelnden Flammen erfaßt werden. Und ganz oben, auf einem schmalen Mauervorsprung, heulte die Heldin verzweifelt, verdrehte die Augen zum Himmel und wäre beinahe ohnmächtig geworden.

Der einhundertdritte Geburtstag, der Spaziergang des schlafwandlerischen Raumfahrers, die weltweite Gültigkeit der Doktrin waren mit einem Schlag wie weggefegt. Der Kinosaal war gebannt. Würde er die ohnmächtige Schöne den Flammen entreißen können?

Das war unser Belmondo!

Als die Spannung ihren Höhepunkt erreichte, als das ganze Kino im Rhythmus der waghalsigen Klettertour atmete, als alle Besucher sich an den Armlehnen der Sessel festkrallten und in ihren Fingern die Kraft fühlten, mit der er sich an den Mauervorsprung des obersten Stockwerks klammerte, als sich Belmondo nur noch dank unseres magnetischen Blicks zu halten vermochte, geschah das Unglaubliche...

Die Kamera machte einen schwindelerregenden Schwenk, und wir sahen das Gebäude flach auf dem Bretterboden einer Drehbühne liegen. Belmondo stand auf und klopfte den Staub von seinem Umhang. Ein Regisseur schnauzte ihn wegen irgendeiner Nachlässigkeit an, die ihm bei der Szene unterlaufen war. Seine Kletterpartie war nur ein Trick! Er kroch waagrecht über ein Modell, aus dessen Fenstern sorgfältig überwachte Flammen schlugen.

Es war also alles getürkt! Doch Belmondo war wahrhaftiger denn je. Denn er hatte uns erlaubt, das Allerheiligste des Kinos zu betreten und einen Blick hinter seine Wunder zu werfen. Offenbar hatte er grenzenloses Vertrauen zu uns!

Die Gebäudefassade auf dem Boden war im Grunde der Brückenschlag, auf den wir gewartet hatten, ein wenig wie der Spion in der Konservenbüchse. Es war der Brückenschlag zu einer Welt, die wahrer war als die des einhundertdritten Geburtstags und der weltweiten Doktrinen.

Im Vertrauen auf unsere Erfahrung mit dem Westen folgten wir Belmondo in sein neues Abenteuer. In großen Sätzen sprang er über Fenster und Wände des brennenden Gebäudes und verließ das Filmstudio.

Wir fanden unseren Westen wieder. Es war eine Welt, in der man beim Anblick sonniger Gipfel nicht gleich an ihre düsteren Schatten dachte. Eine Welt, in der man sich anstrengte, weil es schön war. Eine Welt, in der man mit Stolz seinen Körper und dessen beeindruckendes Muskelspiel zeigte. Eine Welt, die man ernst nehmen durfte, weil sie keine Angst hatte, sich von ihren komischen Seiten zu zeigen.

Besonders staunten wir über ihre Sprache. Es war eine Welt, in der alles gesagt werden konnte. Wo die vertrackteste, undurchsichtigste Wirklichkeit auf ein Wort gebracht werden konnte: Liebhaber, Rivale, Geliebte, Lust, Verhältnis... Hier gewann die gestaltlose, unbeschreibliche Welt um uns Form, ließ sich einordnen, zeigte ihre Logik. Der Westen war lesbar!

Und verliebt buchstabierten wir die Worte dieses neuen phantastischen Universums.

Belmondo spielte diesmal einen Stuntman. Obwohl wir die Sprache des Westens noch kaum beherrschten, ahnten wir die gewaltige Stilfigur hinter dieser Rolle. Sie war eine Metapher aus Fleisch und Blut. Stuntman! Ein Held, dessen Mut immer einem anderen zugesprochen würde. Der dazu verdammt war, ewig im Schatten eines anderen zu stehen, und der sich in dem Moment aus dem Spiel zurückziehen mußte, wenn die Heldin seine Meisterleistung belohnen sollte. Ach! Sie preßte ihre Lippen auf die seines glücklichen Doppelgängers, der sich diesen Kuß durch nichts verdient hatte.

In einer Szene erwies sich diese undankbare Rolle als besonders hart. Der Stuntman mußte sich mehrmals hintereinander im Purzelbaum eine Treppe hinabstürzen, um den Kugeln einer Maschinenpistole auszuweichen. Der Regisseur, der alle sadistischen Eigenheiten des Verlegers aus dem vorangegangenen Film besaß, zwang ihn erbarmungslos zur Wiederholung. Das Treppensteigen fiel Belmondo immer schwerer, der Sturz wurde zunehmend schmerzhafter. Und bei jedem Versuch machte eine Frau ihrer komischen und zugleich tragischen Verzweiflung Luft:

»Mein Gott! Sie haben ihn umgebracht!«

Aber der Held rappelte sich von seinem grauenhaften Sturz auf und verkündete:

»Nein, ich habe meine letzte Zigarre noch nicht geraucht!«

Diese Erwiderung, vier- oder fünfmal wiederholt, fand ein erstaunliches Echo in der Seele der Zuschauer. Utkin und mir fielen sofort Samurais Zigarren und die seines alten Idols aus Havanna ein. Der Widerhall des Ausrufs war aber noch viel stärker. In der Erwiderung steckte alles, was viele der Zuschauer schon seit langer Zeit auszudrücken versuchten: »Nein, nein«, hätten die meisten unter ihnen gerne gerufen, »ich habe noch nicht...« Doch sie fanden nicht das richtige Wort, um auszudrücken, daß man sogar nach zehn Jahren Lagerhaft ein neues Leben beginnen konnte. Daß man sogar als Kriegswitwe noch hoffen konnte. Daß selbst im hintersten Sibirien der Frühling Einzug hielt und daß in diesem Jahr ganz sicher ein Frühling voller Glück und schicksalhafter Begegnungen bevorstünde.

»Nein, ich habe meine letzte Zigarre noch nicht geraucht!«

Das war unser Spruch des Tages.

Und Gott allein weiß, wie viele Bewohner Nerlugs in ihren schwärzesten Stunden diesen Spruch still vor sich hin gesagt und sich dabei ermutigend zugezwinkert haben.

Nach dieser Vorstellung verbrachten wir zum erstenmal die Nacht nicht bei Utkins Großvater, sondern in einem Eisenbahnwaggon.

Samurai brachte uns zum Bahnhof von Nerlug. Dort sprang er über die Gleise und schlug einen Weg ein, der zu den Schienen führte, die am weitesten entfernt und halb unter Schnee begraben waren. Wir näherten uns einer Wagenkolonne, die neben dem Brachland stand. Auf den Rangiergleisen warteten mehrere abgestellte Züge. Samurai schien zu wissen, was er suchte. Er führte uns zwischen zwei Güterzügen hindurch, dann tauchte er plötzlich unter einen Waggon und winkte uns, damit wir ihm folgten.

Wir standen vor einem Reisezug. Die Fenster waren dunkel. Die Stadt, der Lärm und die Lichter des Bahnhofs waren verschwunden. Samurai zog einen dünnen Stahlstift aus seiner Tasche und führte ihn in das Schloß ein. Man hörte ein leichtes Klicken, die Tür sprang auf...

Eine Stunde später saßen wir bequem in einem der Abteile. Es gab kein Licht, aber der ferne Schein einer Straßenlaterne und der helle Schimmer des Schnees genügten uns. Samurai, der den Kessel am Ende des Gangs mit Wasser gefüllt und das Feuer unter der Herdplatte angezündet hatte, kochte uns einen echten Tee – den einzigen echten Tee, den es gab, so wie er an Winterabenden in den Zügen serviert wird. Auf einem Tisch breiteten wir die Vorräte aus, die wir am Mittag nicht verspeist hatten. Der Duft des Feuers und des starken Tees erfüllte unser Abteil. Es roch nach ausgedehnten Reisen durch das Reich... Als wir uns später auf den Liegen ausgestreckt hatten, unterhielten wir uns lange über Belmondo. Diesmal ohne Getöse und große Gesten. Er war an diesem Abend so nahe bei uns, daß wir ihn nicht nachzumachen brauchten.

In der Nacht träumte ich von der neuen Partnerin unseres Helden, einem hinreißenden Stuntgirl. Mein Schlaf war leicht wie der Schnee, der jetzt vor dem dunklen Fenster fiel. Ich wachte häufig auf, um Sekunden später wieder einzuschlafen. Die Schöne verließ mich in diesen wachen Augenblicken nicht, aber sie machte es sich für kurze Zeit im Nebenabteil bequem. Ich starrte in die Dunkelheit und fühlte sie schweigsam hinter der dünnen Wand sitzen, die uns trennte. Ich wußte, ich sollte aufstehen, auf den Gang gehen und dort auf sie warten. Ich war sicher, daß ich der geheimnisvollen Reisenden aus der Transsibirischen Eisenbahn begegnen würde. Aber jedesmal wenn dieser Traum Gestalt annahm, donnerte auf dem Nebengleis ein Zug vorbei. Ich träumte, wir würden durch die Nacht fliegen. Ich schlief ein. Und sie kehrte zurück, war wieder bei mir. Unser Waggon raste nach Westen. Er trotzte Kälte und Schnee. In den Westen!

Der Weltuntergang fiel also aus. Und in Nerlug liefen noch zwei oder drei weitere Komödien mit Belmondo. Als hätten sich diese Filme infolge der gewaltigen Zeitverschiebung dorthin verirrt, als wären sie vom Strom der Tage an ein unbekanntes, einsames Ufer geworfen worden, wo sie lange Jahre warteten, bis sie endlich einer nach dem anderen Stürme der Begeisterung hervorriefen.

Belmondo alterte ein wenig, dann wurde er wieder jünger. Seine Partnerinnen wechselten, ebenso das Land, der Kontinent, sein Revolver, sein Haarschnitt, sein Bräunungsgrad ... Doch das schien uns ganz selbstverständlich. In unseren Augen besaß er eine besondere Unsterblichkeit, die überdies die meiste Spannung versprach: Sie ermöglichte es, zwischen verschiedenen Lebensabschnitten hin und her zu reisen, in die Jugend zurückzukehren oder in die besten Jahre zu kommen, weil man dort noch stärker spürt, was es heißt, jung zu sein.

Kein Wunder, daß bei dieser Reise durch die Zeit so viele wunderbare Frauenkörper, so viele glühendheiße Nächte, soviel Sonne und Wind hochgespült wurden.

Belmondo blieb. Er nistete sich auf halbem Weg zwischen

der beflaggten Kaserne der Miliz und des örtlichen KGB und der Fabrik *Die Kommunardin* ein, wo Stacheldrähte für alle Lager Ostsibiriens hergestellt wurden.

Sein Gesicht blieb auf dem großen Plakat, und von nun an sahen die Menschen, die über die Leninstraße gingen, nicht mehr die grauen Uniformen der Milizen und auch nicht die riesigen Stacheldrahtstränge auf den davonbrausenden Lastwagen, sondern sein Lächeln.

Ohne es laut zu sagen, waren die Bewohner überzeugt, daß die Behörden eine große Dummheit begangen hatten, als sie diesen Mann, dieses Lächeln so lange an der Leninstraße duldeten. Sie hatten keine Worte dafür, aber sie fühlten, dieses Lächeln würde den Stadtobersten eines Tages alles heimzahlen. Eines Tages... Schon kam es zur Überraschung der Kinobesucher vor, daß es sie nicht mehr schauderte beim Anblick der grauen Uniformen, daß sie kein Grauen mehr beschlich, wenn die Lastwagen mit ihren furchtbaren stählernen Igeln vorbeifuhren. Sie sahen sein Lächeln neben dem Kino am Ende der Leninstraße, und in einem Anflug von Selbstbewußtsein und Stärke lächelten sie zurück.

Zum erstenmal erlebten wir es, daß vor der Treppe zur Schnapsbude nicht gestritten, sondern schallend gelacht wurde. Ja, all die hartgesottenen Männer mit den hochroten Gesichtern lachten aus vollem Halse, sie knickten ein, doch nicht von einem Schlag in die Magengrube, sondern weil sie lachten! Sie schlugen sich mit ihren eisernen Fäusten auf die Schenkel, wischten sich die Tränen ab, fluchten und lachten! Ihre Gesten und Ausrufe verrieten uns den Grund: der letzte Belmondofilm. Er war da, inmitten dieser Sibirier, der Goldschürfer, Zobeljäger, Holzfäller...

Und die Leute, die an der Schnapsbude vorübergingen, bemerkten mit verstohlener Freude: »Wenn die Apparatschiks wüßten, welche Dummheit sie begangen haben, als sie ihn auf die Leninstraße holten!«

Unerschütterlich lächelte Belmondo uns von weitem entgegen.

Wir waren so vernarrt in ihn, daß wir jede Veränderung auf sein Konto buchten. Alles hing direkt oder indirekt mit ihm zusammen. Wie das Gewitter Anfang April am noch winterlichen Himmel über der schneebedeckten Stadt.

Dieser für die Jahreszeit untypische Sturm überraschte uns eines Nachts, als wir nach der Vorstellung auf den Liegesitzen in unserem Abteil lagen. Ein Blitz erschreckte uns, und unsere Gesichter erstarrten. Der Donner grollte. Er drang durch unseren traumschweren Schlaf. Der abgestellte Zug schien uns auf eine Reise in ein wunderbares Durcheinander von Jahreszeiten, Klima und Wetter mitzunehmen. Draußen fegte ein tropischer Sturm über der Welt des Schnees.

Wir hatten es eilig, wieder einzuschlafen, denn wir erhofften uns besonders prächtige Träume. Doch was ich auf dieser Reise sah, war von unerwarteter Schlichtheit.

Ich sah eine kleine Bahnstation, die viel bescheidener war als der Bahnhof von Nerlug, ein Haus, das unter stillen Tannen kaum zu erkennen war. Das spärliche Licht einer unsichtbaren Lampe beleuchtete den Wartesaal. Ich hörte den gedämpften Lärm der wenigen nicht zu sehenden Fahrgäste und das unterdrückte Gähnen eines Bahnbeamten. Ein Kessel dampfte, und es roch nach siedenden Birkenruten.

Mitten im Wartesaal stand eine Frau vor dem Fahrplan, auf dem kaum etwas geschrieben stand. Sie studierte aufmerksam die Ankunftszeiten, wobei sie von Zeit zu Zeit auf die große Uhr an der Wand sah. Diesmal, so fühlte ich im Schlaf, wartete sie nicht umsonst. Jeden Augenblick würde jemand kommen, jeden Augenblick würde ein sonderbarer Zug ankommen, der auf keinem Fahrplan verzeichnet war.

Die scharfe, nach Sturm und Kälte duftende Nachtluft wehte in den abgestellten Waggon, in dem wir schliefen. So riecht die frische Luft, die ein Reisender mit dem ersten Atemzug einatmet, wenn er bei Nacht an einer unbekannten Bahnstation aus dem Zug steigt, wo ihn eine Frau erwartet.

13

Eines Abends entdeckten wir einen noch ganz neuen Zug.

Die Waggons waren tatsächlich noch nie von Reisenden benutzt worden. Die grüne Farbe hatte noch keine Risse und glänzte, die Emailleschilder waren von blendendem Weiß wie Kacheln. Die Abteile hinter den glasklaren Scheiben schienen tiefer, verlockender zu sein. Ihr Inneres, das nach dem frischen Moleskin der Liegen roch, bildete geradezu die Quintessenz des Reisens. Hier war die Lust am Reisen glücklich vereint mit seinem Geist und seiner Seele.

An diesem Abend stellte Samurai den Wasserkessel nicht auf. Er zog eine eigenartige flache Flasche aus seinem Rucksack, die er mit einer Stablampe beleuchtete. Dann goß er vorsichtig eine zähe braune Flüssigkeit in einen Aluminiumbecher, den er auf den Tisch gestellt hatte, und trank sie langsam, als wolle er jeden Tropfen auskosten.

»Was ist das?« fragten wir neugierig.

»Es ist viel besser als Tee, das könnt ihr mir glauben«, antwortete er mit einem geheimnisvollen Lächeln: »Wollt ihr mal versuchen?«

»Verrate uns zuerst einmal, was es ist!«

Samurai schenkte sich noch einmal von der braunen Flüssigkeit ein, dann verkündete er mit schelmisch zusammengekniffenen Augen:

»Das ist Chargwurzellikör. Erinnert ihr euch an die Knolle, die Utkin letzten Sommer entdeckt hat?«

Wir kannten nichts, was so schmeckte wie dieses Getränk, und auch mit den Speisen, die wir schon probiert hatten, konnten wir es nicht in Verbindung bringen. Es brannte auf der Zunge wie Alkohol und schien Mund und Kopf vom restlichen Körper loszulösen oder ihn vielmehr in einen Zustand luzider Schwerelosigkeit zu versetzen. Mit einer Stimme, die bereits auf dieser Wolke schwebte, erklärte Samurai:

»Olga hat gesagt, es sei kein Aphrodisiakum, sondern einfach nur ein Aufputschmittel.«

»Aphro ... was?« fragte ich, höchst erstaunt über das ungewöhnliche Wort. Auch Utkin sperrte die Augen weit auf und fragte: »Wie bitte?«

Der Klang des unbekannten Wortes hatte selbst etwas Schwebendes, Flüchtiges.

Wir machten es uns auf den neuen Liegen bequem und dachten an die Filmszene, die unsere Phantasie am meisten beschäftigt hatte. Jetzt glitten wir mit ihr unmerklich in den Schlaf, und sie erfüllte ihn mit Liebesträumen, die der Chargwurzel alle Ehre machten.

In besagter Szene war Belmondos bezaubernde Partnerin nur mit dem Hauch eines Büstenhalters und der Spur eines Slips bekleidet. Sie riß das Tischtuch vom Tisch. Eine riesige Vase mit einem prachtvollen Blumenstrauß fiel zu Boden. Und mit wilder Entschlossenheit forderte sie unseren Helden auf, den Liebesakt auf dem blanken Tisch zu vollziehen. Geschickt entzog sich unser Held dem ausgefallenen Angebot. Und wir errieten, daß er es aus Rücksicht auf unser Schamgefühl tat. Bereits der Anblick dieser Bacchantin ließ die Kinowände auf ungeahnte Weise zittern. Belmondo spürte: Wenn er seiner Begierde nachgegeben hätte, wäre die Revolution in Nerlug nicht mehr aufzuhalten gewesen. Das beflaggte Gebäude der Miliz wäre gestürmt und die Stacheldrahtfabrik *Die Kommunardin* niedergebrannt worden. Deshalb wies er das Angebot zurück. Um jedoch in den Augen der Zuschauer nichts von seiner Männlichkeit einzubüßen, schlug er einen anderen Ort für das Liebesgelage vor:

»Auf dem Tisch? Wie langweilig! Warum nicht im Stehen in einer Hängematte? Oder auf Skiern?«

Und was wären unsere Liebe und unser Vertrauen zu ihm gewesen, wenn wir diese Vorschläge nicht ganz und gar ernst genommen hätten? Wir glaubten also felsenfest daran, daß man im Westen zu solchen erotischen Glanzleistungen imstande war. Zwei aufrecht stehende, braungebrannte Leiber in einer Hängematte zwischen haarigen Palmenstämmen. Das wonnige Schaukeln würde immer heftiger werden unter ihrer ungestümen Lust. Die Hängematte würde immer weiter schwingen im Feuer ihrer Umarmungen. Und in der Innigkeit ihrer Vereinigung würde der Himmel zur Erde werden und umgekehrt. Zuletzt läge das Liebespaar dieser tropischen Nacht in der Hängematte wie in einer Liebeswiege, deren Schaukeln langsam ausklänge.

Uns die Liebe auf Skiern vorzustellen machte uns angesichts unserer Lebensumstände natürlich keine große Mühe. Wir verbrachten das halbe Leben auf unseren Schneeschuhen – wer hätte sich besser vorstellen können, welch feurige Glut einen Körper nach zwei oder drei Stunden Skilauf erhitzt? Die Liebenden warfen ihre Skistöcke weg, die Spur wurde eingleisig, und man hörte nur noch den hechelnden Atem, das rhythmische Knirschen des Schnees unter den Skiern und das Lachen einer neugierigen Elster auf einem Kiefernzweig.

Wir interessierten uns mehr für die Hängematte: Sie war exotischer. An diesem Abend schwelgten wir im Rausch der

Liebeswurzel und ließen uns von der Hängematte wiegen. Im Schlaf hörten wir das Rauschen der großen Palmblätter, atmeten den Nachtwind des Ozeans. Von Zeit zu Zeit fiel eine überreife Kokosnuß in den Sand, erstarb eine gemächlich heranrollende Welle vor unseren geflochtenen Sandalen. Und der übervolle tropische Sternenhimmel schaukelte im Rhythmus der Lust.

Als wir mitten in der Nacht aus dem Schlaf gerissen wurden, lagen wir einige Augenblicke lang reglos da und spitzten die Ohren. Jeder ahnte etwas, doch keiner wagte es, dem anderen seine Verblüffung mitzuteilen. Lagen wir noch immer in der sanft schaukelnden Hängematte? Zuerst dachten wir an einen Zug, der an unserem Gleis vorbeifuhr und das leichte Rütteln verursachte. Utkin, der den untersten Liegeplatz hatte, preßte schließlich die Stirn gegen die Scheibe und spähte in die Dunkelheit. Schließlich hörten wir seinen ängstlichen Aufschrei:

»Wohin fahren wir bloß?«

Unser Zug fuhr mit hoher Geschwindigkeit durch die Taiga. Es war nicht bloß ein Rangiermanöver auf Abstellgleisen, sondern tatsächlich eine schnelle, gleichmäßige Fahrt. Nicht der kleinste Lichtschimmer war mehr zu sehen: nichts als die undurchdringliche Taiga, die sich hinter dem Fenster auftürmte, und ein endloser Streifen Schnee entlang der Schienen.

Samurai blickte auf die Uhr. Es war fünf vor zwei.

»Wir könnten doch abspringen?« schlug ich vor. Ich war in Panik, aber ich spürte auch den Rausch der Begeisterung.

Wir gingen zu dritt zum Ausstieg. Samurai öffnete die Tür. Es war, als peitsche ein eisiger Tannenzweig in unsere Gesichter, und es verschlug uns den Atem. Der letzte Frost war gekommen, das Rückzugsgefecht des Winters hatte begonnen. Die scharfen Pfeile des Windes, der Pulverschnee und die endlose Finsternis der Taiga... Samurai zog die Tür wieder zu.

»Wenn wir hier rausspringen, können wir gleich den Wölfen ins Maul hüpfen. Ich wette, daß wir schon mindestens drei Stunden fahren. Und dazu mit dieser Geschwindigkeit. Ich kenne nur einen, der das könnte«, fügte er hinzu.

»Wer?«

Samurai zwinkerte schmunzelnd.

»Belmondo!«

Wir lachten. Die Angst war verflogen. Auf dem Weg zurück ins Abteil beschlossen wir, beim ersten Halt, an der ersten bewohnten Siedlung auszusteigen. Utkin zog einen Kompaß hervor. Nachdem er ihn sorgfältig ausgerichtet hatte, verkündete er:

»Wir fahren nach Osten!«

Die entgegengesetzte Richtung wäre uns lieber gewesen, aber uns blieb keine Wahl.

Das sanfte Schaukeln des Waggons hatte unseren heldenhaften Widerstand gegen die Müdigkeit schnell bezwungen. Während wir einschlummerten, dachten wir alle drei an die gleiche Szene: Belmondo öffnet die Tür des Waggons, schaut prüfend in die eisige Nacht, die im wirbelnden Pulverschnee vorbeirast, und mit einem Satz vom untersten Trittbrett springt er in die finstere Taiga.

Die Stille oder vielmehr der völlige Stillstand des Zuges weckte uns. Aber auch die Helligkeit und die kalte Morgenluft. Wir ergriffen unsere Tschapkas und Rucksäcke und rannten zum Ausstieg. Doch vor der Tür war nicht die Spur einer Behausung oder einer menschlichen Seele zu sehen. Nur die bewaldete Flanke an einem Hügel, dessen weißer Gipfel langsam in das klare Licht der aufgehenden Sonne tauchte.

Wir blieben an der offenen Tür stehen und atmeten durch.

Die Luft war nicht eisig und trocken wie in Swetlaja. Mild und weich strömte sie in unsere Lungen. Man mußte sie nicht erst im Mund anwärmen, wie es der schneidende Wind bei uns erforderte. Der Schnee, der alles bedeckte, was vor uns lag, ließ uns an ein eigentümliches, ewiges Tauwetter denken. Und auch der Wald, der sich an der Flanke des Hügels hinaufzog, war ganz anders als bei uns in der Taiga. Mit ihren ein wenig gewundenen, verschnörkelten Ästen zeigten sich die Bäume hier von einem viel feineren Strich. Im gedämpften Licht der aufgehenden Sonne sahen sie tatsächlich aus wie von Chinatusche gemalt, auf einer Grundierung aus aufgeweichtem Schnee. Um ihre Stämme wanden sich lange Schlinggewächse. Es war ein Dschungel, ein Tropenwald, der von einer Minute auf die andere unter Eis erstarrt war.

Plötzlich sahen wir zwischen den Bäumen etwas Orangefarbenes aufleuchten, einen Farbtupfer, der aussah, als hätte jemand zwischen den dunklen Stämmen und Ästen Orangenschalen in den Schnee geworfen. Samurai, der eine besonders gute Fernsicht hatte, rief:

»Das ist doch ein Tiger!«

Kaum war das Wort ausgesprochen, setzte sich das Bild zusammen, und die Schalenreste formten sich zu einer gewaltigen Raubkatze.

»Ein Ussuritiger«, flüsterte Utkin voller Bewunderung.

Das Tier stand etwa zweihundert Meter vom Zug entfernt und schien uns gelassen zu mustern. Wahrscheinlich führte ihn sein Weg jeden Morgen über die Schienen, und der König der Taiga mußte über unseren funkelnagelneuen Zug sehr gestaunt haben, der seine Gewohnheiten durcheinanderbrachte.

Der Zug fuhr wieder an, und wir glaubten zu erkennen, wie sich die Muskeln des majestätischen Tieres anspannten und wie der Tiger zum Sprung ansetzte, um der Gefahr zu entgehen.

Der Zug machte keinen Halt mehr bis zur Endstation. Wir sorgten uns nicht länger, denn wir hatten begriffen, daß sich unsere Reise in der Zwischenzeit von einem harmlosen Streich in ein echtes Abenteuer verwandelt hatte, das es zu bestehen galt. Vielleicht würde dieser verrückte Zug nie anhalten.

Utkins Kompaß zeigte jetzt nach Süden. Am Himmel zog sich nach und nach Dunst zusammen, die Umrisse der Hügel verschwanden im Nebel. Durch das heruntergelassene Fenster strömte ein Wind ins Abteil, dessen Duft uns Rätsel aufgab. Roch er nach Wärme? Nach Feuchtigkeit? Nach Freiheit? Nach Entfesselung?

Dieser einzigartige Duft wurde immer stärker und schwerer. Schließlich wurde der Zug langsamer, als gäbe die Lokomotive es auf, gegen diesen immer mächtigeren Strom anzukämpfen, als blieben die neuen Waggons in dieser Flut stecken. Zuletzt rollte er durch nichtssagende Vorstädte, bis er an einem langen Bahnsteig hielt.

Wir stiegen in einer fremden Stadt aus und gingen in unserer wilden Aufmachung eine breite, große Straße hinunter. Der Duft, den wir bereits in unserem Abteil bemerkt hatten, erfüllte sie und übertönte alles. Jetzt wollten wir herausfinden, woher er kam. Zuerst marschierten wir an einem Haufen häßlicher, niedriger Gebäude vorüber, an Lagerhäusern mit offenen Türen, dann sahen wir die schwarzen Spitzen der Kräne …

Auf einmal waren wir am Ende der Welt!

Der Horizont verschwand unter einem Dunstschleier. Einige Schritte vor uns hörte die Erde auf. Der Himmel lag vor unseren Füßen.

Wir standen am Ufer des Pazifischen Ozeans. Sein tiefer Atem hatte unseren Zug zum Stehen gebracht.

Wir hatten dieselbe sagenhafte Reise hinter uns wie einst die Kosaken. Und wie sie standen wir eine lange Weile schweigend da, atmeten die jodhaltige, nach Algen duftende Luft ein und versuchten das Unbegreifliche zu begreifen.

Jetzt meinten wir zu verstehen, welcher Sinn hinter dieser Reise steckte. Weil der Westen, von dem wir träumten, unerreichbar für uns war, hatten wir dem Schicksal ein Schnippchen geschlagen. Wir hatten uns nach Osten aufgemacht, zur äußersten Grenze, zu jenem östlichsten Weltzipfel, wo sich Osten und Westen in der nebligen Tiefe des Ozeans begegnen. Ohne es zu wissen, hatten wir mit asiatischer Verschlagenheit den Trick des Ussuritigers angewandt: Wenn ihm ein Jäger auf der Spur ist, führt er ihn in die Irre, indem er einen großen Kreis in der Taiga läuft, bis er irgendwann hinter seinem Verfolger auftaucht.

Und indem wir so taten, als entfernten wir uns immer weiter vom unerreichbaren Westen, tauchten wir in seinem Rücken wieder auf.

Wir streckten die Hände nach der Welle aus, die zwischen den Kieseln murmelte. Das Wasser schmeckte bitter, salzig. Lachend leckten wir uns die Finger.

Angesichts des riesigen Ozeans wirkte die Stadt geradezu klein. Sie sah genauso aus wie alle mittelgroßen Städte des Reichs, zum Beispiel Nerlug: dieselben Fertighaussiedlungen, dieselben Straßennamen – Leninstraße, Platz des Roten Oktober –, dieselbe Propaganda auf roten Spruchbändern. Aber sie hatte einen Hafen … und ein Hafenviertel.

Hier konnte man die Nähe des Westens am deutlichsten spüren. Da waren zuerst die Schiffe. Ihre massigen weißen Rümpfe überragten das Treiben auf den Kais, die Containerstapel, die Lagerschuppen. Wir legten den Kopf in den

Nacken, um ihre Namen lesen zu können und ihre flatternden Wimpel zu bewundern.

Die Menschen auf den Straßen im Hafenviertel waren von einem anderen Schlag als die vielen traurigen Gesichter, denen man in Nerlug begegnete. Die Frauen waren jung, lächelten und trugen helle Mäntel, die Matrosen steckten in schwarzen Jacken und sahen sich nach der langen Zeit in der dunstigen Einöde des Ozeans mit lebhaften Blicken satt am Gewimmel der Menschen und Dinge. Manchmal hörten wir Gesprächsfetzen in einer fremden Sprache. Wir drehten uns danach um und sahen einmal das schlitzäugige Gesicht eines Japaners, dann wieder den blonden Bart eines Skandinaviers. Natürlich stießen wir auch auf Plakate, die die Bevölkerung aufforderten, die Arbeitsleistung zu erhöhen oder sich für den endgültigen Sieg des Kommunismus ins Zeug zu legen. Doch hier waren das nur Farbtupfer in einer lebendigen Szenerie.

Unter den Frauen ohne Kopftuch, den Matrosen mit ihren kurzen Jacken und den Schiffchen auf dem Kopf, deren schwarze Bänder im Wind flatterten, unter diesen elegant und lässig gekleideten Fremden fühlten wir uns, als kämen wir von einem anderen Stern. Unsere Schaffelljacken, unsere dicken Tschapkas aus zerzaustem Fell, unsere schweren Filzstiefel zeigten allen, daß wir aus dem tiefsten sibirischen Winter kamen. Doch eigenartigerweise schämten wir uns nicht dafür. Wir hatten sofort die Gastfreundlichkeit in diesen Straßen verspürt. Hier wurden Menschen aus den entlegensten Winkeln des Erdballs willkommen geheißen, Menschen, die sich über nichts mehr wunderten. Und wir waren mitten in dieser lebhaften Menge, wir atmeten mit vollen Zügen die jodhaltige Seeluft. Wir waren wie verwandelt!

Wir waren in die Rolle unserer Traumgestalten geschlüpft, waren Liebhaber, Krieger, Dichter.

Im Vorübergehen fing ich mit dem Auge eines Sperbers die raschen Seitenblicke ein, mit denen die Frauen nach uns schielten. Samurai marschierte mit stolz erhobenem Haupt, ein zartes Lächeln auf den Lippen und einen Schimmer Erschöpfung im Blick – wie ein Soldat nach einer gewonnenen Schlacht in einem endlosen Krieg. Und Utkin merkte zum erstenmal, daß niemand an seinem schiefen Gang Anstoß nahm. Denn in diesen Straßen, in denen der Wind unter die Schöße der hellen Frauenmäntel fuhr und sie bauschte, in denen die weiten Hosen der Matrosen flatterten und die Fremden ins Taumeln gerieten, kam man gar nicht anders voran. Utkins Schulter zeigte in den Himmel, und das war ganz natürlich, denn hier hatten alle Passanten das Gefühl, vom pazifischen Wind fortgetragen zu werden. Außerdem gab es so viel zu sehen, daß wir ständig stehenblieben. Sonst wußte Utkin diese Stopps zu schätzen, bei denen ihn keiner hinken sah. Doch in diesen Straßen brauchte er nichts verbergen. Im Gegenteil. Hier war sein verkrüppeltes Bein Zeichen einer einzigartigen, persönlichen Vergangenheit, die ihn aus dem bühnenreifen Gebrodel der Menschen heraushob.

»Es wäre gut, wenn wir uns was zu futtern kauften«, wagte der Dichter schließlich vorzuschlagen.

»Ich habe nur noch vierzehn Kopeken«, sagte der Liebhaber, »doch zu einem Laib Brot müßte es reichen.«

Der Krieger schwieg. Dann tauchte er ohne ein Wort der Erklärung in der wirbelnden Menschenansammlung auf dem kleinen Platz unter. Die Leute tauschten Pakete, sahen sich Kleider und Schuhe an, ein typischer Hafenmarkt. Für kurze Zeit war Samurai in der Menge verschwunden. Als er zurückkam, verkündete er lächelnd:

»Wir gehen in ein Restaurant!«

Wir brauchten nicht zu fragen. Wir wußten, daß Samurai sein »Nashorn« verkauft hatte, einen Goldklumpen, dessen Ausbuchtung an das Horn dieses Tieres erinnerte. Es war ein großer Klumpen, so groß wie ein Daumennagel. Er hatte immer davon gesprochen, daß er ihn für eine besondere Gelegenheit aufbewahrte.

Die Kellner schauten uns ratlos an. Offenbar wußten sie nicht, ob sie uns dulden oder vor die Tür setzen sollten. Samurais entschlossener Blick und sein energischer Ton überzeugten sie. Man brachte uns die Karte.

Während des Essens sprachen wir über Belmondo. Ohne ihn beim Namen zu nennen, erzählten wir uns seine Abenteuer, als hätten nahe Bekannte oder wir selbst das alles erlebt. Es entspann sich eine Unterhaltung zwischen weltgewandter Plauderei und geheimnisvollem Agentengetuschel.

»Er hätte sich besser nicht in den Diebstahl des Bildes hineinziehen lassen sollen«, überlegte Samurai laut, während er ein Kotelett schnitt.

»Ja. Und das auch noch in Venedig!« bestärkte ihn Utkin, der sich mit größtem Vergnügen am Spiel beteiligte.

»Zumindest hätte er erst seine Geliebte abschütteln müssen«, fügte ich mit fröhlich gespielter Heftigkeit hinzu. »Für einen Spion ist es doch geradezu selbstmörderisch, sich ein Mädchen aufzuhalsen, das halb nackt herumrennt und einen Ehemann hat, der tobt wie ein tollwütiger Hund.«

Die Gäste an den Nebentischen verstummten und drehten die Köpfe nach uns um. Unser Gespräch hatte sie stutzig gemacht. Die drei Kellner setzten weiterhin eine mürrische und mißtrauische Miene auf. Sie wußten nicht, ob wir sternhagelblaue Jüngelchen aus einer Kolchose waren oder Schiffsjungen, die tatsächlich die Welt gesehen hatten.

Einer der Kellner, der vielleicht mehr als die anderen etwas gegen Träume hatte, kam schließlich an unseren Tisch und murmelte mit säuerlichem Lächeln:

»Los, Jungs, jetzt wird gezahlt, und dann ab in die Schule! Wir haben genug von eurem Geschwätz!«

An den Nachbartischen reckten einige Gäste die Köpfe und grinsten. Unser Trio war einfach zu unverschämt, selbst für dieses Restaurant am Hafen.

Samurai warf dem Kellner einen nachsichtigen, spöttischen Blick zu und verkündete mit leicht gehobenem Tonfall und lauter Stimme, damit es alle hören konnten:

»Einen Augenblick Geduld, ich habe meine letzte Zigarre noch nicht geraucht!«

Und ohne Hast zog er ein elegantes Aluminiumetui hervor und holte eine echte Havanna von mindestens zwanzig Zentimeter Länge heraus. Fachmännisch beschnitt er sie und zündete sie an.

Während er eine erste Wolke würzigen Qualms aus dem Mund blies, wandte er sich an den fassungslosen Kellner:

»Junger Mann, Sie haben vergessen, uns einen Aschenbecher zu bringen ...«

Die Wirkung war erstaunlich. An den Nachbartischen drückten die Leute ihre erbärmlichen Zigaretten aus, die verdutzten Kellner verschwanden in die Küche. Samurai lehnte sich auf seinem Stuhl zurück und genoß mit halb geschlossenen Lidern seine Zigarre, wobei sein Blick träumerisch in die Ferne schweifte. Von dort lächelte Belmondo uns herzlich zu.

Auf diese Weise verspeisten wir Samurais goldenes »Nashorn«. Er hatte es verkauft, ohne zu handeln, und deshalb wenig dafür bekommen. Die verbleibenden Rubel reichten gerade noch für drei Sitzplätze dritter Klasse in einem Nachtzug. Die Plätze in dem überfüllten Waggon waren nicht numeriert, überall versperrten die unterschiedlichsten Gepäckstücke den Weg, die Fahrgäste stellten wenig

Ansprüche in punkto Bequemlichkeit, ihre nichtssagenden Gesichter und ihre dicke Bekleidung wurden von einer matten Deckenlampe beleuchtet. Aus einem in die Wand eingelassenen Radiolautsprecher kamen die Abendnachrichten:

»... zur Feier des siebzigsten Geburtstags ... das Kollektiv hat beschlossen, die Leistung um elf Prozent ...«

Die Lokomotive pfiff zum Abschied, und bei ihrem Klang spürten wir noch einmal die kühle, dunstige Pazifikluft.

Die Fahrgäste stießen ein erleichtertes Seufzen aus – endlich! – und zogen ihre in fettiges Papier eingewickelte Wegzehrung aus der Tasche. Der Duft von Brathähnchen, Räucherwurst und Schmelzkäse erfüllte den Waggon. Wir konnten die Gerüche dieser Mahlzeiten nicht ertragen, deshalb kletterten wir so hoch wie möglich und saßen schließlich auf der Gepäckablage. Der Lärm der Unterhaltungen drang zu uns hinauf und wurde nur durch das Trommeln der Räder gedämpft. Es herrschte ständig ein hoher Geräuschpegel, und es mischte sich alles darin: ängstliche Berichte über sagenhafte Verspätungen des Zuges aufgrund verheerender Schneestürme, Befürchtungen, das Gelee, in dem der Fisch eingelegt war, könnte schmelzen und auf die Mäntel der Nachbarn tropfen, Jagdgeschichten, Schimpftiraden gegen die Japaner, »die unsere Taiga plündern«, und natürlich die unvermeidlichen Kriegserinnerungen, unterbrochen vom ewigen Kehrreim: »Unter Stalin herrschte noch Ordnung.«

Aus diesem vom Hämmern der Schienen unterlegten Stimmengewirr stach die flache Stimme eines alterslosen Mannes von kleiner Statur hervor. Er war eine Art russifizierter Chinese mit rundem Gesicht und schmalen, schwarzen Schlitzen, aus denen seine Augen blitzten. Er saß in seiner Ecke und erzählte pausenlos von seinem Leben am

Ufer des großen Flusses. Ein Bericht folgte dem anderen, und gemeinsam bildeten seine Geschichten ein episches Panorama, das sich an alle und niemanden richtete. Dieser Mann war jedenfalls der Zäheste im Widerstand gegen die Nacht und den Schlaf. Alle anderen Reisenden waren schon lange verstummt, saßen eingekeilt auf den harten Sitzbänken und versuchten, es sich zwischen den Beinen und den Ellbogen des Nachbarn bequem zu machen. Doch der alte Chinese fand mit seiner Erzählung noch immer kein Ende. Die einförmige Stimme dieses Mannes ohne Alter – sie klang wie die eines Kindes – erfüllte die Dunkelheit:

»... es war schon Juni, da begann es plötzlich zu schneien. Ich hatte Kartoffeln gepflanzt, sie erfroren, ich hatte Karotten gepflanzt, sie erfroren, ich besaß drei Apfelbäume, und die Äpfel erfroren auch. Alles erfror. Der Fluß stieg noch höher. Fisch gab es nicht. Da erzählte mir Nikolai, bei der Jagdaufsicht in der Stadt würden sie fünfzig Rubel für jeden erlegten Wolf zahlen. Ich sagte zu ihm: Aber man muß erst mal einen schießen. Und er sagte: Wir werden Wölfe pflanzen. Und ich fragte: Wie? Pflanzen? Ja, wie Kartoffeln, sagte er zu mir. Und das ging so: Wir gingen in die Taiga und fanden einen Bau. Die Wölfin war nicht da. Dafür saßen sechs kleine Welpen im Loch. Aber für die Kleinen zahlt die Jagdaufsicht nichts. Da hat Nikolai ihnen mit einem Eisendraht die Pfoten zusammengebunden. Er sagte: Die Wölfin wird ihre Kinder nie und nimmer verlassen. Und die Wölfe werden groß werden. Aber sie werden nicht laufen können. Im Herbst sind wir wieder hingegangen. Und Nikolai hat sie alle erschlagen, mit einer Keule, um die Patronen zu sparen. Ich habe ihm geholfen, sie zur Telega zu tragen und sie anschließend in die Stadt zu bringen. Bei der Jagdaufsicht bekamen wir dreihundert Rubel dafür. Zur Feier des Tages kaufte Nikolai acht Flaschen Wodka. Es war zuviel auf einmal, der Arzt sagte, er habe sich den Magen verätzt. Als man ihn beerdigte, hat seine Frau ihm von dem Geld, das noch übrig war, einen schönen schwarzen Grabstein aus Granit gekauft. Doch die Arbeiter, die ihn anlieferten, waren betrunken, und...«

Ich ertrug diese Stimme nicht mehr. Ich hielt mir die Ohren zu. Aber was er erzählte, schien auch ohne seine Worte in meinen Kopf zu sickern, denn wie es weiterging, war leicht zu erraten: Sie waren betrunken, der Stein fiel herunter und zersprang...

Als ich es nicht mehr aushielt, stieg ich von meinem schmalen Brett und lief durch den Flur, der vom Gepäck und den Beinen erschöpfter Reisender verstopft war. Ich schlug mich durch zwei Waggons, die wie unserer von Essensgerüchen und gedämpftem Lärm erfüllt waren, von Menschen, die zusammengepfercht saßen und durchgeschüttelt wurden wie alle Passagiere, die in den hinteren Waggons reisen mußten. Dann kamen einige Waggons zweiter Klasse, in denen die Fahrgäste auf Liegeplätzen schliefen und den engen Flur mit nackten oder in dicken Wollsocken steckenden Füßen versperrten. Man mußte geschickt über sie hinwegsteigen. Schließlich gelangte ich in einen leeren Gang. Sämtliche Türen zu den Abteilen waren zugezogen. Die Reisenden in diesen Waggons schliefen schon.

Ich ging weiter und kam durch drei oder vier reinliche, leere Flure, in denen es nach Seife roch. Ich fühlte, daß ich bald am Ziel sein und in jenen geheimnisvollen Waggon kommen würde, von dem ich immer geträumt hatte: in den Schlafwagen, in dem sich die Handvoll Reisender aus dem Westen befand, die sich in die urwüchsige Weite unseres Landes vorwagten.

Ich öffnete die Tür, schnupperte die Luft, und in diesem Moment sah ich sie!

Sie stand am Fenster auf dem engen Übergang vom langen Flur zum kleinen Vorraum zwischen den Türen des Ausstiegs. Sie stand da, schaute in die Dunkelheit der sibirischen Nacht und rauchte. Es war eine schlanke, sehr lange und braune Zigarette, und ich erkannte sofort die weibliche Variante von Samurais Havanna. Sie hatte einen leichten, glänzenden Pelz über ihre Schultern geworfen. Ihr Gesicht war ins matte Licht des luxuriösen Wagens getaucht, und auf ihren feinen Zügen lag die heitere Blässe von Reisenden auf dem Rückweg.

Einige Meter vor ihr blieb ich stehen. Die Aura, die ihre ganze Person umgab, war eine unsichtbare Mauer. Ich verschlang sie mit den Augen: ihre Hand, die die Zigarette hielt und einen Schoß ihres Pelzes leicht zur Seite schob, den Fuß in dem kurzen Halbstiefel, mit dem sie sich auf einem kleinen Sims an der Wand abstützte. Ihr zartes Knie ließ Beine ahnen, die nichts mit der braungebrannten Schenkelfülle der Antilopen aus unseren Filmen gemein hatten. Nein, sie hatte sicher lange, sehnige Schenkel, und ihre samtige Haut besaß eine zartgoldene Tönung.

Mit meinem ganzen Ungestüm und meiner Wildheit drang ich ein in das persönliche Geheimnis dieses Gesichts, dieses Körpers. Ich hätte es mir in Gedanken nicht ausmalen können. Ich hätte nicht einmal sagen können, wen ich getroffen hatte. Doch der Duft ihrer langen Zigarette, der Schimmer ihres Knies genügten meiner Phantasie. Ich betrachtete sie und fühlte, wie sich die Aura der Unberührbarkeit langsam auflöste. Und es schien immer weniger ausgeschlossen, mich ihrem Knie zu nähern, es mit stürmischen Küssen zu umfangen, unter denen die Strümpfe zerrissen. Und blind vor Leidenschaft würde mein Mund nach oben wandern ...

Die Reisende aus dem Westen muß gefühlt haben, was mich quälte. Der Schatten eines Lächelns huschte über ihr

Gesicht. Sie wußte um den Nimbus ihrer Unantastbarkeit. Zwei Schritte vor ihr stand dieser junge Barbar, dieser Wilde in Schaffell und Tschapka, der nach Holzfeuer und Harz roch. Es machte ihr Vergnügen, und schmunzelnd dachte sie vielleicht: »Woher mag dieser junge Bär nur kommen? Man könnte glauben, er wolle mich verschlingen.«

Ich konnte diese Folter des Betrachtens nicht mehr aushalten. In meinen Schläfen trommelte das Blut, und die Worte, die ihm antworteten, bedeuteten nichts und sagten doch alles: »Eine Frau aus dem Westen! Das ist eine Frau aus dem Westen ... Ich habe eine Frau aus dem Westen gesehen!«

Da wurde der Zug langsamer und fuhr auf eine endlos lange Brücke, schob sich schwer und noch lauter hämmernd über die Schienen. Vor dem Fenster zogen riesige stählerne Querstreben vorbei. Ich rannte zum Ausstieg des Wagens, drückte den Griff hinunter und stieß die Tür mit aller Kraft auf. Der gewaltige Windstoß und der dunkle Abgrund, der sich unter mir auftat, schleuderten mich zurück.

Wir überquerten den Amur.

Der Eisgang in diesem riesigen schwarzen Flußbett war vollkommen anders als das symbolische Eistreiben, das in den Propagandafilmen zu sehen war, wenn »das Erwachen des revolutionären Selbstverständnisses im Volk« gezeigt werden sollte. So kitschig und platt, wie diese Symbole waren – irgendein haltloser Intellektueller betrachtete die aufgewühlte Newa und beschloß auf der Stelle, sich der Revolution anzuschließen –, widerten sie uns nur an.

Nein, der Amur kümmerte sich nicht um die Befindlichkeit irgendwelcher Betrachter. Er schien fast unbewegt, so langsam trieb das Eis durch die Nacht. Wir sahen auf ein Schneefeld, das sich wie ein gigantisches Augenlid vor uns auftat. Die schwarze Pupille – das Wasser – wurde sichtbar, weitete sich zu einem zweiten Himmel, der nicht über uns, sondern unter uns lag. Das Ungeheuer erwachte, und wie ein Märchendrache schlüpfte es langsam aus seiner alten Haut, befreite seinen Leib von den Eisschuppen. Die abgelegte Hülle, die porig und voll grüner Schrunden war, warf Falten, brach auseinander, und ihre Bruchstücke wurden gegen die Brückenpfeiler getrieben. Man hörte den gewaltigen Aufprall, dessen Wellen die Wände des Waggons zittern ließen. Während sich der Drache mit einem langen, stimmlosen Pfeifen am Granit der Brückenpfeiler rieb, griffen seine Krallen in die glatte Schneedecke am Ufer und wühlten sie auf. Der Wind trug die Dunstwolken des Pazifiks heran, dem sich der Drache entgegenstreckte, während sich sein Schwanz im eisigen Hauch über den Steppen verlor.

Langsam kam ich wieder zu mir und betrachtete die Frau aus dem Westen von der Seite. Die vollkommene Ruhe in ihrem Gesicht überraschte mich. Das Schauspiel schien sie zu amüsieren. Mehr nicht. Ich merkte es und spürte beinahe körperlich, daß die Aura um sie viel undurchdringlicher war, als ich gedacht hatte. »Das ist also der Eisgang auf dem Amur«, schienen ihre Lippen zu sagen. Ja, diese Nacht hatte einen Namen, ihre Bedeutung war erfaßt, man brauchte sie nur noch auszusprechen.

Und ich verstand gar nichts mehr! Ich wußte nicht, wo der gewaltige Atem des Flusses endete und wo mein Atem, mein Leben, begann. Ich verstand nicht, warum mich ein Schimmer des Knies von einer Unbekannten so sehr quälte und warum dies in meinem Mund denselben Geschmack hinterließ wie die Meeresluft, die wir mit den Dunstschwaden eingesaugt hatten. Ich verstand nicht, wie es geschah, daß ich die samtweichen Schenkel dieser Frau spürte und mir vorstellen konnte, wie sich ihre zartgoldene Haut unter meinen Fingern, meiner Stirn, meinen Lippen anfühlte, obwohl ich nichts von ihr wußte. Ich verstand nicht, warum es nicht so wichtig war, diesen Körper zu erobern – Hauptsache, man erfaßte das Geheimnis seiner Wärme, seines goldenen Schimmers. Und warum es mir so vorkam, als hätte ich ihn in einem unendlich tieferen Sinn bereits besessen, als ich diese Wärme in die stürmische Nacht entweichen ließ.

Ich verstand nichts. Doch unbewußt genoß ich es.

Die letzten Brückenpfeiler flogen vorbei. Der Amur tauchte wieder ins Dunkel. Der Transsibirien-Expreß fuhr in die undurchdringliche Stille der Taiga.

Ich sah, wie die Reisende aus dem Westen ihre Zigarette im Aschenbecher an der Wand ausdrückte. Ohne die Türen hinter mir zu schließen, stürmte ich durch die Wagen davon.

Ich wußte, ich würde gleich wieder zurück im Orient sein, in Asien und bei der unendlichen Erzählung des alterslosen Chinesen. In jenem Leben, in dem alles zufällig und vorherbestimmt zugleich war, in dem man Tod und Schmerz mit der Gleichgültigkeit und Resignation von Steppengras auf sich nahm. Wo eine Wölfin jede Nacht Nahrung für ihre sechs Welpen anschleppte, deren Pfoten mit Eisendraht gefesselt waren, ihnen beim Fressen zusah und manchmal ein langes, klagendes Geheul anstimmte, als hätte sie geahnt, daß man die Welpen erschlagen würde und daß ihrem sinnlosen Tod bald der ebenso grausame und sinnlose Tod ihres Mörders folgen sollte. Niemand konnte sagen, warum es so war, nur die eintönige Erzählung in einem überfüllten Eisenbahnwaggon zeugte von dieser Sinnlosigkeit.

Ich lief durch die leeren Flure, dann durch die, in denen nackte oder mit Wollsocken bekleidete Füße ausgestreckt waren, ich kam durch Waggons, die vom Atem der Schlafenden stickig und von ihrem nächtlichen Seufzen erfüllt waren, und durch solche, in denen man sich murmelnd die endlosen Geschichten vom Krieg, von den Lagern, von der

Taiga erzählte – all diese Waggons trennten uns vom Westen.

Als ich auf die schmale Gepäckablage kletterte, flüsterte ich Samurai, der gegenüber lag, in der Dunkelheit zu:

»Asien, Samurai. Asien ...«

Ein Wort genügt, und alles ist gesagt. Wir sind machtlos. Asien hält uns in seinen endlosen Weiten fest, in seinen ewigen Wintern und dieser unendlichen Erzählung eines verrückten und russifizierten Chinesen – was auf dasselbe hinausläuft. Und der Chinese in seiner dunklen Ecke erzählt noch immer. Dieser überfüllte Eisenbahnwaggon, das ist Asien. Aber ich habe eine Frau gesehen... Eine Frau, Samurai! Am anderen Ende des Zuges, wo es keine schäbigen Gepäckstücke gibt, keine Einkaufsnetze, in denen der Fisch schmilzt und tropft, keine Hundertschaften, die ihre Kriegs- und Lagererlebnisse wiederkäuen. Diese Frau, Samurai, war der Westen, den Belmondo uns gezeigt hat. Aber weißt du, er hat vergessen, uns zu sagen, daß man sich irgendwann ein für allemal entscheiden muß, in welchem Waggon man fährt, und daß man nicht hier und dort zugleich sein kann. Der Zug ist lang, Samurai. Und der Waggon, in dem die Frau aus dem Westen reist, ist schon auf der anderen Seite des Amurs, während wir uns noch an seinem wilden Atem berauschen.

Das alles redete ich in die Dunkelheit hinein, und ich wußte nicht, ob Samurai meinen wirren Gedanken überhaupt folgte. Ich sprach vom Westen, vom Schimmer des Knies unter der durchscheinenden Patina eines Strumpfes, wie wir ihn hier nie an Frauen zu sehen bekamen. Doch je mehr ich erzählte, um so deutlicher spürte ich, wie die erregende Einzigartigkeit des Zusammentreffens mit dieser Frau dabei verlorenging. Schließlich schwieg ich. Aber nicht Samurai, sondern Utkin (wir lagen in entgegengesetzter Richtung auf einer Gepäckablage) fragte mich aufgeregt flüsternd:

»Und wir? Wo sind wir?«

Jetzt antwortete Samurais Stimme, als tauche sie aus einer langen, nachdenklichen Nacht auf.

»Wir sind das Pendel. Zwischen den beiden... Rußland ist ein Pendel.«

»Das heißt, nichts von Bedeutung«, brummte Utkin. »Weder Fisch noch Fleisch.«

Wir hörten Samurai im Dunkeln seufzen und sich auf den Rücken drehen. Dann murmelte er:

»Weißt du, Entlein, weder das eine noch das andere zu sein ist auch schon ein Schicksal.«

Ich erwachte, als Utkin im Schlaf mit seinem Fuß an mich stieß, und schreckte hoch. Samurai schlief, und sein langer Arm pendelte ins Leere. Asien... Der Westen... Das alles war also nur ein Traum. Utkin und Samurai wußten nichts von meiner Begegnung. Ich fühlte mich eigenartig erleichtert: Ihr Westen hatte keinen Schaden genommen. Und der Chinese in der Ecke murmelte immer noch:

»... dieser Nachbar hat, als er aus dem Krieg zurückkehrte, eine andere geheiratet. Er hat schon drei große Kinder, und seine erste Frau, seine Verlobte, hat er längst vergessen. Aber sie wartet jeden Abend am Fluß. Sie hofft immer noch, er würde zurückkehren. Sie wartet seit dem Krieg... und wartet... und wartet...«

III

14

»Im Juni 1914 war ich zum letztenmal in Paris. Mein Vater meinte, ich sei nun alt genug, um auf den Eiffelturm zu steigen. Damals war ich elf Jahre alt.«

So begann Olga an einem Aprilabend ihre Erzählung. Wir saßen in ihrer im Schnee versunkenen Isba.

Nachdem wir von unserem Ausflug in den Westen oder vielmehr in den Fernen Osten zurückgekehrt waren, hatte uns Samurai für reif genug befunden, in Olgas Geheimnis eingeweiht zu werden. Mit knappen Worten, aber ernst hatte er uns ihr Leben enthüllt:

»Olga ist eine Adlige. Und sie war sogar schon einmal in Paris ...«

Utkin und ich waren so sprachlos, daß wir kein Wort mehr über die Lippen brachten, trotz der zahllosen Fragen, die uns durch den Kopf schossen. Daß es unter uns einen Menschen gab, der Paris gesehen hatte, überstieg unser Vorstellungsvermögen.

Wir hörten Olgas Bericht. Der Samowar zischte ein wenig, seufzte leise und angenehm. Der Schnee an der Fensterscheibe klirrte. Olga hatte ihr graues Haar mit einem silbernen Kamm zu hübschen Wellen hochgesteckt. Sie trug ein langes Kleid aus schwarzer Spitze, das wir noch nie an ihr gesehen hatten. Ihre Worte waren gefärbt von einer träumerischen Nachsicht, als wolle sie sagen: »Ich weiß, ihr haltet mich für eine alte Irre. Das Verrückte an mir ist, daß ich eine Zeit erlebt habe, die so reich und so schön war, daß ihr es euch nicht einmal vorstellen könnt. Das Verrückte an mir ist, daß ich Paris gesehen habe.«

Wir hörten Olga zu und staunten über die Epoche, als der Westen quasi vor der Haustür lag. Als man seine Ferien dort verbrachte! Und damit nicht genug: Man fuhr sogar dorthin, um auf einen Turm zu steigen! Wir konnten es nicht fassen. Der Westen war also nicht immer diese Welt hinter verschlossenen Türen gewesen, in die man nur auf dem Umweg über das Zauberspiel des Kinos gelangte?

Im Gegenteil! In Olgas Erinnerung wurde diese Welt zu einer malerischen Vorstadt von Sankt Petersburg. Und aus dieser Vorstadt war eines Tages ein gewisses Fräulein Verrière in ihre Familie gekommen und hatte der kleinen Olga eine Sprache mit eigenartig schwingenden und weichklingenden R-Lauten beigebracht.

»Ich konnte schon genug Französisch, um die Romane entziffern zu können, die meine ältere Schwester las und in ihrem Nachttisch versteckte«, vertraute Olga uns an. »Im Zug nach Paris gelang es mir dann zum erstenmal, eines jener verbotenen Bücher in die Hände zu bekommen. Als meine Schwester einmal aus dem Abteil ging, ließ sie ihr Buch auf der Bank liegen. Ich spähte in den Flur und sah, wie sie sich mit Fräulein Verrière unterhielt. Ich schlug das Buch auf. Durch Zufall geriet ich gleich an eine Stelle, die mich vergessen ließ, wer und wo wir waren.«

Olga goß uns Tee nach, dann öffnete sie ein Buch mit vergilbten Seiten und begann, mit verhaltener Stimme vorzulesen...

Las sie auf französisch und übersetzte es für uns, oder faßte sie den Inhalt zusammen? Oder las sie aus einer russischen Übersetzung? Ich erinnere mich nicht mehr. Wir haben weder den Titel noch den Autor des Romans im Gedächtnis behalten. Wir schwelgten in den herrlichen Bildern, die plötzlich das Zimmer der eingeschneiten Isba überflutet hatten.

Die Geschichte handelte von einer großen Gesellschaft im sagenhaften, romantischen Paris, dem Souper nach einem Maskenball ... Ein prunkvoll geschmückter Saal, der im goldenen Schimmer der Kerzen leuchtete, darin die vornehmen und für das erlauchte Fest aufwendig kostümierten Gäste, Frauen in glitzernden Roben. Auserlesene Speisen, Karaffen, Leuchter und Blumen. Ein junger Dandy sitzt seiner Geliebten gegenüber und wechselt leidenschaftliche Blicke mit ihr. Plötzlich fällt ihm aus Ungeschicklichkeit oder Zerstreutheit seine Gabel zu Boden. Er bückt sich, hebt das Tischtuch ein wenig an und ... Die Welt stürzt ein! Seine Geliebte tastet mit ihrem hübschen Fuß nach dem seines besten Freundes und streichelt ihn zärtlich. Ja, sie haben die Beine überkreuzt und pressen sie von Zeit zu Zeit gegeneinander. Als der Dandy wieder Platz nimmt, lächelt ihn die Frau wie zuvor mit verliebten Augen an. Er flieht. Er entflieht den Trümmern seiner Liebe.

Dieser zierliche Damenfuß, der die Sohle des falschen Freundes streichelte, machte uns sprachlos. Auch die Beine, die sie einander unter dem Tischtuch entgegenstreckten. Und die Gabel ... Nichts in unserer Welt kam der sinnlichen Raffinesse dieser Szene gleich. Wir überlegten verzweifelt, wer aus unserer Umgebung zu solchen zärtlichen Spielen und zu solchem Verrat imstande wäre. Wir kannten nur derbe Filzstiefel und rote, schrundige Hände.

Olga las weiter. Der Dandy erhoffte sich Trost bei der besten Freundin seiner Geliebten. Wenigstens sie sollte sein Leid verstehen und es teilen. Und die Freundin erwies sich als überaus verständnisvoll und mitfühlend. Eine verwandte Seele schien ihre Flügel über dem Unglücklichen auszubreiten. Doch während seiner Klagen bemerkte der Held, daß der Frau, die vor dem Kamin saß, das Kleid verrutscht war. Aus Unachtsamkeit, versteht sich. Ihr Knie und sogar ihr zarter Oberschenkel waren entblößt. Aus Anstand, denn er schrieb dieses Mißgeschick der Aufwallung zu, in die sein Bericht sie versetzt hatte, wandte er den Blick ab. Er hoffte, seine Vertraute würde schließlich bemerken, daß ihr Kleid schlecht saß. Kurz darauf streifte er sie wieder mit seinem Blick. Jetzt bot sie ihm Knie und Schenkel noch ungenierter dar. Ein unmöglicher Gedanke schoß ihm durch den Kopf. Er ahnte, daß diese Seelenverwandte ihn mit ihren Reizen aufforderte, zwischen ihren Schenkeln Vergessen zu suchen! Ihre Blicke begegneten sich, die Augen der Frau schmachteten vor Lüsternheit.

Womit hätten wir dieses unvorstellbar vielschichtige Liebesleben auch vergleichen sollen, von dem wir an diesem Abend hörten? Womit hätten wir die feinsinnige Erotik dieses Verführungsversuchs beschreiben können? Eine Frau, die in einem Sessel sitzt und geschickt ihr Bein entblößt. Eine Frau, die den schmerzlichen Geständnissen eines jungen, betrogenen Liebhabers lauscht, die ihm ihre vollkommene Anteilnahme bezeugt und die gleichzeitig unmerklich den Saum ihres Kleides rafft... Nein, in unseren Männergeschichten aus der Taiga gab es nichts, was diesem Wechselspiel der Gefühle gleichkam!

Ich war der einzige von uns dreien, der sich ein Bild von der verführerischen Vertrauten machen konnte, die mit dem zarten Rosa ihres Schenkels lockte. Denn ich kannte sie! Es war die Reisende, die ich auf unserer nächtlichen Rückreise vom Pazifik im Zug gesehen hatte. Und sie war auch die treulose Geliebte, die unter dem Tisch mit ihrem Fuß den falschen Freund liebkoste. Ich erkannte sie an ihrer blassen Haut und an der Eleganz, mit der sie sich mit ihrer Stiefelette auf dem Vorsprung an der Wand abgestützt hatte. »Wer weiß«, sagte ich mir noch am selben Abend, »wenn ich nicht wie ein dummer Junge geflohen wäre, hätte die Reisende vielleicht nicht nur den Schoß ihres Pelzes zurückgeschlagen, sondern langsam den Saum ihres Kleides gehoben und dabei unentwegt aus dem dunklen Fenster gestarrt, als gäbe es dort etwas, das sie brennend interessierte!«

Das Lächeln, mit dem uns Belmondo am Ende der Leninstraße begrüßte, war also nicht so einfältig, wie es aussah. Der Seebäder-Westen mit seinen schönen, braungebrannten Antilopen, der kaskadenhafte Westen, dessen Helden von einem schwindelerregenden Abenteuer ins nächste sprangen, verbarg noch etwas anderes: einen begehrlichen Westen, ein Reich der Sinne voll unvorstellbarer Spielarten der Liebe, eine Welt kunstvoller erotischer Schnörkel und verwickelter, launischer Herzensangelegenheiten.

Wir blieben an der Grenze zu diesem unbekannten Kontinent stehen. Unser Führer war ein kleines Mädchen, dem zu Beginn des Jahrhunderts im Zug von Sankt Petersburg nach Paris ein Roman in die Hände gefallen war und das dem Zauber der Zeilen auf einer zufällig aufgeschlagenen Seite erlegen war.

Meine Geliebte hatte mir für die Nacht ein Stelldichein bewilligt, und langsam führte ich mein Glas an die Lippen, wobei ich sie anschaute.

Als ich mich nach einem Teller umdrehte, fiel zufällig meine Gabel zu Boden.

Die ganze Zeit über dachte ich an die rothaarige Frau in ihrer schneebedeckten Isba. Meine Erinnerung war sogar noch eindringlicher geworden. Ich hatte den Westen entdeckt, und die Sturmnacht verlor damit ihren tragischen

Sinn – die rothaarige Prostituierte hatte sich folgerichtig in mein erstes Liebesabenteuer verwandelt, in meine erste Eroberung. Ich brannte darauf zu erfahren, wie es weiterginge. Schon zogen meine künftigen Geliebten an mir vorüber: Mal waren es schöne Spioninnen mit kräftigen, braungebrannten Leibern, die hitzige Nahkämpfe am warmen Strand versprachen, mal schmachtende Verführerinnen, die ihre Reize auf übersteigerte, dekadente Weise zeigten.

Die rothaarige Frau lieferte den Rohstoff für diese Phantasien, das formbare körperliche Magma, das vollkommen unpersönlich sein mußte. Ich brauchte nur ihre Körperfülle, das Gewicht ihrer Brüste, die Masse ihrer Schenkel, die warme Opulenz ihrer Hüften. Sie waren das Material, das ich ständig knetete und dem ich eine Form gab, die aus meinen Träumen vom Westen stammte. Es war der nachgiebige Stoff, der sich mit der Schärfe des westlichen Geistes formen ließ. Das keuchende Drunter und Drüber der Sturmnacht fügte sich in eine Liebesgeschichte, schöne Kleider verhüllten den dicken Leib der Rothaarigen, und ein Hauch von Seidenstrümpfen legte sich über ihre Beine. Schließlich war von unserer schmerzlichen Paarung unter der blendenden Glühbirne nicht mehr übrig als die Empfindung einer Umarmung, ein Destillat, das sich bei unaufdringlicher Beleuchtung im Luxusabteil eines Zuges niedergeschlagen hatte, in der Dunkelheit eines Salons, in dem sich eine Frau vor dem Kaminfeuer gedankenverloren eine zarte Blöße gab.

Die westliche Eindeutigkeit verscheuchte alles, was nach dieser Nacht ungeklärt geblieben war. Die auf der Bettdecke ausgebreiteten Photos, die Ungeschicklichkeit der betrunkenen Frau, ihre Tränen erschienen mir nun wie kleine Schlacken, unbrauchbarer Stein, der von einem sachkundig angesetzten Meißel abgehauen wurde.

Während ich die neuen Frauenkörper formte, die mir unablässig durch den Kopf gingen, stand mir immer die rothaarige Frau vor Augen. Und doch war es nicht mehr sie, denn sie war durch mein Wissen über den Westen verwandelt worden, war nicht mehr wiederzuerkennen in ihren neuen Kleidern. Ihren Gesichtsausdruck hatte ich bereits in der fraglichen Nacht vergessen. Der Schnee, die Erschöpfung, die Trunkenheit hatten die Gesichtszüge wie bei einem naß in naß gemalten Aquarell verwischt. Das machte es mir ausgesprochen leicht, meine Geliebte wie ein Bildhauer zu erschaffen.

Eigenartigerweise wuchs in mir das Bedürfnis, die rothaarige Prostituierte noch einmal zu sehen, je mehr ihr Körper aus meiner Erinnerung verschwand. Ich wollte diese erste Erfahrung mit einem völlig veränderten Blick wiederholen. Ich wollte mir einen Vorrat körperlicher Eindrücke für meine phantastische Bildhauerei zulegen. Ich wollte diesen dicken, verblühten Leib noch einmal besitzen, um daraus den Urstoff für die Empfindungen zu gewinnen, die ich später verfeinern würde, und um mir mit seiner üppigen Fülle das Warten auf den Westen zu verkürzen.

Außerdem war ein Wiedersehen mit ihr auch von symbolischer Bedeutung für mich. Ich ertrug das Schicksal nicht länger, »weder Fisch noch Fleisch« zu sein. Ich wollte eine Entscheidung. Der Balanceakt zwischen diesem halb verrückten, in seine endlose Geschichte verstrickten Chinesen und der Welt von Belmondo, zwischen Osten und Westen, war unmöglich. Und unsere Wahl war ein für allemal getroffen. Der Besuch bei der rothaarigen Prostituierten sollte der Schlußstrich sein, ein endgültiger Abschied. Asien und seine Geschichten würden mich nichts mehr angehen.

15

Es dauerte lange, bis ich mich entschließen konnte, nach Kaschdai zu gehen. Die Tage verflossen, und ich war immer in Gesellschaft. Wir besuchten die Abendvorstellung im Kino, trafen uns zum Tee bei Olga, wir verbrachten jede freie Minute zusammen.

An einem stillen und milden Aprilabend ergab sich endlich die Möglichkeit, Abschied zu nehmen.

Schon am Nachmittag hatten wir es draußen im Freien gespürt: Der Winter war auf dem Rückzug, rüstete zu seinem letzten Gefecht. Die Wolken zogen sich zusammen, es wurde wärmer, und der wolkenverhangene Himmel wartete darauf, seine Last loszuwerden. Es kam immer mehr Wind auf, und große Schneeflocken wirbelten schwindelerregend durcheinander. Der letzte Schneesturm kündigte sich an. Mit diesem kraftlosen Seufzen, diesem schweren Atem wollte der Winter dem Frühling, der ihn bald besiegen würde, noch einmal seine Macht zeigen. Wie ein großer, von einer siebenmonatigen Reise erschöpfter Vogel würde er verzweifelt mit seinen weißen Flügeln schlagen, und wenn er unsere Isbas mit einer daunenweichen Schneedecke überzogen hätte, würde er schließlich davonfliegen.

Als das Dorf am nächsten Tag erwachte, war es eingeschneit. Doch diesmal spürte man, daß der Winter zu Ende war. Die luftige, lichte Schneedecke, die ich mit meiner Schneeschippe aus Sperrholz durchstieß, sackte von selbst zusammen – träge rutschte der Schnee in das Loch. Oben wartete schon die Frühlingssonne und schien mit warmen Strahlen über den Schornsteinen und geschwärzten Dachfirsten, die aus dem Schnee ragten. Und in der Luft hing jener schwere, betörende Duft aus der Taiga, der vom mächtigen Erwachen ihrer unendlich vielfältigen Pflanzenwelt kündete. Mit überschwenglicher, maßloser Freude krächzte eine Dohle, die unverhältnismäßig groß wirkte, weil sie auf einer klein gewordenen Pappel saß. Als sie mich aus dem Durchstich klettern sah, schwang sie sich in die Luft und erfüllte sie mit ihren freudetrunkenen Rufen. Der Schnee auf den Dächern taute bereits unter den gleißenden Sonnenstrahlen, und in der Stille hörte ich das Plätschern der Tropfen. Das erste Bächlein war heimlich geboren.

Am Abend machte ich mich auf den Weg nach Kaschdai. Ich kam nicht aus unserem Dorf, sondern aus Nerlug. Ich hatte in der Stadt etwas gekauft, das ich nie zuvor in den Händen hatte: eine Flasche Cognac. Sie war flach, und man konnte sie ohne Schwierigkeiten in der Tasche der Schaffelljacke verschwinden lassen. Ab und zu holte ich die Flasche hervor, drehte den Korken heraus, der mit einem angenehmen Knirschen nachgab, und trank einen kleinen Schluck von der brennenden Flüssigkeit.

Ich dachte nur noch an den Körper der rothaarigen Frau. Mit jedem Schluck wurde ich geschickter und bediente mich seiner rücksichtsloser. Ich durchwühlte diesen Leib, um mir zu nehmen, was sich später in meiner Phantasie zu einem Traumbild formen ließ. Und je größer meine männliche Verachtung wurde, desto mehr wuchs mein Stolz. Ich sah darin das Zeichen für meinen endgültigen Bruch mit der Vergangenheit. Ja, ich mußte diesen dicken, formlosen Körper mißbrauchen, ihn demütigen, ihn die Kraft meiner Geringschätzung spüren lassen. Während ich im kupferfarbenen Licht über den Schnee der Ebene glitt, erregte mich dieses formbare Körpermaterial. Ich spürte die schweren Brüste unter meinen Fingern schwellen, ich zog an ihnen, knetete sie, walkte und quälte dabei ihr körniges Gewebe. Anders als beim ersten Mal klammerte sich meine Hand nicht mehr unbeholfen an ihre Schultern, sondern bohrte sich in die weiche Grube zwischen ihren schweren Schenkeln. Ich fühlte mich wie ein Bildhauer, ein Künstler, der aus der Natur schöpfte, die zwar freigebig den Stoff lieferte, aber nicht das geringste Gespür für die Form besaß. Und ich kam mir vor wie ein Mann des Westens, der seinem Begehren, seiner Liebe und dem weiblichen Körper die anmaßenden Bilder seines klaren Verstandes aufdrückte.

Dank Olgas Lesungen wurde mir diese gedankliche Klarheit von Tag zu Tag vertrauter. Ich war überzeugt, in ihrem wunderbaren Licht könnten unsere verborgensten Gefühle mitgeteilt werden, selbst mein Besuch bei dieser Frau, die ich nie geliebt hatte und deren erschlaffter Körper mir wegen seiner gewaltigen Größe Angst einflößte. Mein Wunsch, sie wiederzusehen, verband sich in meiner Vorstellung allmählich mit der verdorbenen Eleganz jener Vertrauten, die langsam ihre zarte rosige Hüfte entblößte. Und dabei in ihrem Blick noch immer einen Schimmer fast mütterlichen Mitleids bewahrte.

Ja, an einem bestimmten Punkt kam ich mir richtig verdorben vor. Und damit groß und frei von all den zahllosen kleinen Gefühlsduseleien, die ich früher unterschiedslos in meinem Kopf wälzte. Ich war verdorben, und ich wußte es: Ich war also westlich! Und frei, denn aus diesem Körper, der mich bereits erwartete, würde ich ohne jede Gefühlsregung machen, was mir beliebte. Und dann würde ich ihn hinter mir lassen, und es wäre die letzte Begegnung mit der ahnungslosen Rothaarigen.

Froh, endlich alles begriffen zu haben, machte ich halt auf der Höhe einer großen Schneewehe, die das Oleital überragte. Der Sonnenuntergang blendete mich. Während ich den Korken aus der Flasche drehte und einen großen Schluck von dem braunen Getränk nahm, dessen ausländischer Name in meinen Ohren so süß klang, kniff ich die Augen zusammen. Und in meinem Kopf hallten einige Sätze in ihrer ganzen westlichen Klarheit wider, die bestens ausdrückten, wie ich künftig zu leben gedachte:

Ich weiß nicht, welche Kraft der Verzweiflung mich zu ihr trieb; ich war wie von einer dumpfen Begierde erfaßt, sie noch einmal zu besitzen und uns nachher alle beide zu töten. Kurz, ich verabscheute sie und vergötterte sie zu gleicher Zeit.

Ich betrat die Bahnhofshalle unbefangen und mit festem Schritt, wie ein Eroberer. Jetzt, wo ich die Hafenstadt am Pazifik gesehen hatte, kam mir der Bahnhof klein und ländlich vor. Die Abfahrtszeiten der Züge auf der verstaubten Anzeigetafel, die Reihen der matten, unter Milchglas verborgenen Glühbirnen, die wenigen Reisenden mit ihren derben Gepäckstücken. Ich ging in den kleinen Wartesaal. Ich glaubte schon den Schimmer ihres roten Haars über den Sitzreihen zu sehen, doch die Frau war nicht da. Verblüfft drehte ich eine Runde: Die Auslage des Kiosks mit dem verblichenen Lächeln der Raumfahrer, die Theke mit der verschlafenen Bedienung, die mit Rauhreif überzogenen Scheiben. Ich konnte es nicht fassen: An diesem besonderen Tag, an dem eine so wichtige, endgültige Entscheidung gefallen war, an dem es sogar einen Schneesturm gegeben hatte, war die rothaarige Frau nicht da!

Ich ging zum Bahnsteig. Die Waggons schlummerten unter einem dicken Federbett aus Schnee. Eine Straßenkehrerin räumte mit einer großen Schippe langsam einen schmalen Pfad zu den Lagerhäusern frei. »Wo mag sie um diese Zeit nur stecken?« fragte ich mich gereizt und spähte in diese verschlafene, ländliche Szenerie.

Plötzlich fiel mir die einfache Erklärung ein: »Wie dumm von mir! Sie wird mit jemandem ... Irgend jemand ›macht es‹ ihr gerade!«

Ich empfand eine niederträchtige Freude und verzog meine Lippen zu einem boshaften Lächeln. Rasch durchquerte ich den Bahnhof und suchte mir in dem Tunnel, den man durch die Schneeverwehungen gegraben hatte, einen Weg zu ihrer Isba am anderen Ende von Kaschdai.

»Ich werde vor ihrer Tür warten«, sagte ich mir. »Ich werde warten, bis sie fertig sind.« Dabei fühlte ich mich in meiner Begierde noch ruchloser. Meine vom Alkohol entzündeten Lippen schmeckten nach Verdorbenheit. Der Körper der Rothaarigen würde noch warm sein. Eine zum Durchkneten aufgewärmte Masse.

Man sah von ihrer Isba nur den Giebel und den Schornstein mit der vom Rauch geschwärzten Kappe. Und die halb vom Schnee verschluckte Birke mit dem kleinen Vogelhaus. Die Sonne war hinter den Zinnen der Taiga verschwunden. Im klaren blauen Dämmerlicht dieses Aprilabends hoben sich die Birkenzweige, der Dachfirst und die Umrisse der strahlendweißen Schneeberge mit übernatürlicher Schärfe vom Horizont ab. In dieser Ruhe sah ich mit eigenartiger Gleichgültigkeit mich selbst: eine auf das äußerste zusammengedrückte Feder.

Ich sah die lange, dunkle Spur im Schnee: der Tunnel, der zur Tür ihrer Isba führte. Vorsichtig schlich ich mich an, denn ich wollte mich nicht durch das Knirschen meiner Schritte verraten. Der violette Schatten der Nacht füllte bereits den Tunnel.

Ich sah die in den Schnee gehauenen Stufen, die nach unten zur Tür führten. Über das enge Loch gebeugt, lotete ich mit meinem Blick seine Tiefe aus.

Zu meiner großen Verwunderung stand die Tür zu ihrer Isba offen. Außentreppe und Türschwelle lagen in gedämpftem Licht. Zuerst hörte ich ein leises Hämmern, kurze, schnell aufeinanderfolgende Hiebe, als würde Brennholz mit einer Axt zerkleinert werden. Tatsächlich spaltete dort jemand Holz, um den Ofen anzuheizen, während die unter Schnee begrabene Isba gelüftet wurde. Das vertraute Geräusch irritierte mich. Sollte ich schnell hinunterklettern? Oder noch ein wenig warten?

Da hörte ich ihre Stimme.

Einen Gesang, der aus weiter Ferne zu kommen schien, als hätte er endlos lange Räume durchquert, bevor er sich in dieser eingeschneiten Isba langsam ausbreitete. Die Stimme klang beinahe zart, und dennoch ließ sie mich aufhorchen, denn sie besaß die reine, unverfälschte Freiheit jener Lieder, die man nur singt, wenn man allein ist, die man für sich selbst trällert oder in den Wind haucht, um die abendliche Stille zu beleben. Das Lied folgte dem Atemrhythmus und wurde immer wieder vom Knacken der Holzscheite unterbrochen. Es richtete sich an niemanden, sondern ging unmerklich in der frischen blauen Abendluft, im Duft des Schnees und im Himmel auf.

Ich blieb reglos stehen und spitzte die Ohren, um dieser Stimme aus der Tiefe des Schnees zu lauschen.

Der Text handelte von den einfachen Dingen im Leben, von denen jede Frau erzählen würde, wenn sie abends ins züngelnde Feuer stiert und dem Tanz der Flammen zusieht. Die verzweifelte Sehnsucht nach dem Geliebten, der Vogel –

der Glückliche –, der über die Steppe davonfliegt, die Fröste, die die Sommerblumen verbrennen.

Ja, diese Geschichte kannte ich in- und auswendig. Ich hörte nur auf den Klang der Stimme. Und alles, was ich mir zuvor ausgemalt hatte, war wie weggeblasen!

Da war diese schlichte und zarte Stimme, der immer dunklere, tiefere Himmel, an dem die ersten Sterne erschienen, der alles durchdringende Wind aus der nahen Taiga. Und ein wenig abseits die Birke mit dem noch leeren Vogelhaus, dieser Baum, der in den rosarot glühenden Horizont ragte und die Stille der Abenddämmerung hütete.

Ich richtete mich über dem Tunnel auf und sah mich um. Die Stimme, die aus diesem violetten Schacht aufstieg und unter dem Himmel zerrann, schien auf rätselhafte Weise alles Trennende zwischen uns zu überwinden und uns mit der vollkommenen Stille des Abends zu verbinden. Je mehr ich diesen geheimnisvollen Einklang in mir aufnahm, desto bedeutungsloser erschienen mir meine hitzigen Träume. Langsam verstummten in meinem trunkenen Hirn die unreifen Gedanken, die mich schon seit vielen Tagen gefangenhielten. Am Anfang waren es einförmige Sätze wie die des alten Chinesen in unserem Waggon: Ja, ja, sagte er, so spielt das Leben, eine rothaarige Prostituierte stillt mit ihrem Körper die Lust junger und alter Männer, und irgendwann wird jedem sein letztes Stündchen schlagen, und dann wird eine andere Frau kommen, eine braunhaarige oder eine blonde vielleicht, und andere Männer werden in ihrem Körper den unauffindbaren Funken der Liebe suchen; es werden andere Winter, neue Tauwetter folgen, es wird neue Schneestürme geben und Sommer so kurz wie der Augenblick der Lust. Und es wird immer einen Abend im Leben dieser Frau geben, an dem sie vor dem Feuer sitzen und leise ein Lied singen wird, das niemand hört.

So sprach in meinem Kopf die unbeirrbare Stimme Asiens.

Eine andere Stimme fiel ein: Das erstemal warst du naiv, du hattest keine Ahnung – jetzt sollst du genießen, was du in Gedanken begehrt hast, was du von der Lust verstanden hast, was dein triumphierender Geist dir eingibt. Mache aus diesem Körper eine schöne Liebesgeschichte, indem du alle Register deiner Gefühle ziehst. Sprich davon, erzähl davon, male sie dir aus!

Dann verhallte das Echo dieser Worte in mir. In einiger Entfernung von der Isba der rothaarigen Frau lehnte ich mich mit dem Rücken an eine Kiefer und setzte mich in den Schnee. Ich nahm meine Tschapka ab und knöpfte die Jacke auf. Der sanfte Wind ließ den Schweiß auf meiner Stirn gefrieren. Ein tiefer, am Himmel stehender Stern strahlte wie eine zurückgehaltene Träne. Auch ich erlebte einen Augenblick, der so zart und rein war wie eine Träne. Diese ganze dunkle Welt ähnelte solch einem Kristall, dessen Leben vom Lidschlag eines Unsichtbaren abhing. Ich fühlte mich, als ob riesige Augen mich ansähen. Ich war in dieser zerbrechlichen Träne, in ihrer klaren Welt gefangen.

Aus dem engen Tunnel kam die ferne Stimme der rothaarigen Frau. Der Frau mit dem schlaffen, dicken Körper und dem Gesicht, das so verbraucht aussah nach all den Männern, die sich auf ihr abgemüht hatten. Jener Frau, die Photos mit Schmuckrändern sammelte, die Wodka trank, bis ihr die Tränen in die Augen schossen, und die endlos auf den Zug nach Nirgendwo wartete.

Das alles war sie. Und etwas ganz anderes: die Stimme, die dem Funkeln des ersten Sterns entgegenflog, die weiße Ebene, auf die sich der blaue Schimmer der Nacht legte, der Duft des frisch geschürten Feuers und die riesigen Augen, in denen der endlose Himmel Platz fand.

Meine Wimpern zitterten, alles verschwamm, verschwand hinter einem Schleier. Eine warme Spur zog über meine Backe und kitzelte mich.

Noch nie war ich mitten in der Nacht ins Dorf zurückgekehrt. Nie zuvor hatte ich mir so viel Zeit genommen für die Wanderung über den langen Grat der Schneeverwehungen, die im Schatten der schlafenden Taiga über das Oleital ragten. Ich kam kaum voran, achtete weder auf irgendwelche Gefahren noch auf die im Dunkeln lauernden Wölfe. In solchen Augenblicken schont das Schicksal den Menschen, der wie ein Schlafwandler vom Mondlicht geführt wird. Ich bemühte mich, mir das Gesicht der rothaarigen Frau in Erinnerung zu rufen. Vergeblich. Immer wenn ich ihre Gesichtszüge suchte, erschien das matte Oval in seinen bleichen, verwaschenen Farben. Plötzlich fielen mir die Photos ein. Eine junge Frau mit einem Kind auf den Armen, eine sonnige Wiese, vor der sich ihre Umrisse abzeichneten, das Schillern des Flusses. Ich ging weiter und sah dabei in ihre lächelnden Augen.

Wie ein zwischen Schnörkeln verstecktes Monogramm hellte sich das matte Oval plötzlich auf und wurde lesbar. Die rothaarige Frau schaute mich mit den Augen der jungen Unbekannten auf den Photos an. Sie hatte ihr früheres Gesicht wieder. In meiner Erinnerung hatte sie es wiedergefunden.

Meine Tante sagte nichts, als ich nach Hause kam. Sie vermied es, mir in die Augen zu sehen, als sie die Tür öffnete, und legte sich schnell wieder ins Bett. Sicher glaubte sie, ich kehre von meinem ersten Rendezvous, meinem ersten männlichen Abenteuer zurück.

Mitten in der Nacht stand ich auf. Im Traum war mir endlich eingefallen, woran mich das kleine Vogelhaus so beharrlich erinnert hatte. Vielleicht lag es an der großen Sorgfalt, an den Feinheiten, die es auszeichneten. Mit den vielen Kannelüren, die ins Holz geschnitzt waren und die Wände, Dachschrägen und Vogelstange verzierten, hatte es tatsächlich etwas mit den Schmuckrändern der Photos gemein. Es waren die Spuren eines Lebenstraums, eines Lebens, das trotz seiner kleinen Nichtigkeiten schön werden sollte. »Er muß diese Frau sehr geliebt haben!« raunte ich leise, völlig überrascht von meinen Worten, in die Dunkelheit.

Einige Tage später machte das Dorf unter der Glut der Sonne die Leinen los: Der Olei geriet in Bewegung, das Eis brach, und die Wassermassen strömten nach Süden. Zum Amur.

Trunken von diesem glanzvollen Schauspiel des Frühlings, wußten wir bald nicht mehr, wo oben und wo unten war. Der Himmel platzte auf, und Ströme ergossen sich in unseren Bach. Zwischen den dunklen Wänden der Taiga schwammen unsere Isbas auf den noch nicht getauten Schneeflächen.

Zu dritt beobachteten wir dieses langsame Treiben. Utkin blieb zwei Schritte hinter uns. Zum erstenmal seit vielen Jahren schaute er wieder dem Eisgang zu.

Die frühlingsbedingte Abdrift des Eises hatte nichts von der verheerenden Kraft des Amurs und auch nichts Symbolisches an sich. Nur der winterliche Panzer des Flusses brach auseinander. Ein Panzer, an den Tage, Erinnerungen, Augenblicke geknüpft waren und der jetzt unter dem klangvollen Knirschen der Eisbrocken, dem Brausen der Strömung, die wieder freie Bahn hatte, und unter der funkelnden Sonne nach Süden schwamm.

Auf einer Scholle sah man die Spuren und Löcher, die unsere Schneeschuhe und unsere Piken hinterlassen hatten.

Dann schwamm das Eis von der Teufelskurve vorüber, und wir sahen die tiefen Radspuren, die der schwere Lastwagen in den Schnee gegraben hatte, und die schwarzen Einsprengsel vom Schmieröl.

Plötzlich geschah etwas Unerwartetes. Bei unserem kleinen Badehaus löste sich eine große Eisplatte, rutschte das Ufer hinunter und wurde von der Strömung mitgenommen. Wir starrten nur noch auf ihre kantige Oberfläche, auf der man deutlich die in den Schnee geprägten Abdrücke zweier nackter Körper erkennen konnte. Es waren die Abdrücke, die Samurai und ich zwei Tage zuvor bei unserem letzten abendlichen Bad hinterlassen hatten – die Spur unserer stummen Seligkeit unter dem Sternenhimmel. Die beiden Körper mit ihren langen, gespreizten Beinen und den ausgebreiteten Armen trieben langsam in Richtung des großen Flusses. Zur Sonne Asiens. Zum Amur.

16

Wir schauten dem Eisgang zu. Utkin war den ganzen Tag ein wenig zerstreut, wie von einem dumpfen Unbehagen ergriffen. Wegen der schmerzlichen Erinnerung, die der Fluß in ihm weckte, dachten wir. Doch als wir am Abend auf der ersten schneefreien Anhöhe saßen, zog er ein zerknülltes Blatt aus der Tasche und verkündete mit angespanntem Lächeln:

»Ich möchte euch ein Gedicht vorlesen!«

»Doch nicht eins von Puschkin?« spottete ich.

Utkin antwortete nicht, schaute auf das Blatt und begann zu lesen. Seine Stimme schwankte und war ganz ausgetrocknet. Sie klang vollkommen anders als sonst. Auf die ersten Verse hätte ich beinahe mit einem Pfiff geantwortet. Der schneidende, kalte Blick Samurais hielt mich davon ab.

Ich weiß, dein Warten unter dem Schnee
Ist hoffnungsloser als der Tod...
Ich weiß, wenn ich an dir vorübergehe,
Steht mir nur dein mitleidvoller Blick zu.
Aber ich werde mich dir nicht nähern.
Ich werde hier bleiben in der Ebene, im
kalten Nebel,
Schließlich muß es auch in dieser weißen Ödnis
jemanden geben,

Eine ferne Gestalt. Und dann kannst du träumen
Von dem Mann, der ewig zu dir unterwegs ist,
Ohne jemals anzukommen …

Mit den letzten Worten erstickte Utkins Stimme. Er ließ das Blatt in der Tasche seiner Felljacke verschwinden, sprang auf und rannte den Olei entlang durch den tiefen, weichen Schnee. Mehr denn je glich er einem verletzten Vogel, der mit aller Kraft davonfliegen wollte.

Wir schwiegen. Samurai holte eine Zigarre hervor, zündete sie mit einer bedächtigen Handbewegung an und setzte einen träumerischen Blick auf. Er blies den bitteren Rauch aus, zog die Augenbrauen hoch und schüttelte ein wenig den Kopf. Er dachte nach. Als er bemerkte, daß ich sein Mienenspiel beobachtete, schnalzte er mit der Zunge und seufzte:

»Frauen sind einfach blöd. So ein Gedicht müßte sie rasend machen! Statt dessen mögen sie hübsche, kleine Burschen wie dich oder große, starke Kerle wie mich. Aber einen wie ihn … Da läuft er, wie ein Irrer. Schau, jetzt ist er gestolpert. Er kann einem wirklich leid tun! Nein bleib. Er muß jetzt allein sein.«

Samurai schwieg. In der Ferne sahen wir Utkin sich aufrappeln, den Schnee von seiner Felljacke klopfen und weiterhinken. Bald würde er den Waldrand erreicht haben. Plötzlich lächelte Samurai und zwinkerte mir zu:

»Aber du mußt zugeben, er hätte nie den Mut gehabt, uns sein Gedicht vorzulesen, wenn wir Belmondo nicht gesehen hätten! Vielleicht hätte er es nicht einmal geschrieben.«

Im blauen Dämmerlicht des anbrechenden Abends kehrten wir ins Dorf zurück.

»Geh noch einmal bei ihm vorbei«, bat mich Samurai. »Sag ihm, daß der Film morgen zum letztenmal läuft. Wer weiß, ob wir ihn noch einmal zu sehen bekommen? Oder ob hier jemals wieder ein Belmondofilm gezeigt wird? Vielleicht erst im nächsten Winter.«

Am nächsten Tag betraten wir kurz nach der Leistungsschau der sozialistischen Arbeit und der Ordensverleihung im Kreml eine märchenhafte Stadt, die aus blauen Fluten aufstieg. Venedig! Der unbezähmbare Belmondo hechtete hinter das Steuer eines Schnellboots und bahnte sich einen Weg durch kitschige Gondeln. Auf der Flucht vor seinen Verfolgern landete er mit seinem schlingernden Schiff direkt in der Halle eines Luxushotels, dessen Erdgeschoß kaum über dem Wasserspiegel lag. Die Glastüren zerbarsten, das Personal flüchtete in geschützte Winkel. Und er sagte mit nachsichtigem Lächeln und großer Geste:

»Ich habe für heute nacht die Königssuite gebucht!«

In jenem sibirischen Frühling lag jedem aus unserer guten alten Taiga ein Zauberwort auf den Lippen: »Venezia!«

Samurai hatte recht gehabt: Nach dieser Vorstellung verabschiedete sich Belmondo von Sibirien. Als bräuchten wir sein Lächeln am Ende der Leninstraße im Sommer nicht mehr ganz so dringend. Tatsächlich hüllten sich die Bäume ins Hellgrün der ersten Blätter und verbargen das beflaggte Gebäude von Miliz und KGB. Auch die Umrisse der klobigen Stacheldrahtfabrik verschwanden dahinter.

Vor allem aber schien der Westen in unseren Dauerfrostböden tatsächlich Wurzeln zu schlagen. Den Rest soll der Sommer besorgen, wird sich Belmondo gedacht haben, als er in Urlaub ging.

Offenbar hatte der Westen einen festen Platz in unseren Herzen gefunden. Nicht zufällig beschlich uns sogar bei den einfältigen Berichten über die Weberinnen Stachanows und die mit goldenen Orden gepanzerten Uniformen im Kreml eine gewisse Wehmut. Sie erinnerten uns an den vergangenen Winter, als die Weberinnen und die greisen Helden das Vorspiel zum Auftritt unseres Idols bildeten. Jetzt hingen wir beinahe an ihnen. Und verblüfft stellten wir fest, daß die Phantomgesichter der Propaganda erstmals in unserem Leben heimatliche Gefühle in uns weckten: Sehnsucht nach den langen Fußmärschen durch die schneebedeckte Taiga, nach dem verwirrenden Zusammenspiel von Gerüchen, Farbschattierungen, Empfindungen ...

An einem Sommerabend hatten wir uns um Olgas Samowar versammelt und lauschten ihrer Erzählung. Sie sprach von einem Schriftsteller, aus dessen Roman sie uns nicht vorlesen konnte, denn erstens war das Buch zu umfangreich – man brauche Jahre, um es zu lesen, meinte sie, und ein ganzes Leben, um es zu verstehen –, und zweitens gab es anscheinend keine russische Übersetzung. Sie beschränkte sich deshalb auf die Zusammenfassung einer einzigen Episode, in der ihrer Ansicht nach die Idee des Gesamtwerkes zum Ausdruck kommt. Der Held trank Tee wie wir, wenngleich er keinen Samowar zur Verfügung hatte. Ein Stück Gebäck, dessen Namen wir nicht kannten, und ein Schluck aromatischen Tees riefen eine wunderbare Empfindung in ihm hervor. Er nahm Geräusche und Gerüche aus seiner Kindheit wahr, und der Geist längst vergangener Tage lebte in ihm auf. Wir hatten nicht den Mut, Olga zu unterbrechen und zuzugeben, was uns dabei durch den Kopf ging. »Sollte ein hundertfach wiedergesehenes Bild wie das der Weberin, sollte der Geruch unserer Tschapkas, wenn der Schnee darauf geschmolzen war, oder der dunkle Kinosaal, sollte das alles die Bedeutung erlangen, die das Gebäckstück für den jungen französischen Ästheten hatte?« fragten wir uns ungläubig. »Sollten wir trotz der einfachen Mittel, die uns zur Verfügung standen, einen Zugang zu diesem Geheimnis des Westens finden, das Nostalgie hieß?«

Ein Wunder mehr oder weniger … Bei Belmondo kam es nicht darauf an.

Mehr noch als durch seine romanhaften Geschichten faßte der Westen durch seine Sprache Fuß bei uns.

Das Deutsch, das wir in der Schule lernten, hatte in unseren Augen keine Verbindung zu jenem Westen, von dem wir träumten. Es war die Sprache des Feindes, ein nützliches Instrument im Kriegsfall, mehr nicht. Die Sprache der Amerikaner verabscheuten wir. Die Kinder der örtlichen Parteibonzen sprachen sie alle mehr oder weniger radebrechend. Für den Englischunterricht waren sie sogar in einer besonderen Klasse zusammengefaßt worden. Die Proletarier hingegen mußten die Sprache des Feindes lernen.

Nein, Belmondos Sprache war für uns die einzig wahre Sprache des Westens. Indem wir seine Filme zehn-, fünfzehn-, zwanzigmal sahen, lernten wir die unhörbaren Spuren der sprachlichen Phantome auf seinen Lippen unterscheiden, die von der Synchronisation verwischt wurden. Ein kleines Zittern in den Mundwinkeln, wenn der russische Satz bereits beendet war, eine schnelle Rundung der Lippen, Betonungen, die eine gewisse Regelmäßigkeit ahnen ließen.

Bisweilen las uns Olga auf französisch vor. Die Phantomsprache wurde lebendig. Belmondo begann, in seiner Muttersprache zu uns zu sprechen. Wir waren so begierig, ihm zu antworten, daß sich uns das Französische ohne Grammatik oder Erklärungen einprägte. Anfangs ahmten wir den Klang nach wie Papageien, dann wie Kinder. Dank der Filme sprachen wir Französisch, bevor wir es hörten. Indem unsere Lippen die Bewegungen nachahmten, die wir Belmondo abgeguckt hatten, konnten wir die Verse aufsagen, die Olga an einem klaren und milden Abend am offenen Fenster vorlas:

Unmögliche Vereinigung
der Seelen durch den Körper...

Diese Verse, die ein Dichter vor langer Zeit geschrieben hatte, brachten unsere jugendlichen Sehnsüchte vollkommen zum Ausdruck.

Einmal unterhielt sich Utkin mit Olga über die englische Sprache. Sie lächelte, ganz Dame von Welt, mit leicht verzogenen Mundwinkeln:

»Englisch, meine lieben Freunde, ist nicht mehr als ein Ableger des Französischen. Wenn ich mich recht erinnere, war Französisch bis ins siebzehnte Jahrhundert die offizielle Sprache der Engländer. Von den Amerikanern wollen wir gar nicht erst reden. Ihre kurzen Laute reichen gerade aus, um die wenigen Gedanken loszuwerden, die sie noch im Kopf haben.«

Über solche Erklärungen waren wir hoch erfreut. Demnach lernten die jungen Apparatschiks nur einen niederen Ersatz für die Sprache Belmondos! Eine Ersatzsprache, die zudem noch von einem kleinen Repertoire an ursprünglichen Gesten und Urlauten abgelöst werden konnte. Am meisten befriedigte Utkin diese Erklärung. Er konnte die Amerikaner auf den Tod nicht ausstehen, denn er hatte ihnen die Ausrottung der Indianer nicht verziehen. Er war überzeugt, die Indianer seien Sibirier wie wir, die einst die Beringstraße überquert und sich in der weiten Prärie von Amerika ausgebreitet hätten. »Sie sind mit uns eng verwandt«, wiederholte er oft und entwarf Kriegsszenarien, in denen wir gemeinsam mit den Indianern gegen die Amerikaner kämpften. Am Ende des Krieges sollte New York dem Erdboden gleichgemacht werden, Bisons und Indianer sollten alle Gebiete zurückerhalten, die ihnen die Weißen weggenommen hatten.

Belmondo verließ uns. Sein großes Porträt neben dem Kino *Roter Oktober* verschwand und machte einigen griesgrämigen Gesichtern aus einem Film über den Bürgerkrieg Platz. Doch der Westen war mitten unter uns. Man spürte ihn in der klaren Frühlingsluft, am leichten Wind, der bisweilen einen würzigen, nach Meer duftenden Hauch zu uns trug, am entspannten Ausdruck auf den Gesichtern.

Und während wir drei, die Liebhaber des Westens, sein geheimnisvolles Wesen im Klang seiner Sprache zu erkunden suchten, entdeckten seine anderen Anhänger wesentlich handfestere Anzeichen. Der Theatercoup unserer Schulrektorin war ein Beispiel dafür:

Diese Frau, die sich ebenso hartnäckigen wie unglaubhaften Gerüchten zufolge in den Fahrerkabinen schwerer Holztransporter auf schmalen Schlafkojen sexuellen Ausschweifungen hingab, konnte man sich nicht ohne ihren großen Schal vorstellen, in den sie ständig eingemummt war. Sie trug immer ein Kostüm aus sehr dicker Wolle – rauh und filzig wie bei einem Teppich –, ihre Füße steckten in großen Fellstiefeln, und von den gestrickten Strümpfen, die ihre Beine schützten, waren nur wenige Zentimeter zu sehen. Mit einem Wort: Sie war eine Frau mit einem ungreifbaren, unvorstellbaren, nicht vorhandenen Körper. Ihr Gesicht war erloschen, ihr Blick verschlossen wie eine verriegelte Tür. Niemand würde sie jemals öffnen wollen. Und dann kam dieser Knüller!

Es war im Mai. Auf der kleinen Straße vor dem Schulgebäude sahen wir ein außergewöhnliches Auto halten: ein Modell aus dem Ausland, wie wir es sonst nur in Filmen über die Grauen des siechenden Kapitalismus oder – versteht sich – in Belmondofilmen zu Gesicht bekamen. Wir hatten schon davon gehört, daß man sich im Fernen Osten durch geschickte Tauschgeschäfte mit den Japanern ein solches Auto besorgen konnte. Jetzt sahen wir zum erstenmal in unserem Leben eines »aus Fleisch und Blut«.

Der Wagen war nicht neu. Er war mit Sicherheit mehrfach lackiert und mehr als einmal repariert worden. Vielleicht kam er vom Schwarzmarkt. Seine Zulassungsplakette sah aus, als stamme sie von irgendeinem Lastwagen. Doch was kümmerte uns das? Für uns zählte nur seine elegante Form, seine lange Karosserie, seine Fremdartigkeit. Kurz, er sah aus, als käme er aus dem Westen.

Alles ging sehr schnell. Die Passanten und wir Schüler hatten nicht einmal Zeit, uns um den schönen ausländischen Wagen zu versammeln. Die Tür sprang auf, ein großer, wohlgestalteter Mann in der Offiziersuniform der Handelsmarine stieg aus, vertrat sich die Beine und spähte dabei unentwegt nach der Schulpforte. Alle folgten seinem Blick.

Eine Frau stieg die Außentreppe herunter. Sie war überwältigend! Über ihren Anblick vergaßen wir das Auto. Denn die Frau, die in diesem Augenblick dem Kapitän entgegenging, war wunderschön. Ihr Rock reichte bis zum Knie und zeigte ihre langen, schlanken Beine, ihre Haut schimmerte durch die schwarzen Seidenstrümpfe. Auch das feingliedrige, längliche Oval ihrer eleganten Knie konnte man sehen. Ja, sie hatte sogar Busen und Hüften! Hübsche Spitzen hoben ihre Brüste leicht und umrahmten den sehr sittsamen Ausschnitt ihres Kleides. Bei jedem Schritt spannte sich der feine Stoff über ihren Hüften. Sie war ganz einfach eine hübsche, selbstsichere Frau, die lächelnd auf den Mann zuging, der sie erwartete. Unter ihrem hochgesteckten Haar kam ein schön geschwungener Nacken zum Vorschein, an ihren Ohren schimmerten bernsteinbesetzte Gehänge. Es war unsere Rektorin! Und ihr Gesicht sah aus wie ein Strauß Feldblumen: arglos, frisch und offen.

Bei der Begegnung hatten wir übrigens nur Augen für dieses aufblühende Gesicht. Was sich sonst noch an der Schulleiterin verwandelt hatte, prägte sich zwar unseren Blicken ein, wurde uns aber erst später bewußt, als wir gemeinsam unsere Eindrücke zusammensetzten wie ein Puzzle. Während ihres filmreifen Auftritts war dafür keine Zeit geblieben.

Sie überquerte die Straße. Ringsum war der Frühling ausgebrochen. Der Kapitän kam ihr einige Schritte entgegen. Ein geheimnisvolles Lächeln lag auf seinem Gesicht. Schließlich lüftete er wie ein Zauberkünstler seine schöne marineblaue Mütze und verbeugte sich vor der Frau, die vor ihm stehengeblieben war. Die Menge hielt den Atem an, und der Kapitän küßte unsere Rektorin auf die Wange.

Sie konnten es also! Sie wußten, wie man sich elegant kleidet, sich frisiert, lebensfroh und begehrenswert ist. Er wußte, wie man diesen schönen Wagen lenkt, wie man einer Dame die Tür aufhält und ihr dabei ein Kompliment macht. Vor allem aber startete er wie Belmondo!

Er tat es für uns, überfuhr eine rote Ampel, verhöhnte die grauen Uniformen und brauste mit Vollgas über die Straßen von Nerlug davon. Das Motorengeräusch des schönen ausländischen Wagens war ohrenbetäubend, seine Geschwindigkeit überstieg alles, was wir bisher gesehen hatten – die Bäume und die Häuser schienen auf uns zuzufliegen. Und schon bog der Wagen mit quietschenden Reifen in die Leninstraße ein. Aus dem offenen Fenster flatterte ein Zipfel des rosafarbenen Halstuchs unserer Rektorin im Wind, als winke sie uns zum Abschied.

Eine Woche später war die Stadt hinter das Geheimnis gekommen. Beim letzten Schneesturm hatte die Rektorin die Schließung der Schule genutzt und war in diesen Film gegangen – zur ersten Vorstellung, denn sie wollte nicht von ihren Schülern überrascht werden. Seit Monaten sprach alle Welt von einem gewissen Belmondo. Nur sie hatte sich bisher nicht auf die Stufe der breiten Massenkultur herabbegeben können. Trotzdem war die Verlockung groß. Sie mußte den Stimmungswechsel in den Straßen von Nerlug gespürt haben.

Kaum hatten die Räumgeräte am Tag nach dem Sturm die Hauptverkehrsadern Nerlugs vom Schnee befreit, machte sie sich auf ins Kino. Dort saß sie, eingemummt in ihre dicke, wollene Rüstung, und stellte befriedigt fest, daß sie praktisch die einzige Besucherin im Kinosaal war.

Der Kapitän kam erst nach der Wochenschau. An Disziplin gewohnt, sah er auf der Eintrittskarte nach seiner Reihe und seinem Platz und setzte sich neben die Rektorin. Für ihn hatten gerade ein paar gräßliche Tage begonnen – Tage, an denen er das Schiff verlassen, ins Alltagstreiben eintauchen und zu einem Mann wie jeder andere werden mußte. Er war auf dem Weg nach Nowosibirsk, doch sein Zug war im letzten Gefecht des Winters steckengeblieben, und mit der Weiterfahrt war frühestens in vierundzwanzig Stunden zu rechnen. Verdrossen über den nutzlosen Aufenthalt, unrasiert und schlecht gelaunt strandete der Kapitän in diesem kalten Kinosaal – neben einer Frau, über die er hätte heulen können: »So sehen also die Frauen in Nerlug aus... Mein Gott! Wie kann eine Frau nur in einem solchen Aufzug herumlaufen? Meine Matrosen würden sich besser ausnehmen. Ein hübsches Gesicht, aber was für ein verbiesterter Ausdruck! Wie eine Nonne in der Fastenzeit.«

Das Licht erlosch. Die Leinwand begann zu flimmern. Eine Märchenstadt tauchte aus dem azurblauen Meer auf, mit Türmen und Palästen, die sich im Wasser spiegelten. Der Kapitän vergaß Nerlug samt Zug und Kino sofort, als er die Umrisse der Stadt wiedererkannte, und murmelte:

»Venezia!«

Die langen Wimpern der Schulleiterin zitterten.

Mit einem Blick, in dem aller Glanz des Himmels, des Meeres und der Stadt lag, trat Belmondo auf, bahnte sich mit seinem höllischen Schnellboot einen Weg durch die Gondeln, raste in die Hotelhalle und verkündete:

»Ich habe für heute nacht die Königssuite gebucht!«

Seine Worte fanden einen sanften Widerhall in den Herzen der beiden einsamen Zuschauer: »Die Königssuite ... für heute nacht ...«

Und in der fraglichen Suite riß eine nahezu unbekleidete Bacchantin auf Pfennigabsätzen das Tischtuch herunter, um den Helden zu einer wilden Orgie einzuladen:

»Nimm mich jetzt! Auf diesem Tisch!«

Die Schulleiterin wurde ganz steif, als sie spürte, wie sich ihre Haare an den Schläfen aufrichteten. Der Kapitän hustete.

»Warum nicht im Stehen in einer Hängematte oder auf Skiern?« fragte Belmondo zurück.

Das war wirklich Blödsinn! Ein wunderbarer Blödsinn! Einfach unglaublich! Der Kapitän prustete aus vollem Halse los. Auch die Rektorin konnte sich nicht mehr zurückhalten, sie lachte mit und preßte dazu ein Spitzentaschentuch gegen den Mund.

Und noch einmal sah man die Stadt in ihrer ganzen Schönheit aus der blauen Lagune aufsteigen, diesmal im Schmuck der Nacht. Belmondo erschien und zeigte sich zwischen zwei Abenteuern mit einem überraschenden Anflug von Wehmut. Mit erloschenem Blick saß er trübselig auf einer steinernen Brüstung. Für uns waren diese Augenblicke immer nur die notwendige Atempause, bevor er wieder loswirbelte. Doch zwei einsamen Zuschauern bedeutete die Stille zwischen den Abenteuern etwas völlig anderes. Der Kapitän wandte nunmehr den Kopf ein wenig zu seiner Nachbarin und wiederholte träumerisch:

»Venezia!«

An jenem Tag im Mai, als wir staunend das Fahrzeug aus dem Westen begafften, begriffen wir mit aller Deutlichkeit, welche weitreichenden Umwälzungen in unserem Leben Belmondo ausgelöst hatte. Wenn ein Auto, das geradewegs aus seinen Filmen stammte, Löcher in die starren Fassaden der Leninstraße reißen und unsere Rektorin in eine Traumfrau verwandeln konnte, bestand kein Zweifel mehr: Etwas hatte sich verändert. Wir wußten, die grauen Uniformen würden die Straßen wieder überschwemmen, die Stacheldrahtfabrik *Die Kommunardin* würde ihre Produktivität über das Plansoll hinaus steigern, der Winter würde zurückkehren. Doch nichts würde mehr sein wie früher: Vor uns lag nun ein Leben, das seine Ziele anderswo suchte. Die Sonne würde sich aus den Zäunen zwischen den Wachtürmen des Lagers losmachen und allmählich wieder auf ihre majestätische Bahn zurückkehren.

Nichts würde mehr sein wie früher. Daran wollten wir fest glauben!

17

Wann war es endlich soweit?

Wann hatte mich das Mädchen mit seinem jungen Körper umfangen, sich eng an mich geschmiegt, nach mir verlangt und mich alles vergessen lassen mit ihrem Duft, ihrer zarten Haut, die meinen Fingern entschlüpfte, und ihrem rauchschwarzen, im Gras ausgebreiteten Haar? Der Sommer war gekommen mit seinem böigen und warmen Wind, dem Steppenwind, der die Eiseskälte des Olei und seines Hochwassers vertrieb. Kristallklares Wasser umgab uns, und eine Hängematte schaukelte im Wind. Ja, eine Hängematte! Wir hatten nichts vergessen, Belmondo! Weder den Wind noch den Himmel, der sich in ihren schmalen, aber weit aufgerissenen Augen spiegelte, die vor lauter Lust nichts mehr sahen, während sie keuchte und stöhnte... Wann war das?

Belmondos Erscheinen hatte den Kreislauf der Jahreszeiten gestoppt. Der Winter war nicht mehr der endlose Schlaf, den er zuvor bedeutete. Die Abende bildeten – wegen der Filme – keinen geruhsamen Ausklang des Tages mehr. Schlag achtzehn Uhr dreißig – dieser Augenblick war für uns zum Fixpunkt einer kosmischen Zeitrechnung geworden. Wir lebten ganz nach den neuen Rhythmen, heute in Mexiko, morgen in Venedig. Jede andere Zeiteinteilung war außer Kraft gesetzt.

Ich kann mich beim besten Willen nicht erinnern, ob es das Jahr eins oder das Jahr zwei unserer neuen Zeitrechnung war. Ich kann nicht sagen, ob ich fünfzehn Jahre alt war, wie im Frühjahr, als wir unseren Abstecher in den Fernen Osten unternahmen, oder ob es ein Jahr nach der Rückkehr Belmondos geschah, mit sechzehn also. Ich habe keine Ahnung. Alles spricht für den zweiten Frühling. Denn wie hätte ich all das in einem einzigen Jahr erleben können? Mein Herz hätte es kaum fassen können!

Ob fünfzehn oder sechzehn Jahre... Was besagen schon Zeitangaben in einem Alter, in dem das Feuer unserer Leidenschaften nur so sprüht! Nein, ich war im Alter der ersten Nacht in der Isba der rothaarigen Frau, im Alter meines ersten Schlucks Cognac und in jenem des ersten Salzgeschmacks vom Pazifik auf den Lippen. Ich war in dem Alter, in dem man die Entdeckung macht, daß das zarte, schöne Knie einer Frau einen rasenden Schmerz verursachen, eine wonnige Qual sein kann. In dem der bleiche, füllige Leib einer alternden Prostituierten mich mit seiner unausweichlichen Körperlichkeit verfolgte. In dem offenbar wurde, welchen Zauber der Transsibirien-Expreß barg. In dem der weibliche Körper mich Wort für Wort und Berührung für Berührung seine Sprache lehrte. Das Alter, in dem die Kindheit nur noch ein schwacher Widerhall ist – wie die Erinnerung an die große, gefrorene Träne im Auge des Wolfs, der eines Abends in seiner ganzen Größe im blauschimmernden Schnee lag.

Fünfzehn oder sechzehn Jahre? Nein, ich hatte vielmehr das Alter dieses seltsamen Amalgams aus den Winden, der Stille und den Geräuschen der Taiga, aus all den Plätzen, die wir tatsächlich besucht oder uns ausgemalt hatten. Ich war jemand, der dank Olgas Bücherschrank schon wußte, daß die feudalen Schloßherrinnen ein langes Schnürmieder trugen wie die unglückliche Emma. Daß die Schultern einer weißen Haremsdame beim Baden bernsteinfarben schimmerten. Daß ein echter Rüpel sein mußte, wer in einem Hotel zur Mittagszeit darum bat, ein Bett richten zu lassen, wie jener Krautjunker bei Maupassant, der auf diese Weise verriet, was er mit der jungen Braut zu tun gedachte, die mit hochrotem Gesicht daneben stand. Bei Musset hatte ich gelernt, daß sich romantische Liebespaare immer einen kalten, sonnigen Dezembertag aussuchten, um sich zu trennen, denn in dieser Zeit trat die bittere Wahrheit offen zutage, daß ihre Gefühle füreinander aufgezehrt und ihre Leidenschaften abgekühlt waren. Ich war jemand, der in wildem Aufbegehren den Kopf schüttelte angesichts der grauenhaften Zersetzung von Nanas Körper: Nein, jenseits dieses dem Zerfall preisgegebenen Körpermagmas mußte es etwas anderes geben! Den Gesang, der sich aus dem Schnee erhebt und in den purpurvioletten Aprilhimmel steigt... Im Zimmer des Hotels *Zum Roten Löwen* entdeckte ich etwas, das viele westliche Leser gar nicht bemerkt hatten: Auf dem Kamin standen, mit schnellen Zügen vom Schriftsteller hingeworfen, zwei große Muscheln. Man mußte sie nur ans Ohr halten, dann hörte man das Meer rauschen. Ob Emma es je getan hatte? fragte ich mich oft. Wie nahe wir uns dieser Ehebrecherin in solchen Momenten fühlten mit unseren verrückten Träumen vom Pazifik!

Belmondo gab dem Amalgam, das ich war, eine Form, eine Bewegung, die Umrisse einer Gestalt. Mit seiner stets frohgemuten Tatkraft sorgte er für eine Annäherung von Traum und Gegenwart. Ich war in einem Alter, in dem man noch daran glaubte, daß sie irgendwann zusammenkämen.

Es war also zu Beginn des Sommers. An jenem Abend blies bei blauem Himmel der Wind aus den Steppen. Auf einer Insel in unserem hochwasserführenden Bach lag ein schmaler Grasteppich mit einer zerfallenen Isba und einem verwilderten Obstgarten, darin einige Apfelbäume mit Schaumkronen aus weißen Blüten.

In der Ferne, im goldgelben Dunst des Sonnenuntergangs, ragten die Stämme der Kiefern aus dem Wasser und spiegelten sich in den dunkel glänzenden Fluten. Das Wasser war bis in die verborgenen Schlupfwinkel der Taiga vorgedrungen.

Die kleine Insel schwamm im Abendlicht. Das dumpfe Rauschen des Wassers mischte sich unter das Rascheln des Windes in den Blütenzweigen. Die kleinen Wellen plätscherten und schlugen kalt gegen den Rumpf des Kahns, den ich bei der überfluteten Außentreppe der Isba am Geländer festgemacht hatte. Der Tag neigte sich langsam seinem Ende zu, der Himmel färbte sich malvenrot, fliederlila und dann violett. Die Dunkelheit schien den Zusammenklang der Töne noch feiner aufeinander abzustimmen. Jetzt hörten wir, wie sich der Kahn leise an der Holztreppe rieb, dazu den schwachen Klagelaut eines Vogels und das seidige Rascheln des Grases.

Wir lagen aneinandergeschmiegt unter den Apfelbäumen und betrachteten die ersten Sterne. Wir waren beide nackt. Der heiße Wind umhüllte unsere Körper mit den würzigen Düften, die er aus der Steppe mitgebracht hatte. Und über uns, in den dicken, verkümmerten Ästen, schaukelte eine Hängematte im Wind. Ja, wir hielten Belmondo die Treue bis in die kleinste Einzelheit, mit der wir unser Liebesnest ausstaffiert hatten. Wir waren in diese wackelige Gondel geklettert. Wir hatten versucht aufzustehen, uns zu umarmen, und schon dabei schwanden uns die Sinne... Doch entweder war das Verlangen zu groß, oder wir beherrschten diese Liebestechnik aus dem Westen noch nicht...

Schließlich fanden wir uns im Gras wieder, das mit weißen Blütenblättern bedeckt war. Wir hatten unseren Sturz kaum bemerkt und meinten, weiter zu fallen, zu fliegen, uns auf ewig im Flug zu lieben.

Ihr geschmeidiger Körper entwand sich, entwischte beim Fliegen. Ich konnte sie nicht festhalten. Mit rasenden Stößen schubste ich sie auf dem weichen Gras vor mir her bis an den Rand des Wassers, aus dem sich unsere Insel für kurze Zeit erhoben hatte. Offenbar hielt ich sie an ihrem Haar fest. Ich hatte es um meine Faust geschlungen, wie es einst die Kosaken in ihren Jurten auf den Bärenfellen getan hatten. Durch mein Begehren war meine Erinnerung daran wachgerufen worden.

Sie war eine Niwche* und stammte aus jenen Wäldern im äußersten Osten, in denen wir einst den Tiger im Schnee leuchten sahen. Langes, glattes schwarzes Haar umrahmte ihr Gesicht. Sie besaß Schlitzaugen und das rätselhafte Lächeln Buddhas. Ihr Körper, dessen Haut goldbraun glänzte, als wäre er mit Firnis überzogen, schnellte zurück wie ein Schlinggewächs. Als sie spürte, daß ich sie nicht mehr losließ, umschlangen mich ihre Glieder, schmiegten sich an meinen Körper, und keine ihrer bebenden Zellen verschloß sich mir mehr. Sie verströmte ihren ganzen Duft in mir, ihren Atem, ihre Wärme. Ich konnte nicht mehr unterscheiden, wo ihr Körper aufhörte und wo die Wiese begann, durch die der Steppenwind wehte und in der sich der Duft ihrer festen, runden Brüste unter den der Apfelblüten mischte, ich konnte nicht mehr sehen, wo der Himmel in ihren verzückten Augen endete und wo die tiefe, von Sternen perlende Dunkelheit einsetzte.

* Die *Niwchen* gehören zum paläoasiatischen Volk der Giljaken, einem Volk von Jägern und Fischern, das an der Amurmündung und im Norden Sachalins lebt. (Anm. d. Übers.)

Ihr Blut rann durch meine Adern. Ihr Atem schwellte meine Brust. Ihr Körper verflocht sich mit meinem. Während ich ihren Busen küßte, trank ich den schneeweißen Blütenschaum des Obstgartens. Ich drang in den nachtschwarzen Raum, den der Wind mit tausenderlei Düften gewürzt hatte und in den er Pollen von zahllosen Blüten trug. Sie schrie auf, als sie den Höhepunkt kommen spürte, ihre Fingernägel zerkratzten mir die Schultern. Eine ungezähmte Schlingpflanze, trunken vom Saft des Stammes, den sie umklammerte. Ich überschwemmte sie, ich erfüllte sie. Ich spürte die schwindelerregende Tiefe des Himmels, die Frische der dunklen Wellen in ihr. Ihr Herz schlug bereits an einem Ort jenseits der nächtlichen Taiga...

Der Wind blies weiße Blütenblätter über unsere von der Liebe erschöpften, selig im Gras ausgestreckten Körper. Das Lagerfeuer, das wir bei unserer Ankunft angezündet hatten, schlug bisweilen mit einer langen, roten Rauchsäule in die Höhe, beruhigte sich dann wieder, und lautlos glimmten die Holzscheite am Boden. Manchmal brandete eine Welle gegen unseren Kahn, und wir hörten ein Flüstern, dem der träge Wellenschlag folgte. Und die Hängematte aus unseren versponnenen Träumen schaukelte über unseren Köpfen in der wirbelnden Gischt der Blüten. Sie schien aus einem Märchen zu sein, in dem ein dummer Fischer ein Netz am Nachthimmel gespannt hatte, um einige der zitternden Sterne zu fangen.

In diesem Sommer ging ich an einem ereignislosen, trüben Julitag mit der Einkaufstasche in der Hand durch die Straßen von Nerlug. Die Gärten wucherten mit ihrem üppigen Blattwerk über die Hecken. Aus den Höfen erklang das träge Gackern der Hühner. Die Spatzen tummelten sich im warmen Staub am Gassenrand. Alles war wie immer, ganz und gar alltäglich! Nur ich war wie verwandelt, als ich damals mit dem unermeßlichen Beben meiner ersten Liebe durch den Tag ging.

Am kleinen Busbahnhof mußte ich mit einigen Frauen vor dem Fahrkartenschalter warten. Ich war so sehr mit meiner geheimen Leidenschaft beschäftigt, daß ich zunächst nicht auf ihr Gespräch achtete. Plötzlich wurde die rothaarige Frau erwähnt, und ihr Name riß mich aus meiner seligen Selbstvergessenheit.

»Was hätte er denn tun sollen? Man hat sie gute fünf Kilometer hinter der Brücke herausgefischt. Da hätte selbst ein Arzt nichts machen können.«

»Ich weiß nicht... Vielleicht künstlich beatmen. Das soll angeblich helfen.«

»Sie war ein verkommenes Subjekt, sage ich euch. Wäre das nicht passiert, wäre sie an der Syphilis oder an sonstwas gestorben.«

»Geschieht ihr doch recht! Wenn ich nur daran denke, mit wieviel Männern sie es getrieben hat...«

Hier wurde den Frauen das Gespräch wohl zu roh. Sie senkten die Augen, wandten sich ab und schwiegen, doch in ihrem Innersten hatten sie vermutlich zugestimmt. Da ergriff eine Alte mit bleichen, dünnen Lippen das Wort, die noch nichts gesagt hatte. Als wolle sie die Atmosphäre lockern, stieß sie unter Kichern hervor:

»Ich habe sie gesehen, hihihi! Ich habe sie oft am Bahnhof gesehen! Sie war komisch, aber ganz schön gerissen, das kann ich euch sagen. Da kam so schnell keiner mit. Sie tat so, als warte sie auf einen Zug. Sie ging, sie kam, schaute auf die Uhr. Man hätte meinen können, sie sei eine Reisende. Hihihi...«

»Was du nicht sagst: eine Reisende! Eine Schlampe war sie!« fiel ihr eine Frau ins Wort, während sie die Riemen ihres Rucksacks zurechtrückte. »Gott möge mir verzeihen, aber es geschieht ihr wirklich recht!«

Ich hatte genug. Ich trat aus der Warteschlange und ging hinaus. Das Kichern blieb auch vor der Tür in meinem Kopf gegenwärtig, und es klang, als würde jemand Glas zerstoßen. Ich ging nach Kaschdai.

Ich hatte nicht den Mut, ihre Isba zu betreten. Ich sah, daß die Tür mit zwei langen, über Kreuz genagelten Brettern versperrt war und die Fensterscheiben zerbrochen waren. Hinter dichtem Laub versteckt, erfreuten sich ein paar unsichtbare Vögel in den Birkenzweigen zwitschernd ihres schwerelosen Daseins. Ihr zarter, durch nichts getrübter Gesang schwebte über dem stillen Garten.

Um zurückzukehren, ging ich den Weg, den ich im Winter schon einmal genommen hatte. Diesmal blühten aber Blumen auf der Ebene, die ins Oleital hinabführte.

Mein Entschluß stand fest. Der Tod der rothaarigen Frau – oder vielmehr die Unterhaltung über ihren Selbstmord – bestärkte mich: Ich mußte weg. Ich mußte raus aus dem Dorf, weg von Nerlug, ich wollte nichts mehr mit diesen Orten zu tun haben, wo der alte Chinese mit seiner Erzählung letztlich den Sieg davontragen und die Liebe, wie man sie im Westen kannte, zerstören würde. Wo man in einem dunklen Winkel des Busbahnhofs Glassplitter knirschen hörte. Und dieses Knirschen würde sich überall ausbreiten, sobald Belmondo verschwunden wäre. So würde es klingen, wenn man die Sträflinge mit ihren schweren Stiefeln in engen Reihen zur Arbeit trieb, wenn sich die Sägen mit einem gellenden Kreischen in das weiche Kiefernholz bohrten, wenn die Kupplungen zwischen den Waggons der Transsibirischen Eisenbahn knarrten, auf die in Kaschdai niemand mehr wartete. Dieses Knirschen würde wieder zum Stoff des rauhen Lebens der Bewohner werden. Jedenfalls derer, die ihm nicht entkommen, die nicht hinter den Baikal, hinter den Ural, hinter diese unsichtbare, aber reale Grenze nach Europa fliehen konnten.

Ja, ich war entschlossen, mich so schnell wie möglich aus dem Staub zu machen. Ich wollte mich von meiner Schlingpflanze losreißen, die jede Nacht mehr Besitz ergriff von meinem Körper. Ich wollte meiner Liebe entfliehen. Dieser stummen Liebe. Meine schöne Niwche zeigte mir in ihren funkelnden Schlitzaugen den Sternenhimmel, sie riß mich in einem schwindelerregenden Fall mit sich durch den Steppenwind. Ihre Liebe verband unser Stöhnen mit dem Röhren der Hirsche am mondbeschienenen Waldrand, unsere Körper mit dem fahlgelben Harz, das aus den Stämmen der Kiefern rann, unsere klopfenden Herzen mit dem Zittern der Sterne. Aber ...

Aber diese Liebe war stumm. Sie verzichtete auf Worte. Sie war dem Denken nicht zugänglich. Und ich war schon in die europäische Schule gegangen. Ich hatte schon Geschmack gefunden an der furchtbaren Versuchung, mit der das Wort im Westen lockte. »Was du nicht benennen kannst, das gibt es nicht!« flüsterte diese verführerische Stimme mir ein. Und was konnte ich über das Buddha-Lächeln auf dem Gesicht meiner Niwche schon sagen? Wie konnte ich an das Ineinanderaufgehen unserer Lust, des gewaltigen Atems der Taiga und der Fluten des Olei denken, ohne es in Worten wieder zu trennen? Ohne den lebendigen Einklang zu zerstören?

Ich sehnte mich nach einer Liebesgeschichte. Nach einer Liebesgeschichte, die ebenso vielschichtig wäre wie in einem westlichen Roman. Ich träumte von gehauchten Geständnissen, von Liebesbriefen, von Verführungsstrategien, von den Qualen der Eifersucht, des Betrugs. Ich träumte von »Liebesworten«. Ich träumte von Worten.

Meine Niwche kniete sich eines Tages bei einem Spaziergang in der Taiga plötzlich hin und spreizte vorsichtig die Blätter und die buschige Moosschicht am Boden auseinander. Ich sah eine dicke braune Zwiebel, die auf einem kurzen, fahlen Stengel eine Blume von unbeschreiblicher Feinheit und Schönheit trug. Ihr hochgereckter, blasser, rosiger Pflanzenkörper schien in der Dunkelheit des Unterholzes leicht zu zittern. Und meine Niwche sagte wie immer nichts. Ihre ins Moos gedrückten Hände schienen vom Blütenkelch angestrahlt zu werden.

Mein Entschluß stand fest. Und weil die Heftigkeit unserer Träume ganz folgerichtig ein Zusammentreffen von Ereignissen heraufbeschwört, das zu gewöhnlichen Zeiten nie stattfinden würde, erhielt ich bald ein deutliches Zeichen der Ermutigung...

Als ich aus Kaschdai nach Hause zurückgekehrt war, zog ich eine zerknitterte Zeitung aus meinem Rucksack. Ein seltenes Exemplar, denn diese Zeitung war hier praktisch nicht zu bekommen, auch nicht an den Kiosken von Nerlug. Wir waren immer froh, wenn wir eine Zeitung auf dem Sitz eines Busses oder im Wartesaal am Bahnhof fanden. Diesmal war es das *Leningrader Abendblatt,* das zweifellos von irgendeinem Reisenden vergessen worden war, den ein verrückter Zufall in unsere gottverlassene Gegend geführt hatte.

Ich las alle vier Seiten in einem Zug durch und ließ weder das Leningrader Fernsehprogramm noch den Wetterbericht aus. Es war eigenartig zu erfahren, daß es vor zwei Wochen in dieser sagenhaft fernen Stadt Regen und Nordostwind gegeben hatte. Auf der vierten Seite, zwischen Stellenangeboten und Tiermarkt (junge Königspudel, Siamkatzen...), blieb mein Blick an einigen umrahmten Zeilen hängen:

DIE FILMHOCHSCHULE IN LENINGRAD BIETET SCHÜ-

LERN DIE GELEGENHEIT, SICH FÜR DIE FOLGENDEN AUSBILDUNGSGÄNGE EINZUSCHREIBEN: BELEUCHTUNGSTECHNIKER, SCHNITTMEISTER, TONINGENIEUR, KAMERAMANN.

Meine Tante trat ins Zimmer. Rasch verbarg ich die Zeitung, als könne sie daraus erraten, was für wichtige Pläne ich schmiedete. Es handelte sich nicht mehr bloß um den Wunsch wegzugehen, sondern um ein konkretes Ziel. Leningrad, diese neblige Stadt am anderen Ende der Welt, wurde für mich ein großer Schritt zu Belmondo. Ich war mir sicher, sie würde ein Sprungbrett sein, das mich eines Tages zu ihm brächte.

Der August neigte sich seinem Ende zu, als mich meine Tante an einem Abend, an dem keine Wolke am Himmel stand und die Luft schon herbstlich kühl war, mit einem eigenartigen Ton in der Stimme in die Küche rief. Sie saß sehr aufrecht am Tisch und trug ein Kleid, das sie nur zu Feiertagen anzog, wenn sie Besuch von ihren Freundinnen erwartete. Ihre großen, knochigen Hände zwirbelten nervös am Zipfel des Tischtuchs. Sie schwieg.

Als sie sich endlich zu reden entschloß, vermied sie es, mich anzusehen:

»Mitja, ich muß dir etwas sagen. Werbin und ich haben lange nachgedacht und ... Und wir werden nächste Woche heiraten. Wir sind alt. Die Leute werden uns möglicherweise auslachen. Aber so ist es nun einmal.«

Ihre Stimme stockte. Sie hustete in die Hand und fügte hinzu:

»Warte noch. Er kommt gleich. Er möchte dich kennenlernen.«

»Aber wir kennen uns doch gut!« hätte ich beinahe ausgerufen. Doch ich schwieg, denn ich begriff, daß es mehr um ein Ritual als um ein Kennenlernen ging.

Beinahe im selben Augenblick war der Fährmann da. Er mußte im Hof gewartet haben. Er hatte ein helles Hemd angezogen, unter dessen großen Kragen er seinen faltigen Hals versteckte. Linkisch, mit einem schüchternen Lächeln, trat der Einarmige ins Zimmer und streckte mir seine verbliebene Hand entgegen. Ich drückte sie sehr herzlich. Ich hätte ihnen gerne etwas Ermutigendes, Schönes gesagt, aber mir fehlten die Worte. Werbin stellte sich, immer noch linkisch, neben meine Tante und nahm sozusagen Haltung an.

»So sieht es aus«, sagte er und schwenkte dabei ein wenig den Arm, als wolle er sagen: Das wäre geschafft!

Und als ich sie so nebeneinander stehen sah, diese beiden unterschiedlichen und in ihrem langen und ruhigen Leiden so verwandten Leben, als ich auf ihren einfachen und sorgenvollen Gesichtern diese ängstliche Zärtlichkeit erscheinen sah, die sie zusammengebracht hatte, rannte ich aus dem Zimmer. Ich fühlte einen Kloß im Hals. Unter der Treppe zu unserer Isba hatte ich ein von Unkraut überwuchertes Versteck. Ich entfernte ein Brett an der Seitenwand und holte eine Blechbüchse hervor, dann kehrte ich ins Zimmer zurück und streute den Inhalt der Dose vor den Augen meiner Tante und Werbins aus, die vor Verblüffung sprachlos waren. Das Gold schimmerte. Es war der ganze Schatz, den ich in all den Jahren gesammelt hatte: Sand, winzige Goldklumpen und sogar kleine, gelbe Kiesel. Ohne ein Wort zu verlieren, drehte ich mich um und lief davon.

Ich folgte dem Olei, bis ich zur Fähre kam. Dort setzte ich mich auf die breiten Planken des Rettungsboots.

Was ich soeben erfahren hatte, überzeugte mich noch mehr von meinem Entschluß: Es war Zeit für mich zu gehen. Diese Menschen, an denen mir so viel lag, folgten ihrem eigenen Schicksal – das war mir jetzt klar. Dem

Schicksal dieses riesigen Reichs, das sie zermalmt, verstümmelt und in der Seele verwundet hatte. Erst am Ende ihres Lebens gelang es ihnen, sich davon zu erholen. Nun merkten sie, daß der Krieg tatsächlich zu Ende war. Daß sich niemand mehr für ihre Erinnerungen interessierte. Daß die eisigen Schneekristalle, die sich auf den Ärmeln ihrer Jacken bildeten, noch immer zarte Sterne waren. Daß der Frühlingswind noch immer den würzigen Duft der Steppen mit sich führte. Und gerade in diesem Augenblick strahlte ihnen am Ende der Leninstraße ein besonderes Lächeln entgegen. Ein Lächeln, das im Umkreis von hundert Metern die eisige Luft aufheizen konnte. Sie fühlten diesen warmen Hauch. Im Frühling entdeckten sie die verborgene Schönheit des ersten Grüns. Sie lernten wieder, das Säuseln der durchscheinenden Laubdächer zu hören, Blumen zu sehen, zu atmen. Wie eine große Wunde schloß sich endlich ihr Schicksal.

Ich jedoch hatte in diesem allmählich genesenden Leben keinen Platz. Es war Zeit für mich zu gehen.

18

Der Tag im September, an dem ich abreiste, war bereits ganz und gar herbstlich. Auf der Fähre, die mich ans andere Ufer brachte, war ich der einzige Fahrgast. Werbin zog ohne Hast das Drahtseil mit dem Ruder zu sich. Ich ging ihm dabei zur Hand. Kleine graue Wellen kräuselten die Wasseroberfläche. Die vom Nieselregen feuchten Planken der Fähre glänzten.

»Noch eine Woche, dann lege ich sie still«, sagte Werbin lächelnd, als die Fähre an der kleinen Holzbrücke anlegte.

Ich schnappte meinen Handkoffer und sprang auf den Sand. Werbin folgte mir, zündete sich eine Zigarette an und reichte mir auch eine.

Wir sprachen über Alltagsgeschichten. Als hätten wir schon immer zu einer Familie gehört. Er merkte nicht, wie aufgewühlt ich war. Alle dachten, ich ginge nach Nerlug, um eine Lehre als Automechaniker in einer Lastwagenwerkstatt zu beginnen. Das war sehr glaubhaft, denn es war der typische Lebensweg für einen Jungen aus unserer Region. Mit einem eigenartigen Gefühl der Leere im Herzen betrachtete ich das Dorf, das hinter einem Regenschleier verschwand. Ich wußte noch nicht, daß es ein Abschied für immer sein würde.

Werbin seufzte. Wir tauschten einen Blick aus.

»Sie wartet und wartet«, sagte er sehr leise, als fürchte er, die Frau am anderen Ufer könnte ihn hören. »Im letzten Winter habe ich ihren Mann getroffen. In Nerlug. Alle wissen, daß er lebt. Sie hofft immer noch, daß ich ihn eines Tages auf meiner Fähre zu ihr zurückbringen werde.«

Der Fährmann schwieg und starrte auf die zarte, im Regen kaum erkennbare Gestalt. Schließlich sprach er laut und beinahe fröhlich, wobei er mir einen verzweifelt großsprecherischen Blick zuwarf.

»Weißt du, Dimitri, manchmal denke ich, daß sie vielleicht glücklicher ist als viele andere. Ich habe ihren Mann gesehen: Er ist dick, einflußreich, man könnte ihn für einen Japaner im Ölgeschäft halten. Das Fett hat ihn so aufgedunsen, daß er die Augen kaum noch öffnen kann. Doch sie wartet auf einen anderen, auf einen jungen, mageren Soldaten mit geschorenem Kopf und einer ausgewaschenen Joppe. So sahen wir damals alle aus, im Frühjahr fünfundvierzig. Deine Tante hat recht: Das ist der Grund, warum Vera nicht alt wird. Ihr Haar ist grau, das hast du ja gesehen, aber sie hat immer noch ihr Mädchengesicht. Und sie wartet unablässig auf ihren Soldaten.«

Die wenigen Fahrgäste sammelten sich um die Fähre. Ich drückte Werbin die Hand und ging auf der vom Regen aufgeweichten Straße davon. An der Kurve, bei der ich das Oleital verlassen und in die Taiga abbiegen mußte, warf ich einen Blick zurück. Die Fähre, ein kleines Viereck in der grauen Weite der Wassermassen, hatte schon die Flußmitte erreicht.

Nach sechzehn langen Tagen im Zug kam ich in Leningrad an. Ich fuhr immer dritter Klasse. Häufig ohne Fahrschein. Ich schlief auf den Gepäckablagen, schlug den Schaffnern ein Schnippchen, ernährte mich vom kostenlosen Brot in den Bahnhofsgaststätten Ich war zwölftausend Kilometer von einem Ende des Reichs zum anderen gereist. Ich hatte gewaltige Flüsse überquert: die Lena, den Jenissei, den Ob, die Kama, die Wolga... Ich war durch den Ural gefahren. Ich hatte Nowosibirsk gesehen, das sich für mich nur durch seine Größe von Nerlug unterschied. Ich hatte Moskau entdeckt, das mir erdrückend, zyklopisch, endlos erschien, sehr orientalisch also und folglich meiner Heimat im hintersten Asien recht ähnlich.

Schließlich erreichte ich Leningrad, die einzige wirklich westliche Stadt des Reichs. Ich trat auf den großen Bahnhofsplatz und sperrte meine vor Müdigkeit schweren Augen weit auf. Hier sahen die Bauwerke vollkommen anders aus: Eng aneinandergedrängt reihten sich schlanke, hochmütige Fassaden, die mit Vorsprüngen, Absätzen, Pilastern überladen waren, zu langen Häuserfluchten. Diese europäische Geradlinigkeit, vor allem aber der etwas herbe, frische, aufregende Duft begeisterte mich. Wie ein Schlafwandler überquerte ich langsam den Platz. Plötzlich stieß ich ein lautstarkes »Ah!« aus. Die Passanten drehten sich nach mir um.

Unter einem luftigen, bläulichen Dunstschleier lag der Newskiprospekt in seiner morgendlichen Pracht vor meinem staunenden Blick. Und ganz am Ende dieser leuchtenden, von üppigen Fassaden eingerahmten Trasse schimmerte die goldene Turmspitze der Admiralität. Ich stand eine Weile verzückt da und betrachtete das golden leuchtende Schwert, das in den Himmel ragte, wo eine bleiche nordische Sonne langsam ihr Licht ausbreitete. Im Nebel über der Newa zeichneten sich die Umrisse des Westens ab.

Obwohl ich geblendet war, erfaßte ich alles blitzartig: den vergangenen Zauber aus Olgas Kindheit, die einst mit ihren Eltern durch diese vornehmen Straßen gegangen war, um den Zug von Sankt Petersburg nach Paris zu nehmen, den erhabenen Geist, von dem die einstige Hauptstadt erfüllt war, die sich nie an den neuen Namen gewöhnen würde, den ihr die neuen Herren gegeben hatten, und den Schatten Raskolnikoffs, der irgendwo im Gewirr dieser nebelverhangenen Straßen umherirrte.

Doch vor allem begriff ich, daß ich nicht sehr erstaunt gewesen wäre, wenn ich auf dieser in herbstliches Licht getauchten Prachtstraße Belmondo gesehen hätte. Den echten Belmondo. Den unverwechselbaren. Hier war es tatsächlich möglich, ihm zu begegnen. Ich zog meinen Rucksack zurecht und ging mit entschlossenem Schritt zu einer Straßenbahnhaltestelle. Ich hatte keine Ahnung, ob ich so auf dem schnellsten Weg zur Filmhochschule kommen würde. Aber ihr Bimmeln klang so schön in der Morgenluft, daß ich nicht widerstehen konnte.

Während meiner dreijährigen Ausbildung erhielt ich wenige Nachrichten aus Swetlaja. Meine Tante schrieb ein paar Briefe, die anfangs besorgt und vorwurfsvoll klangen, später ruhiger wurden. Darin schilderte sie mir in allen Einzelheiten ihren Alltag, der mir immer fremder wurde. Aus Vergeßlichkeit oder vielleicht weil sie nicht wußte, was sie schreiben sollte, erzählte sie in jedem Brief vom Olei und der Fähre: Ich sah Werbin die Planken herrichten, das Stahlseil auswechseln ... »Der alte Chinese erzählt immer noch«, dachte ich, während ich durch die Stadt unserer Träume ging.

Auch Samurai schrieb mir eine Karte. Sie kam jedoch nicht aus dem Dorf. Keine Ansichtskarte, sondern eher eine Amateuraufnahme, auf deren Rückseite er mit einiger Zurückhaltung Nachricht von sich gab. Er konnte mir die Flucht offenbar nicht verzeihen, die er gemeinsam mit Utkin als einen Verrat an unserer Freundschaft betrachtete.

Samurai meldete mir Olgas Tod. Sie habe ihre abendlichen Lesungen bis zuletzt fortgesetzt und dabei immer bedauert, daß »Don Juan« nicht mehr daran teilnehme. Ich war kaum überrascht, auf dem Photo Samurai in der Uniform eines Marineinfanteristen zu sehen. Er stand auf einer Schiffsbrücke. Außer weißen Gebäudeflächen und Schatten von Palmen konnte man nichts darauf erkennen. Die Bildunterschrift in blauer Tinte besagte: der Hafen von Havanna. Ich ahnte, daß die Brücke dieses Schiffs eine entscheidende Zwischenstation bei der Verwirklichung seiner Jugendpläne war, seines verrückten Traums, von dem er mir in Swetlaja einmal erzählt hatte: Damals hatte er vor, sich den Guerilleros in Mittelamerika anzuschließen und Che wieder auferstehen zu lassen.

Von Utkin erhielt ich keine Post aus Swetlaja. Doch zwei Jahre nach meinem Verschwinden erblickte ich am Ende des dunklen Flurs unseres Studentenwohnheims eine Gestalt, die ich sofort erkannte. Er hinkte mir entgegen und streckte die Hand nach mir aus. Um meine drei Zimmerkameraden nicht zu stören, haben wir die ganze Nacht auf dem Flur miteinander geredet. Wir saßen auf der Fensterbank vor den vereisten Scheiben, tranken kalten Tee und erzählten.

Ich erfuhr von Utkin, daß auch er aus Swetlaja abgehauen war. Er hatte es sogar geschafft, noch weiter nach Westen zu gelangen als ich. Er studierte in Kiew an der Hochschule für Journalismus und hoffte, eines Tages »echte Literatur« schreiben zu können, wie er mir mit ernster Stimme und gesenktem Blick erläuterte.

Im Verlauf dieser Nacht hörte ich auch, unter welchen Umständen Belmondo endgültig aus dem Kino *Roter Oktober* und vielleicht für immer von der Leninstraße verschwunden war.

Es war im Winter nach meiner Flucht. Samurai und Utkin liefen in den frühen Morgenstunden auf ihren Schneeschuhen durch die noch dunkle Taiga. Sie waren unterwegs nach Nerlug zur Abendvorstellung, um wie früher, nur ohne mich, einen Film noch einmal zu sehen. Oder um – wem auch immer – zu beweisen, daß sich durch meinen Verrat nichts geändert hatte an ihrem Verhältnis zu Belmondo?

Es herrschte eine selbst für unsere harten Winter äußerst strenge Kälte. Von Zeit zu Zeit erscholl ein Geräusch, das wie das ferne Echo eines Gewehrschusses klang. Doch es waren Baumstämme, die unter dem Druck des gefrorenen Safts und Harzes barsten. Bei solchem Frost zersprang den Frauen im Dorf die Wäsche, die sie von der Leine nahmen, wie Glas in den Händen. Die Lastwagenfahrer schimpften auf die Tanks, in denen das Benzin zu weißem Puder gefroren war. Die Kinder machten sich einen Spaß daraus, auf die steinhart gefrorene Straße zu spucken und zu hören, wie der zu Eisklumpen gefrorene Speichel beim Aufschlag klirrte.

Bei den ersten Sonnenstrahlen entdeckten sie ihn in der Gabel zwischen den mächtigen Ästen einer Kiefer. Samurai bemerkte ihn als erster und zögerte einen Moment: Sollte er Utkin den Anblick ersparen? Er wußte, daß sein Freund schockiert sein würde. Seit meiner Abwesenheit war Samurai, der Utkin schon immer in seine Obhut genommen hatte, noch mehr zu seinem Beschützer geworden. Zuerst wollte er es übergehen, als wäre nichts geschehen. Doch in der vollkommenen Stille der Taiga mußte Utkin das Zögern und den stockenden Atem Samurais bemerkt haben. Er blieb ebenfalls stehen, sah nach oben und schrie auf...

In der Astgabel, an den rauhen Stamm geklammert, saß ein Mann, der mit beiden Armen den Baum umschlang. Aus seinem weißen, von Rauhreif überzogenen Gesicht starrten seine entsetzten Augen. Seine Haltung zeigte eine entsetzliche Todesstarre. Seine Beine baumelten nicht herunter, sondern stakten zwei Meter über dem Boden steif in der Luft. Der Tote schien herabzublicken und sie mit einem grausigen Grinsen anzusehen. Der Schnee um den Stamm war zertrampelt. Es waren Wolfsspuren.

Samurai musterte das erfrorene Gesicht und schwieg. Utkin, den diese Begegnung in der schlafenden Taiga schwer mitnahm, wollte seine Bestürzung verbergen. Er sprach hastig, sprudelte los, spielte den Hartgesottenen:

»Das muß ein politischer Häftling sein, der geflohen ist. Ich bin sicher, es ist ein Regimegegner. Vielleicht hat er antisowjetische Romane geschrieben, und man hat ihn dafür in den Gulag gesteckt, und dann hat ihm jemand zur Flucht verholfen. Vielleicht hat er sogar versteckte Aufzeichnungen bei sich. Er wollte vielleicht …«

»Halt's Maul, Entlein!« bellte Samurai plötzlich.

Und mit einer gehässigen Grobheit, wie er sie Utkin gegenüber noch nie bezeugt hatte, fuhr er fort:

»Ein politischer Häftling! Gulag! Was du nicht sagst! Das Lager, das man von Swetlaja aus sieht, ist ein ganz normales Straflager, Entlein. Verstehst du: nor-mal! Und es sind ganz normale Männer dort. Normale Kerle, die vielleicht irgend etwas gestohlen oder jemandem die Fresse poliert haben. Und diese normalen Kerle spielen normalerweise nach der Arbeit Karten, schreiben Briefe oder pennen. Und dann suchen sich diese normalen Männer ein Opfer, fast immer einen jungen Kerl, der beim Kartenspiel verloren hat. Wer verloren hat, der zahlt! Ist doch normal, oder? Und diese normalen Männer ficken ihn in den Mund und in den Arsch, die ganze Baracke, einer nach dem anderen, der Reihe nach! Bis der Mund nur noch Brei und zwischen den Beinen nur noch Hackfleisch ist … Und danach wird der arme Kerl wie ein Aussätziger behandelt, er muß neben den Abortkübeln schlafen und darf nicht aus demselben Wasserhahn wie die anderen trinken. Aber jeder darf ihn ficken, wie es ihm paßt. Und es gibt nur einen Ausweg: sich in den Stacheldraht werfen. Dann verpaßt ihm der Aufseher eine Ladung Kugeln in den Kopf. Ab in den Himmel! Der da ist bestimmt bei der Arbeit geflohen ...«

Utkin schnaubte eigenartig, als wolle er ächzen oder vielleicht auch protestieren.

»Sei bloß still, das sag ich dir!« herrschte ihn Samurai erneut an. »Verschon mich mit deiner blöden Romantik! So ist das normale Leben – hast du kapiert? Das stinknormale Leben! Die Kerle kommen nach zehn Jahren Lager raus und leben unter uns. Und mehr oder weniger sind wir alle so. Dieses normale Leben ist unser Leben. Kein Tier würde so leben ...«

»Und Olga? ... Und Bel ... Bel ...?« keuchte Utkin plötzlich mit schmerzverzerrter Stimme. Er konnte nicht weitersprechen.

Samurai erwiderte nichts. Er sah sich nach Anhaltspunkten um, damit er die Stelle wiederfinden konnte. Dann nahm er seinen Pickel und machte Utkin ein Zeichen, ihm zu folgen. Sie gingen nicht nach Nerlug. An diesem Tag fiel die Abendvorstellung aus.

In Kaschdai saßen sie später einige Zeit in den verqualmten Räumen der Miliz und warteten, bis ein Soldat sich Zeit nahm, sie an den Ort des Geschehens zu begleiten. Samurai schüttelte bisweilen den Kopf, doch er blieb stumm. Seine Augen starrten auf das Licht, das aus unsichtbaren Tagen zu ihm herüberleuchtete. Utkin beobachtete aus den Augenwinkeln, wie sich Samurais Blick verdunkelte. Und er fühlte, daß sich Samurai bald räuspern und ihn verlegen um Verzeihung bitten würde.

Utkin saß auf der Fensterbank und erzählte mir vom Ende der Belmondo-Epoche im Land unserer Kindheit. Im leeren Flur des Studentenwohnheims hallte seine Stimme eigenartig. Sein Gesicht – das Gesicht eines jungen Mannes mit erstem Bart – ließ noch die Züge des verletzten Kindes von damals durchscheinen, jenem Kind, das so gespannt auf den Beginn des Erwachsenenlebens wartete und das wie alle anderen hoffte, trotz allem der Liebe zu begegnen. Und ich, der ich bereits seelenruhig all die Liebschaften pflegte, die einem sorglosen jungen Mann zustehen, ich bemerkte mit einem Mal die grenzenlose Verzweiflung, die mein Freund in sich trug. Sein Gesicht war sozusagen abgeschliffen von den gleichgültigen Blicken der Frauen, von ihrer vollkommen natürlichen, erbarmungslosen Blindheit.

Utkin bemerkte, daß ich ihn anstarrte. Ein schwaches, ernüchtertes Lächeln trat auf seine Lippen. Er wandte den Kopf zum Fenster, hinter dessen Scheibe die fröstelnde Leningrader Nacht langsam heller wurde.

»Und als wir mit den Milizsoldaten an die Stelle zurückkehrten«, fuhr er fort, »als wir den Flüchtling sahen, der sich dort an den Stamm geklammert hatte, fürchtete ich mich nicht mehr. Ich empfand weder Trauer noch Schmerz. Ich schäme mich, es zu sagen, aber ich fühlte ... eine klammheimliche Freude. Ja, ich sagte mir im tiefsten Inneren, weißt du, dort, wo man ohne Worte auskommt, ich sagte mir, daß diese Welt weder wahr noch besonders einzigartig sein könne, sollte sie tatsächlich so grausam sein. Ja, ich hatte die Gewißheit, daß man sie nicht ernst nehmen kann.«

Während er die Milizsoldaten beobachtete, die mit Samurais Hilfe versuchten, den Toten vom Baum loszumachen, ging Utkin irgendwie ein Licht auf. Dieser junge Häftling, dem die vor Anstrengung keuchenden Männer die erfrorenen Finger aufbogen, stellte eine Art Grenze dar. Vielleicht wie Utkins verkrüppelter Körper? Es war das Höchstmaß an Grausamkeit, an Schmerz. Eine Grenze...

Die Leiche konnte schließlich heruntergeholt werden. Die drei Milizsoldaten und Samurai trugen sie zu dem Geländewagen, den sie am Rand der Taiga abgestellt hatten. Dem Häftling rutschte die Tschapka vom Kopf. Utkin hob sie auf. Er ging hinterher, und bei jedem Schritt ragte seine rechte Schulter in den Himmel, als wolle er einen Blick hinter die Grenze werfen.

Wir bummelten einen ganzen Tag auf nassen Straßen durch Leningrad. Wir besuchten die Museen, überquerten die Newa. Ich war stolz darauf, Utkin die einzige westliche Stadt des Reichs zeigen zu können. Doch keiner von uns war wirklich mit dem Kopf bei diesem Ausflug. Selbst in der Eremitage sprachen wir von anderen Dingen. In der Nacht hatte Utkin mir ungefähr dreißig Schreibmaschinenseiten gegeben – der Grundstein zu seinem künftigen Roman. »In der Tradition des *Archipel Gulag*«, hatte er hinzugefügt. Jetzt trug ich sie unter meiner Jacke und fühlte mich wie ein richtiger Dissident.

Ja, selbst im Zarenpalast prangerten wir mit leiser Stimme die Grauen des Regimes an. Wir kritisierten alles. Wir verwarfen das ganze System. Belmondo und der legendäre Westen unserer Jugend verwandelten sich in ein Ideal von Freiheit, in ein Kampfprogramm. Wir sahen noch immer, wie die Sonne in den Stacheldrähten festhing und über den Wachtürmen aufgespießt war. Man mußte dieses gigantische Perpendikel in Bewegung setzen! Man mußte die Zeit befreien, unsere Zeit, diese unglückliche Geißel der Diktatur!

Wir waren so wütend, daß unser Geflüster jeden Augenblick in einen Schrei umzuschlagen drohte. Und Utkin passierte es schließlich:

»Ich habe nichts zu verlieren, ich werde noch im Lager kämpfen!«

Ich hustete, um das Echo seiner Sätze unter den prunkvollen Decken zu übertönen. Die Aufseherin musterte uns mißtrauisch. Wir tauchten aus unseren umstürzlerischen Plänen wieder auf. Vor uns stand unter einem roten Baldachin der Thron der Romanows, der Zarenthron.

IV

19

Es schneit heute abend in New York. Vielleicht schneit es aber auch nur in Brighton Beach, diesem russischen Archipel, wo wir alle stranden, wenn wir im Gelobten Land ankommen. Das weiße Schneegestöber ruft so viele Erinnerungen wach, daß die Kinder des untergegangenen Reichs sehnsuchtsvoll zum Himmel blicken.

Wir gehen einige Zeit schweigend über den Kai am Meer entlang. Der Wind und sein Geruch – mal nach Salzwasser, mal nach prickelnd kalten Schneeflocken – machen jedes Gespräch überflüssig. Die rauhe, kühle Nachtluft ruft so manchen Tag aus der Vergangenheit in Erinnerung, der mit ernstem, schwerem Tonfall zu uns spricht.

»Es tut mir leid, aber ich konnte wirklich nicht früher kommen!« sage ich schließlich, um mich zu rechtfertigen.

»Du brauchst dich nicht zu entschuldigen. Ich verstehe dich sehr gut!« antwortet Utkin schnell, um mich zu beruhigen. »Als ich ihn besuchte, bekam er kaum noch Luft und konnte nicht mehr sprechen. Doch als ich ihm in die Augen sah, hatte ich das Gefühl, daß er mich erkannte. Nein, nein. Ich glaube, nicht einmal hier hätte man ihm helfen können. Sein Körper war von Kugeln durchsiebt. Ja, Samurai hat mich erkannt.«

Er zeigt mir ein Photo. Auf einer farbenfrohen touristischen Abbildung sehe ich Utkin vor dem langen Grabhügel in unfreiwillig steifer Pose, jenen Utkin »zwanzig Jahre später«, mit Trotzkibart, Brille und verzweifelt blickenden Augen hinter den Gläsern. Neben ihm und nur von hinten sichtbar bückt sich eine Frau und drückt die Erde um eine Pflanze mit großen, purpurvioletten Blüten fest. Ihr sehr praktisches Tun rückt sie in eine erstaunliche Ferne von Utkin und seinem ernsten, gequälten Blick und läßt sie wie eine Fremde erscheinen.

Sollte mit diesem kleinen Hügel frisch aufgeworfener Erde irgendwo unter dem Himmel Mittelamerikas alles zu Ende sein?

Der Speisesaal des russischen Restaurants – die Hälfte der Tische ist meistens leer – ist heute abend gut besucht. Man feiert das orthodoxe Osterfest. Man sieht grauhaarige Köpfe mit hoher Stirn aus der ersten Emigrationswelle, ein paar magere Gesichter mit verbitterten Mienen aus der letzten, dazu viele, die nicht aus dem Osten stammen und heute abend gekommen sind, um bei Kerzenlicht die slawische Atmosphäre zu genießen. Die Musiker und die Sängerin haben gerade eine Pause eingelegt, und auch wir warten, bis der nächste Gang gereicht wird. Das Repertoire folgt der zunehmenden Trunkenheit, und nach der Pause kommen die Lieder, die in enger Beziehung zur Wodkamenge stehen, die bereits getrunken wurde. Die Gespräche werden immer hitziger, die Stimmen überschneiden sich, langsam liegt über allen Tischen ein wirrer Geräuschpegel. Der Wirt, der vortreffliche Sascha, leitet dieses Stimmengewirr als erprobter Dirigent, indem er mal an diesen, mal an jenen Tisch tritt.

»Selbstverständlich, Eure Durchlaucht! Nachdem der Koch von Graf Scheremetjewa von uns gegangen ist, bekommen Sie ein solches Schaschlik in New York nur noch bei uns! ... Ja, mein Freund, dieser Wein läßt Sie Moskau und die Neobolschewiken vergessen, in deren Hände es gefallen ist ... Aber sicher, gnädige Frau, dies ist ein ganz und gar russischer Brauch. Übrigens werden Sie feststellen, daß ein Hauch davon wunderbar zu diesem Punsch paßt.«

Er weist uns einen der letzten freien Tische zu. Ich sitze mit dem Rücken zum Saal. Utkin macht es sich mir gegenüber bequem und streckt sein Bein in den schmalen Durchgang zwischen den Tischen. Im großen Spiegel hinter ihm sehe ich den von flackerndem Kerzenlicht erleuchteten Raum in seiner ganzen Tiefe und mit all seiner buntgemischten Gesellschaft. Die Wände sind mit rotem Samt bespannt. Die »Ikonen« sind auf rechteckige Sperrholzplatten geklebte und mit Lack überzogene Illustriertenausschnitte. Auf einem Wandregal in der Ecke steht ein dickbauchiger Samowar.

Nach dem ersten Wodka kramt Utkin in seiner großen Ledertasche und zieht eine Art Malbuch für Kinder heraus.

»Da wir heute abend bei Geständnissen und Ernüchterungen sind ...«

Ich schiebe mein Glas zur Seite, schlage das Buch auf. Es ist ein Comic für Erwachsene. Ein ziemlich harter, wie es scheint.

»So sehen meine Romane aus, Juan! Die Stories stammen alle von mir. Das Szenario, die Dialoge, die Bildunterschriften, alles ... Beeindruckend, nicht wahr?«

Ich blättere die mit leuchtenden Farben ausgemalten Seiten durch. Bis auf wenige Unterschiede gleichen sich die Geschichten: Am Anfang sind die Personen bekleidet, am Ende nackt. Der Hintergrund für ihre Nacktheit ist entweder eine üppige Tropenlandschaft oder die Einrichtung einer Luxusvilla, manchmal auch die Schwerelosigkeit einer Raumkapsel. Auf den Seiten wird das gesamte Spektrum wohlgeformter, von behaarten Männerhänden umklammerter Hinterteile, rosiger oder sonnengebräunter Pobacken, gieriger Lippen und phosphoreszierender Schenkel ausgebreitet. Plötzlich verstehe ich alles!

»Dazu brauchst du also meine Liebesgeschichten!«

Utkin wirkt verlegen. Er gießt uns Wodka nach.

»Ja, so ist es nun einmal. Du hast so viele Liebesabenteuer erlebt. Und ich mußte manchmal jeden Tag ein neues erfinden!«

Wie im Schlaf blättere ich bis zu den letzten Seiten des Heftes. Plötzlich sticht mir eine Serie von Bildern in die Augen, die mir eigenartig bekannt vorkommt.

Utkin errät, welche Szene ich entdeckt habe. Er errötet, streckt unerwartet seine Hand nach dem Heft aus, entreißt es mir und wirft dabei mein Glas um. Ich kann gerade noch die letzte Bilderfolge sehen: Eine Frau liegt ausgestreckt auf dem Deckel eines Flügels, und der Mann, der ihren Körper in zwei Teile spaltet, stöhnt in Sprechblasen, die aussehen wie die weißen Wolken einer Dampflokomotive in einem Zeichentrickfilm.

Wir wischen den Wodka vom Tisch. Utkin stammelt Entschuldigungen. Der Kellner bringt uns einen Borschtsch und stellt einen Topf kochender Buchweizengrütze neben unsere Teller.

»Wie du siehst, bin ich ziemlich weit unten gelandet«, sagt mein Jugendfreund mit verlegenem Lächeln.

»Halb so schlimm. Schließlich und endlich ist meine Prinzessin, wie du zweifellos erraten hast, reine Erfindung. Ich habe dich belogen, Utkin. Die ganze Geschichte ereignete sich nicht an der Côte d'Azur, sondern vor wer weiß wie langer Zeit auf der Krim. Sie trug auch kein Abendkleid wie auf deinen Bildern, sondern nur einen von der Sonne ausgebleichten Sarafan aus Satin. Ihr Körper duftete nach dem heißen Stein der sonnenüberfluteten Felsen. Und die Kerzen am Flügel waren vielleicht vor der Revolution zum letztenmal angezündet worden.«

Schweigend rühren wir saure Sahne in unseren Borschtsch.

»Es war dumm von mir. Ich hätte dir mein Meisterwerk nicht zeigen sollen«, meint er schließlich.

»Im Gegenteil... Außerdem sind die Bilder wirklich sehr schön!«

Utkin schaut verlegen nach unten. Mein Kompliment hat ihn berührt.

»Danke. Meine Frau hat sie gezeichnet.«

»Du bist verheiratet? Davon hast du mir nie etwas erzählt!«

»Doch, ich hab dir schon mal von ihr erzählt. Wir haben erst vor eineinhalb Monaten geheiratet. Sie ist Indianerin. Und sie gleicht mir ein wenig. Das heißt, sie... Sie ist ein bißchen bucklig, da sie als kleines Kind vom Pferd gefallen ist. Aber sie ist sehr hübsch.«

Ich nicke überzeugt und beeile mich, keine Lücke im Gespräch aufkommen zu lassen:

»Du hast also zu deinen eurasischen Wurzeln zurückgefunden.«

»Ja. Weißt du, ich glaube, wenn man solche Comic-Hefte macht, produziert man weniger Schrott als mit all dem Kitsch, der in Amerika als Literatur gilt. Und vielleicht ist dir aufgefallen, daß in meinen Bildergeschichten die Körper immer sehr schön sind. Meine Frau besteht darauf.«

Utkin schlägt den Band über seinem Teller wieder auf und beginnt mir die Bilder zu zeigen.

»Aber das Entscheidende daran ist: In jeder Bilderfolge sieht man einen Zipfel vom Horizont, eine Öffnung, ein Stück Himmel...«

Ich kann mir ein Lachen nicht verkneifen.

»Glaubst du wirklich, daß deine Leser Muße haben, dieses Stück Himmel zu betrachten?«

Utkin schweigt. Der Kellner nimmt unsere Teller mit und bringt uns das Schaschlik. Wir trinken unseren Wodka. Gedankenverloren zieht mein Freund die Augenbrauen hoch und starrt ins Glas. Dann sagt er plötzlich:

»Weißt du, Juan, die Amerikaner kommen mir oft vor wie Affen, die sich mit mechanischem Spielzeug die Zeit vertreiben. Sie drücken einen Knopf, die Feder schnellt hoch, und ein Plastikmännchen schlägt Purzelbäume. Das Ziel ist erreicht. Genauso ist es mit ihrer Kultur. Sie bringen ein neues Genie heraus, blasen es im Fernsehen auf, und kein Mensch schert sich darum, was der Kerl schreibt, Hauptsache, die Maschine läuft weiter. Man drückt den Knopf, die Feder springt, das Plastikmännchen zappelt. Alle sind zufrieden. Es ist sehr beruhigend, große Geister auf Knopfdruck produzieren zu können. Nur mit Wörtern ... Sie jonglieren mit Ideen, die so alt sind wie die Welt, finden endlos neue Kombinationsmöglichkeiten heraus und opfern diesem Spiel ihr Leben. Und es sind nur Wörter, Wörter, Wörter.«

Utkin schwenkt die leere Flasche zum Zeichen für den Kellner, eine neue zu bringen.

»Ja, das Leben ist verschwunden, aber die Maschine läuft!« fügt er hinzu und sieht mich mit seinen beschwipsten, prophetischen Augen an: »Und das ist doch eine hübsche Arbeitsteilung, wie du zugeben mußt! Das Volk ernährt sich von Produkten wie meinen Comic-Heften, und die Elite vergnügt sich mit unlesbaren Wortspielen. Hast du gesehen, mit welchem Ernst sie ihre Literaturpreise vergeben? Als würde Breschnew einem gealterten Politbüromitglied einen neuen goldenen Stern an die Brust heften. Jeder weiß, wer den Preis bekommen wird und warum er ihn bekommt. Doch sie spielen weiter Politbüro. Das ist das Efeu auf dem Grab des Westens. Das wuchernde Gestrüpp der Wörter, unter dem das Leben erstickt.«

In diesem Moment sehe ich im Spiegel hinter Utkin die Musiker zurückkommen. Die Geige probt mit einem leichten Seufzer, die Gitarre ächzt gedehnt und kehlig, das Bandoneon füllt seine Lungen und zischt dabei melodisch. Im verqualmten Saal, den mir der Spiegel zeigt, sehe ich schließlich *sie*...

In ihrem schwarzen Kleid sieht sie aus wie eine lange Vogelfeder. Ihr Gesicht ist bleich, keine Spur von folkloristisch geschminkten Bäckchen:

»Ja, die Maschine läuft«, sage ich mir in Gedanken: »Sascha weiß, wann er slawische Reize bieten muß. Das üppige Essen hat die Gesichter gelöst, die Augen sind feucht, die Herzen schmelzen.«

Doch die Stimme scheint Saschas Spiel nicht mitzumachen. Erst erklingt ein ganz leiser Ton, der den Schwung der Musiker sofort dämpft. Er scheint aus weiter Ferne zu kommen und kann den Lärm an den Tischen nicht übertönen. Und wenn diese zurückgenommene Stimme wenige Augenblicke später alle aufhorchen läßt, dann, weil alle Versammelten ungeachtet ihrer Trunkenheit und Ermattung spüren, wie sich hinter den mit rotem Samt bespannten und mit Ikonen aus Papier behängten Wänden eine verschneite Ferne ausbreitet. Die Stimme wird ein wenig kräftiger, die Gäste sehen nur noch dieses blasse Gesicht mit den träumerischen Augen, die hinter den Schleier der Erinnerung auf jene Tage zurückblicken, von denen das Lied erzählt. In der trügerischen Tiefe des Spiegels sehe ich sie vielleicht noch besser als die anderen Gäste. Ich sehe die lange schwarze Feder, ihren Körper, ihr ungeschminktes, ungeschütztes, uns allen ausgeliefertes Gesicht. Sie singt, als würde sie für sich allein singen, für diese kalte Aprilnacht, für einen Unsichtbaren. Wie einst eine Frau abends vor dem Feuer einer eingeschneiten Isba sang. Jeder kennt den Text auswendig. Doch zu diesem fernen Abend irgendwo im Schneesturm gelangt man, ohne die Worte zu verstehen, indem man einfach nur die Flamme der Kerze fixiert, bis sie zu wachsen beginnt und einen in ihren durchsichtigen Lichtschein aufnimmt. Und die Musik wird zur kalten Luft im Holzhaus, die den starken Wind ahnen läßt, zur hellen Hitze des Feuers, zum Duft des brennenden Kiefernholzes, zur reinen Stille der Einsamkeit.

»Es ist seltsam, aber dieses Lied erinnert mich an eine Geschichte, die mir Samurai einmal erzählt hat«, murmelt Utkin: »Er machte sich Vorwürfe, weil er mir von den geschändeten Lagerhäftlingen und all den Schweinereien erzählt hatte, über die ich eigentlich schon Bescheid wußte. Für ihn war ich ein Kind. Du weißt ja, was das für Samurai bedeutete... Als die Miliz den erfrorenen Häftling abtransportierte und uns allein zurückließ, deutete Samurai auf seine Nase. Erinnerst du dich an seine eingedrückte Nase? Und dann erzählte er mir, wie es dazu gekommen war!«

An jenem Tag vor unendlich langer Zeit hatte Samurai auf dem Dach eines verlassenen Schuppens in der Nähe von Kaschdai geschlafen. Der Boden war noch schneebedeckt, doch unter der Einwirkung der Frühlingssonne tauten die letzten Schneebretter und rutschten vom Dach herunter. Eine Frauenstimme, die aus dem Schuppen kam, weckte ihn. Er warf einen Blick vom Dach und sah drei Männer über eine Frau herfallen. Sie wehrte sich, aber nur schwach – bei uns hatte man schnell ein Messer zwischen den Rippen, das wußte sie auch. Aus dem Geschrei konnte Samurai schließen, daß es keine Vergewaltigung im eigentlichen Sinne war: Die Kerle wollten bloß nicht bezahlen. Sonst hätte sie nichts dagegen einzuwenden gehabt. Kurz, sie ließ es über sich ergehen... Samurai beobachtete sie voller Anspannung, wie ein Hund, der auf seine Beute lauert. Die Männer entblößten den Körper der Frau nur so weit, wie sie ihn benutzen wollten: Sie entkleideten ihren Unterkörper, holten die Brüste hervor, griffen nach ihrem Kinn, ihrem Mund – den sie ebenfalls mißbrauchen wollten. Und alles geschah voller Hast, keuchend, begleitet von dreckigen Witzen. Aus drei Meter Höhe sah er zum erstenmal in seinem Leben, wie man einen weiblichen Körper »darauf« vorbereitete. Die zu zwei Teilen gewordene Frau schloß die Augen, um nicht sehen zu müssen. Fassungslos unterdrückte Samurai einen Aufschrei: Die Frau hatte ihr Herz in den Schnee fallen lassen! Nein, sicher war es nur ein Taschentuch oder ein in helles Papier gewickelter Gegenstand, den sie gekauft hatte... Ja, es war ein rosafarbenes Päckchen, das sie in der Innentasche ihres weiten Mantels mit sich trug, dessen Kragen die Kerle gewaltsam aufgerissen hatten. Doch einen Augenblick lang glaubte Samurai, ein Herz im Schnee versinken zu sehen. Er begann zu schreien und rutschte vom Dach herunter. In seinem schmerzverzerrten Gesicht spiegelte sich die Qual über die Untat, die sich vor seinen Augen abspielte. Er schwang seine Säbelarme durch die Luft, ließ sie auf die Köpfe und unter die Rippen seiner Feinde donnern, brach unter ihren keulenschweren Fausthieben zusammen, raffte sich wieder auf und befreite sich aus den Händen, die ihn festhalten wollten. Plötzlich war der Himmel blutgetränkt. Blindlings traf er mit seinen Säbeln mal die Luft, mal irgendeinen Körper. Doch im Blut, das über seine Augen strömte, löste sich langsam der schmierige Klumpen dieser Untat... Und als er schließlich das Blut mit dem

Ärmel seiner Jacke wegwischen konnte, sah er die Männer in einen am Straßenrand geparkten Lastwagen steigen. Die Frau lief in weiter, weiter Ferne am Ufer des Olei entlang...

Ich höre, was Utkin erzählt, und meine, den alten Utkin darin wiederzuerkennen. Sein Gesicht hellt sich auf, seine Bewegungen, die schwerfällig sind wie die eines Dicken, erinnern wieder an die Versuche eines verletzten Vogels, vom Boden abzuheben. Und mit der ernsten und schmerzvollen Stimme von einst gesteht er mir:

»Es war diese rothaarige Prostituierte, an die du dich sicher erinnern wirst. Sie wartete jeden Abend auf die Transsibirische... Ich hatte ihr meine ersten Gedichte gewidmet.«

Utkin gießt sein Glas wieder voll, trinkt langsam. Hat er überhaupt etwas gesagt, oder ist diese unter dem Schnee begrabene Erinnerung nur meinem beschwipsten Geist entsprungen? Schmeckt dieses Blut, das Samurais Augen überschwemmt, nicht nach der heißen Waldluft irgendwo in Mittelamerika? Samurai liegt am Fuß eines Baumes, und das wenige, was er durch die rote Flut noch sieht, sind zwei Männer in Khaki, die sich vorsichtig an ihn heranschleichen, um ihm den Rest zu geben. Ja, ich sehe ihn vor mir: seinen von Kugeln durchsiebten Körper, sein den Schmerz verhöhnendes Lächeln. Er ist den Helden unserer Jugend treu geblieben. Und dem, der uns lehrte, daß Kugeln nicht schmerzen und daß der Tod sich nicht an einen heranwagt, wenn man ihm in die Augen sieht.

Als wir aus der drückenden Hitze des Restaurants ins Freie treten, bleiben wir einen Augenblick auf dem Kai stehen und betrachten die düstere Weite des Ozeans. Kein Lichtschimmer ist zu sehen. Nur die nächtliche Unendlichkeit des Wassers, des Schnees, des Nichts...

Wir stranden bei Georgi, einem winzigen georgischen Restaurant, das sein Überleben den langen Gesprächen der Gäste verdankt, die sich dorthin verirren, zu den Ansichten vom Schwarzen Meer, die an den Wänden hängen, und den Träumen des alten, uns mit wehmütigem Blick empfangenden Schäfers Kazbek. Georgi begrüßt uns. Er weiß, was wir jetzt brauchen, und bringt uns Cognac, Kaffee und frischgepreßten Zitronensaft.

»Eine Granate hat mein Geburtshaus in Tiflis zerstört«, sagt er mit gedämpfter Stimme, als er die Flasche und die Gläser auf den Tisch stellt. »Zweihundert Jahre alt war das Haus. Die Welt wird immer verrückter...«

Wir erwidern nichts. In unserer Erinnerung sehen wir uns vor zwanzig Jahren auf einer endlosen, schneebedeckten Ebene. Die tiefe Wintersonne steht am Horizont – das Pendel der Geschichte –, erstarrt, von Wachtürmen umzingelt... Utkin, ich und viele andere haben eine Menge Zeit in unserem Leben damit verbracht, uns für diese im Stacheldraht gefangene Scheibe einzusetzen. Wir haben unsere subversiven Bücher geschrieben, haben für sie gestritten, protestiert. Wir schoben das träge und schwerfällige Pendel mit unserer Schulter – unseren Worten! – an. Nach und nach erwiderte das Pendel der Geschichte unser Bemühen. Es schwang immer freier, sein Hin und Her über das riesige Reich wurde bedrohlich. Eines Tages wurden wir im Kielwasser seines schwindelerregenden Schwungs mitgerissen und über die Grenzen des Reichs an die Strände unseres legendären Westens geworfen. Und von diesem Boden aus sahen wir, wie das Pendel immer wilder – oder immer freier? – ausschlug und das Reich selbst zerstörte. »Und heute«, sage ich mir mit einem bitteren Lächeln, »heute verstehe ich trotz meiner westlichen Weisheit weder die gefrorene Träne im Auge des erlegten Wolfs noch das leise

Leben unter der Rinde der hundertjährigen Kiefer, an deren Stamm sich ein großer, rostiger Nagel befand, noch die Einsamkeit der rothaarigen Frau, die am Feuer ihrer schneebedeckten Isba für einen unsichtbaren Gast sang.«

Utkin nimmt seine Brille ab und beginnt zu reden, langsam, denn er ist betrunken. Mit glasigem Blick umfängt er mein Gesicht:

»Ich sah seinen Namen in lateinischen Buchstaben auf einen Grabstein gemeißelt – seinen richtigen Namen, nicht jenes ›Samurai‹, das wir gewohnt waren. Im selben Augenblick fiel mir alles wieder ein. Ich erinnerte mich an den Tag meiner Kindheit, als ich mit meinem Großvater am Ufer des Olei entlangging. Erinnerst du dich an den Fußweg durch den Schnee, den es dort gab? Es war ein schmaler Pfad auf dem Kamm der Böschung. Ich marterte meinen Großvater oft mit der heiklen Frage: Was muß man tun, um schreiben zu können? An jenem Tag vielleicht noch mehr als sonst, denn ich hatte seinen Bericht über den Krieg gelesen, und außerdem war die Stille in der Taiga geheimnisvoller denn je. Er antwortete immer mit scherzhaften Bemerkungen oder gab dem Gespräch lächelnd eine andere Richtung. Schließlich wurde es ihm zuviel. Mit einem Fluch schubste er mich an der Schulter. Zum Spaß natürlich. Doch ich stand am äußersten Rand des vereisten Hanges, der zum Fluß abfiel. Ich verlor das Gleichgewicht und rutschte mit rasender Geschwindigkeit diese glatte Wand hinunter. Vor meinen Augen drehte sich der Himmel, die Taiga kippte und stürzte auf mich, ich wußte nicht mehr, wo oben und wo unten war, mein Körper wurde schwerelos, so überwältigend und sanft zugleich war mein Fall. Ein Gefühl überwog alles: Jemand hatte mir einen Stoß gegeben, ohne sich um mein lahmes Bein zu kümmern. Er hatte mich wie seinesgleichen behandelt! Ich landete in einem Schneeberg zwischen ein paar jungen Tannen am Ende der Böschung. Mir flimmerte es vor den Augen. Völlig benommen sah ich mich um. Nur wenige Schritte von meinem Hügel entfernt entdeckte ich sie, einen Mann und eine Frau ... nackt, im winterlich blauen Abendlicht. Einer an den anderen gelehnt, standen sie Hüfte an Hüfte aufrecht da. Sie redeten nicht, sahen sich nur in die Augen. Es herrschte eine vollkommene Stille. Der violette Himmel über ihnen. Der Duft von Schnee und Kiefernharz. Meine stumme Zeugenschaft. Und diese beiden Körper in ihrer beinahe übernatürlichen Schönheit ... Von oben hörte ich meinen Großvater nach mir rufen. Der laute Widerhall seiner Worte durchbrach die Stille. Die beiden Liebenden lösten sich voneinander und flüchteten zu dem kleinen Badehaus. Es waren Samurai und eine junge Frau, die ich noch nie gesehen hatte und nie wieder sehen sollte. Als wäre sie in diesem Augenblick der Schönheit und der Stille geboren und mit ihm entschwunden.«

Draußen bleibt der Schnee in unseren Gesichtern hängen und weckt Gefühle, die seit langer Zeit verblaßt sind. Utkin schlägt seinen Mantelkragen hoch, um sich vor dem Schneegestöber zu schützen. Seine Worte vermengen sich mit dem Rauschen des Windes. Ich drehe mich um – die Spuren unserer Schritte auf dem menschenleeren Kai ähneln denen von Schneeschuhen längs eines Schienenstrangs durch die Taiga. Als würde Utkin mich zu einem Zug bringen, der auf schneebedeckten Gleisen abgestellt ist. Ein leerer Waggon, die Scheiben mit Rauhreif bedeckt, steht in der Stille bereit für unseren nächtlichen Besuch. Wir werden reglos in unserem düsteren Abteil sitzen und warten. Er wird kommen. Er wird mit dem Gang eines erschöpften Soldaten den Flur durchqueren und im Türrahmen erscheinen.

Er wird kommen! Er wird die salzigen Winde und die Sonnen von allen Breitengraden mitbringen, auch die Zeit, die er bezwungen, und den Raum, den er erobert hat. Und mit noch ferner, aber fröhlicher Stimme wird er uns zurufen:

»Nein, ich habe meine letzte Zigarre noch nicht geraucht!«

In diesem Augenblick fährt der Zug langsam los, und die langen Streifen, die die Schneesterne auf den dunklen Fenstern hinterlassen, werden mit zunehmender Fahrt immer schräger. Wir führen ein langes Gespräch und erfahren den unaussprechlichen Namen derjenigen, die damals, zu Zeiten des Amur, in einem Augenblick der Schönheit und der Stille geboren wurde.